Der Anfang ist gesetzt, der erste Stein gelegt.

Contentwarnung

Stopp! Du hast richtig gelesen, ich habe dich gewarnt, also worauf wartest du noch? Es wäre besser, wenn du dieses Buch sofort wieder aus der Hand legen würdest. Du bist immer noch da? Dann beschwere dich nicht, wenn ich dich in den Abgrund stoße. Denn das ist es, was ich tue. Ich reiße dich in die Dunkelheit, in meine persönliche Hölle, in der du erfährst, was es heißt, zu leiden. Das hier ist keine romantische Liebesgeschichte, auch wenn es zwischenzeitlich den Anschein erwecken mag. Wir werden nicht singend über ein Blumenfeld hüpfen und dabei die Schafe zählen. Stattdessen werde ich dich mit den schlimmsten menschlichen Abgründen konfrontieren. Ich möchte dir zeigen, was es heißt, Missbrauch zu erfahren, in seinen schlimmsten Formen. Hier erfährst du Leid, Folter, Qual und Mord, Suizid. Was, du bist trotzdem noch hier? Mutig. Aber was ist, wenn ich dir sage, dass sich der Missbrauch auch gegen Kinder richtet? Wird es an deiner Moral kratzen oder bist du einfach genauso abgefuckt wie ich? Keine Sorge, jeder erntet, was er sät – auch in diesem Buch. Ach, du bist nur wegen meinem Schwanz hier? Na, da kann ich dich beruhigen, denn davon wirst du genug bekommen.

Lass mich dir versichern, dass hier jeder auf seine Kosten kommen wird. Vielleicht auch du, wenn dich all das hier immer noch nicht abgeschreckt hat.

Dieses Buch ist nichts für schwache Nerven, denn es enthält viele potenzielle Trigger. Auf der letzten Seite findest du eine ausführliche Triggerliste. Achtung: Diese enthält Spoiler für das gesamte Buch.

Falls dich die zuvor genannten Punkte triggern sollten, empfehle ich dir ganz dringend, zuerst die Liste durchzugehen oder die Geschichte bitte nicht weiterzulesen.

Viel Spaß beim Lesen,

deine Lia

Prolog

Ich kann mich nicht mehr an den Moment erinnern, in dem alles den Bach runterging. Es geschah von jetzt auf gleich und plötzlich war ich hier – irgendwo und nirgendwo zugleich. Zu diesem Zeitpunkt war mir nicht bewusst, womit ich es verdient hatte, hier gelandet zu sein. War es, weil ich dieses Gefühl der Macht und Kontrolle verspürt hatte, als ich zum wiederholten Mal auf eines meiner unzähligen Opfer einstach? Weil ich mich erfüllt und überwältigt fühlte, als ich ihm Finger für Finger von seiner Hand abtrennte. Weil ich kein Gefühl von Reue oder Schuld dabei empfand? Ich weiß es nicht mehr, egal, wie sehr ich versuche, mich daran zu erinnern.

Plötzlich war ich gefangen in diesem Albtraum zwischen Leben und Tod, dazu verdammt, diese endlose Dauerschleife zu durchleben und für immer an diesem Ort verweilen zu müssen. War das die Hölle oder war es schlimmer?

Der Fluch war eine Ironie des Schicksals, eine gerechte Strafe für meine schrecklichen Taten. Ich war zum ewigen Zeugen meiner eigenen Verbrechen geworden, unfähig, jemals Erlösung zu finden. Die Einsamkeit fraß an meiner

Seele und da meine Existenz aus dieser Seele bestand, war das verdammt noch mal schmerzhaft. Ich konnte den Schatten meiner Vergangenheit nicht entkommen, konnte meine Sünden nicht bereuen, weil die Buße dafür unendlich war. Mein Sein war erfüllt von einem ständigen Kampf zwischen der Dunkelheit meiner Taten und der Sehnsucht nach jener Erlösung.

Niemand würde mich hören, niemand würde mich sehen und ich musste es erdulden, dem Monster dabei zuzusehen, wie es seine Taten wiederholte, ohne dass ich etwas dagegen unternehmen konnte. Dabei gab es kein Entkommen für mich.

Und jetzt? Jetzt stehe ich hier und beobachte ein weiteres Mal, wie ich dem Schwanz dieses elendigen Wichsers Stück für Stück die Vorhaut pelle. Ich sehe dabei zu, wie ich mich an seinen Schreien und seinem jämmerlichen Gejaule ergötze. Ich sehe die Freude in meinen eigenen Augen, als hätte ich niemals etwas Schöneres erlebt. Um ehrlich zu sein, habe ich das auch nicht. Und dafür bezahle ich jetzt.

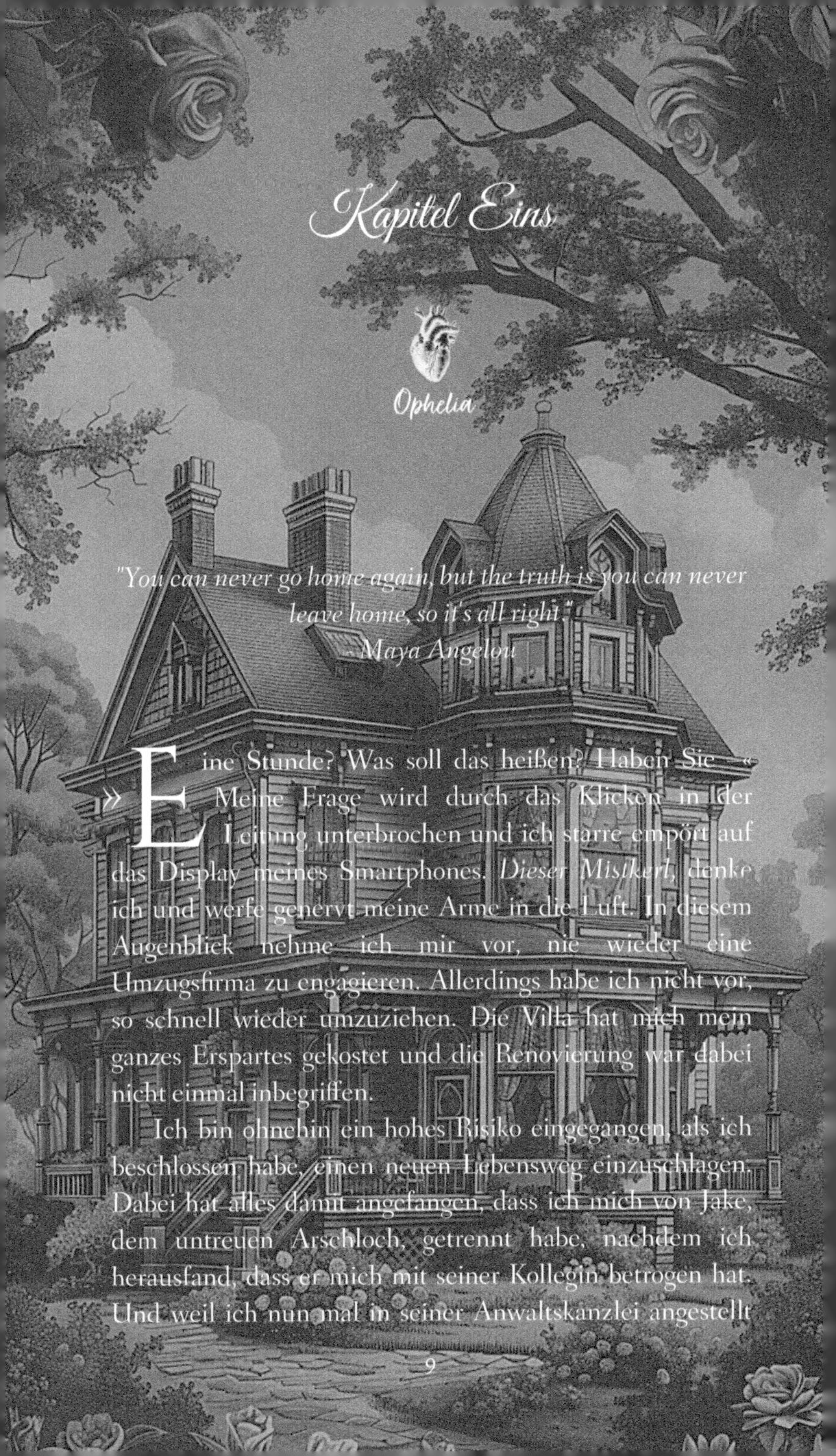

Kapitel Eins

Ophelia

"You can never go home again, but the truth is you can never leave home, so it's all right."
- Maya Angelou

»Eine Stunde? Was soll das heißen? Haben Sie –« Meine Frage wird durch das Klicken in der Leitung unterbrochen und ich starre empört auf das Display meines Smartphones. *Dieser Mistkerl*, denke ich und werfe genervt meine Arme in die Luft. In diesem Augenblick nehme ich mir vor, nie wieder eine Umzugsfirma zu engagieren. Allerdings habe ich nicht vor, so schnell wieder umzuziehen. Die Villa hat mich mein ganzes Erspartes gekostet und die Renovierung war dabei nicht einmal inbegriffen.

Ich bin ohnehin ein hohes Risiko eingegangen, als ich beschlossen habe, einen neuen Lebensweg einzuschlagen. Dabei hat alles damit angefangen, dass ich mich von Jake, dem untreuen Arschloch, getrennt habe, nachdem ich herausfand, dass er mich mit seiner Kollegin betrogen hat. Und weil ich nun mal in seiner Anwaltskanzlei angestellt war und mir nicht länger antun konnte, wie die beiden turtelnd vor meinen Augen rummachten, habe ich die Reißleine gezogen.

New Orleans hat mich schon immer begeistert und ich war das Dorfleben leid. Ich hatte es satt, dass sich irgendwelche Nachbarn in meine Angelegenheiten einmischten und dass jeder mehr über mich und mein Leben wusste als über sein eigenes. Seit der Highschool hatte ich gespart. Zuerst, um mir das College finanzieren zu können, und anschließend habe ich weitergemacht, als hätte ich gewusst, dass etwas gewaltig schiefgehen würde und ich an diesem Punkt landen würde. Davon mal abgesehen habe ich ohnehin immer davon geträumt, aus dem Dorf herauszukommen, und so habe ich – seitdem ich es offiziell durfte –, hart dafür gearbeitet. Dass ich nebenher Bilder gemalt habe, die sich ganz gut verkauften, hat mir dabei geholfen.

New Orleans. Fucking New Orleans. Ich kann es immer noch nicht glauben. Vergessen ist all die Wut über Jake und den ganzen Scheiß, den ich jahrelang erdulden musste. Selbst der Anruf mit der Umzugsfirma rückt in den Hintergrund. Dabei stehe ich vor dem kleinen Haus, in dem ich mit meinem Ex gelebt habe, und muss mitansehen, wie der Regen die vielen Kisten durchweicht. *Eine verdammte Stunde noch.*

»Was machst du da?« Ich zucke zusammen, drehe mich um und blicke in Jakes Fremdgängergesicht, wobei mich dieses Gefühl von Ekel erfasst, was in letzter Zeit öfter passiert. Am liebsten würde ich ihm vor die Füße kotzen, so sehr widert mich seine Präsenz an.

»Wonach sieht es denn aus? Ich warte.«

»Und wie lange soll das noch dauern? Du blockierst meine Einfahrt«, sagt er genervt. Das wiederum nervt mich.

»Tja, das tut mir wirklich wahnsinnig leid.« Mein

Tonfall strotzt nur so vor Sarkasmus. »Die wird wohl noch eine Stunde blockiert sein.«

Jake seufzt frustriert, was mich zum Schmunzeln bringt. Dabei hätte er meiner Meinung nach noch viel Schlimmeres verdient als eine blockierte Einfahrt. Ein brennender Beutel mit Scheiße vor seiner Tür zum Beispiel. Doch dann müsste ich mir mehr Mühe machen, als ich für diesen Kerl überhaupt noch aufbringen möchte.

»Du meinst das wirklich ernst, oder? Ich meine, New Orleans? Willst du das echt durchziehen, Phe?«

Wie sehr ich es verabscheue, den Spitznamen, den meine Großmutter mir verpasst hat, aus dem Mund zu hören, mit dem er Linda die Fotze geleckt hat. *Ekelhaft.*

»Weißt du, Jake«, beginne ich und lege zwei Finger an mein Kinn, als würde ich ernsthaft über seine Worte nachdenken, »das geht dich so überhaupt gar nichts an. Und jetzt tu mir doch bitte den Gefallen und verzieh dich, du verdirbst mir die gute Laune.«

Ohne noch etwas zu erwidern, schüttelt er den Kopf und geht zurück ins Haus, während ich mich frage, welche Absicht er mit diesem irrelevanten Gespräch verfolgt hat. Es ist mir ohnehin egal und so werfe ich ungeduldig einen Blick auf meine Armbanduhr. Seitdem mich der Typ am Telefon einfach abgewürgt hat, sind gerade einmal zehn Minuten vergangen. Zum Glück nieselt es mehr, als dass es wirklich regnet, doch wenn ich mir vorstelle, eine weitere Stunde hier stehen zu müssen, sinkt meine Laune wieder zurück in jenen Keller, aus dem sie gerade eben erst herausgekrochen ist.

Ich beschließe, mich in meinen roten *Mini Cooper* zu setzen, um die Zeit zumindest mit ein wenig Musik überbrücken zu können. Währenddessen gehe ich am Handy ein paar Webseiten von Unternehmen durch, die sich um die Renovierung und Inneneinrichtung der Villa in New Orleans kümmern sollen.

Kapitel Zwei

Ophelia

"In every renovation project, there lies the opportunity to transform the ordinary into the extraordinary."
- Unknown

Wer hätte gedacht, dass ein Umzug in eine andere Stadt – *nicht, dass man dieses Kaff vorher überhaupt als Stadt hätte bezeichnen können* – so anstrengend sein würde? Ich jedenfalls nicht und nun stehe ich hier in der Lobby dieser riesigen viktorianischen Villa, umgeben von Handwerkern und auf einem einzigen großen Trümmerhaufen.

Kein Wunder, dass ich diese riesige Hütte zu einem Spottpreis ergattern konnte. Davon mal abgesehen, hat sie wohl auch eine ziemlich düstere Vergangenheit. Menschen sollen hier bestialisch ermordet worden sein. Die Konsequenz, die ich daraus zog: Ich habe die Villa gekauft. Mir ist es egal gewesen, was hier angeblich vor einigen

Jahren geschehen ist. In dem Fall ist es mir nur wichtig gewesen, dass der Preis stimmte.

Aber jetzt, wo ich hier so stehe, bin ich mir nicht mehr sicher, ob das eine gute Idee war. Von außen ist das Gebäude wunderschön, ohne Frage, denn es erhebt sich fast schon majestätisch vor einem, mit den filigranen Verzierungen und den kunstvoll geschnitzten Details, die entlang der Fassade tanzen. Außerdem strahlen die pastellfarbenen Wände in der Nachmittagssonne und werfen sanfte Schatten in den Vorgarten.

Die Veranda erstreckt sich elegant entlang der Vorderseite des Hauses, geschmückt mit kunstvollen Säulen, die das Gebäude tragen und einem rustikalen Geländer aus dunklem Holz. Ein Ort, der zum Verweilen und Genießen der lauen Sommerabende einlädt.

Die Fenster sind groß und lassen eine Menge Licht ins Innere der Villa und ihre dunklen Rahmen ergänzen sich perfekt mit dem Geländer. Alles in allem ist es ein atemberaubend schönes, großes Haus.

Dennoch werden mich die Renovierungsarbeiten ein Vermögen kosten, das ich eigentlich gar nicht besitze, da ich keinen Job mehr habe. Ich besitze jetzt ein Atelier, zumindest nach den Umbauarbeiten, weshalb mein Plan vorsieht, erst einmal mit meiner Kunst etwas zu verdienen. Da mir von vornherein bewusst war, dass das allein nicht reichen würde, habe ich einen Kredit aufgenommen. Mit dieser kleinen Finanzspritze sollte es besser werden, doch es bereitet mir Sorgen, keinerlei finanzielle Rücklagen mehr zu besitzen. Bisher bin ich immer geborgen gewesen, in der Sicherheit meiner Ersparnisse, und nun sind sie ausgeschöpft. Aber ich wäre nicht Ophelia Kensington, wenn ich nicht den Willen besäße, das hier durchzuziehen. Am Ende ist doch alles besser, als weiterhin bei diesem Versager leben zu müssen. Zumindest rede ich mir das ein. Bisher funktioniert es.

Als ich mich umdrehe, gleitet mein Blick in Richtung Küche. Ich lebe nun seit exakt fünf Tagen hier und es war mir wichtig, dass sie diese als Erstes in Angriff nehmen. Ohne eine funktionstüchtige Küche bin ich nicht überlebensfähig, denn ich will zumindest meine fünf Tassen Kaffee am Tag genießen können. Außerdem koche ich sehr gern. Die Handwerker haben ganze Arbeit geleistet. Trotz der teilweise alten Möbel sieht der Raum aus wie neu. Die Wände wurden frisch verputzt und gestrichen, es wurde ein sandfarbener Marmorboden verlegt und an den vorhandenen Möbeln wurden kaum Änderungen vorgenommen. Sie sind ohnehin zeitlos und passen perfekt hier rein. Viktorianisch, dunkel und dennoch irgendwie modern. Einzig die elektronischen Geräte und diverse Textilmöbel – darunter ein Bett, ein neues Sofa, Vorhänge und etlicher Kleinkram – habe ich bereits vor meinem Umzug nachbestellt und anliefern lassen. Natürlich gibt es trotzdem noch Einiges, das gemacht werden muss, doch im Großen und Ganzen mag ich hier alles genau so, wie es ist. Nein. Ich *liebe* es. Denn es gehört mir und ich habe es mir verdient. Zum Glück unterstützt mich ein ausgesprochen großes Team an Handwerkern, Innenarchitekten und Innengestaltern, sodass an nahezu jedem Raum irgendwer arbeitet. Es beruhigte mich jedoch sehr, als man mir mitteilte, dass alles hier schrecklicher aussehe, als es eigentlich ist, da der Grundstein wohl sehr solide ist und die Erbauer der Villa einen guten Job gemacht haben.

Zum zweiten Mal an diesem Tag laufe ich zur Kaffeemaschine, stelle meine Tasse darunter und warte, bis diese alles Weitere erledigt. Dabei blicke ich aus dem Fenster. Das Grundstück bedarf ebenso einer Menge Arbeit, doch diese wird zu meinem eigenen kleinen Projekt.

Ich mag Pflanzen und habe seit jeher einen grünen Daumen, weshalb ich es kaum erwarten kann, mir einen Garten anzulegen. Es ist Anfang Oktober und ich habe mir fest vorgenommen, dass er spätestens zum nächsten Frühjahr hin blüht.

»Miss?« Abrupt werde ich aus meinen Gedanken gerissen, weshalb ich leicht zusammenzucke. Ich drehe mich um und starre auf eine stark behaarte Brust. Der Nachteil daran, in New Orleans zu leben: Es ist selbst im Herbst noch scheißwarm, weshalb die Menschen, ob gut gebaut oder nicht, meist wenig bekleidet sind. Und dieses Exemplar von Mann erinnert mich stark an einen Bären. Einen Bären in Latzhose.

»Hmm?« Ich greife blind nach der Tasse, als ich registriere, dass der Vollautomat keinen Ton mehr von sich gibt, trinke einen Schluck und stelle sie dann wieder ab.

»Ihr Schlafzimmer ist beinahe fertig.«

»Oh, das sind ja großartige Neuigkeiten.« Ich bin mir sicher, dass die Freude meinem strahlenden Gesicht anzusehen ist. Denn die vergangenen Nächte habe ich auf einer Luftmatratze im Erdgeschoss verbracht, weil mir das Schlafzimmer direkt nach der Küche am wichtigsten ist und dieser Raum deshalb als Zweites renoviert wurde.

»Die Inneneinrichter sind gerade dabei, die neue Matratze auszulegen und den Raum besonders gemütlich für Sie zu machen.«

Auch das sind gute Neuigkeiten, doch wieso sieht dieser Mann dann so verängstigt aus? Seine ganze Haltung wirkt unsicher, insbesondere weil er die Kappe, die er zuvor abgenommen hat, nun vor seiner Brust knetet.

»Möchten Sie mir etwas mitteilen?«, frage ich neugierig, denn er scheint nicht mit der Sprache rausrücken zu wollen.

»Ja, Miss. Es ist – Es ist so, dass –« Langsam werde ich

ungeduldig und verschränke die Arme vor der Brust. »Sie wissen schon. Aufgrund der vergangenen Ereignisse in diesem Haus – Na ja, wir empfehlen Ihnen ein Sicherheitssystem. Der Aufpreis wäre nicht groß, da meinem Bruder die örtliche Sicherheitsfirma gehört. Wenn Sie das also gerne in Anspruch nehmen möchten, können wir uns darum kümmern.«

Skeptisch runzle ich die Stirn. »Wieso betrachten Sie das als notwendig? Mir wurde mitgeteilt, dass sich der letzte Vorfall vor vielen Jahren ereignet hätte.«

»Ja, Miss, das stimmt auch. Es geht aber mitunter darum, dass Sie hier ganz allein und so nah bei den Bayous wohnen, dadurch leben Sie auch sehr ab vom Schuss.«

Da ich mir vorkomme, als würde mir dieser Kerl etwas unterjubeln wollen, setze ich das freundlichste Lächeln auf, das ich in diesem Augenblick zustande bringe. »Nein, danke, Mister. Das wird nicht nötig sein. Aber Sie können mir gerne die Visitenkarte Ihres Bruders geben, falls nachträglich doch Bedarf bestehen sollte.«

Er nickt und zieht etwas aus der Brusttasche seiner Hose. Daraufhin hält er mir eine kleine Karte entgegen. Ich frage mich, wieso er sie dort griffbereit aufbewahrt. Ich kann mir nicht vorstellen, dass er dieses Angebot täglich irgendwelchen Personen unterbreitet und trotzdem denke ich schließlich nicht weiter darüber nach, sondern nehme sie einfach entgegen.

»Vielen Dank.« Nun ist mein Lächeln eine Spur aufrichtiger. »Bedeutet das nun eigentlich, dass ich heute Nacht zum ersten Mal in meinem neuen Schlafzimmer und in meinem neuen Bett schlafen kann?«

»Ja, Miss, das können Sie.« Nun ist er es, der mein Lächeln erwidert, bevor er sich umdreht und mich in der Küche allein lässt. Ich nutze die Ruhe, um mich wieder ganz und gar meinem Kaffee zu widmen, während ich gedanklich meinen weiteren Tagesverlauf durchgehe. Die Handwerker werden noch bis zum Nachmittag hier beschäftigt sein, also werde ich einige Einkäufe erledigen, um den Kühlschrank zu füllen, und am Abend wollte ich in das berühmte *French Quarter*. Eigentlich wollte ich es bereits am Tag meiner Ankunft besuchen, denn ich träume seit Jahren davon, doch bisher kam ich nicht dazu. Es ist Zeit, unter Leute zu kommen, auch wenn ich mein Leben als Eigenbrötlerin die meiste Zeit genieße.

~

Als ich am Abend vor den gut besuchten Gassen des *French Quarter* stehe, staune ich nicht schlecht. Es ist so viel besser, als ich es mir ausgemalt habe, und so viel schöner, als ich es auf Bildern gesehen habe. Leute drängen sich hier dicht an dicht aneinander vorbei und sie alle vereint ein breites Lächeln auf ihren Gesichtern, weil sie sichtlich Spaß haben. Verbindungen werden geknüpft, der Alkohol fließt und die Stimmung ist ausgelassen. Mitten in der Gasse tanzen Menschen, aus jeder umliegenden Bar dröhnt ein anderes Lied. Auf den ersten Blick sehe ich keine einzige Person, die nicht gut gelaunt zu sein scheint, und diese Tatsache steigert auch meine eigene Laune deutlich. Hier wirkt es, als bräuchte man keinen Alkohol, um sich frei von Hemmungen zu fühlen, die durch Angst, innere Blockaden und Selbstzweifel ausgelöst werden. Denn es interessiert niemanden – das stelle ich fest, als ich mich den Menschenmengen nähere und immer wieder von lächelnden Frauen und Männern zum Tanzen aufgefordert werde.

Es verschlägt mich in die *Bourbon Street*, wo die Musik von den gängigsten Partyliedern zu Jazz wechselt. Die Stimmung ist hier genauso wie in den anderen Gassen und ich kann es kaum erwarten, mich in das Getümmel hineinzustürzen, um mir ein Bild davon zu machen, was diese berühmtberüchtigte Straße zu bieten hat. Sofort fällt mir die *Bayou Blues Bar* ins Auge, weil sie die Einzige ist, vor deren Tür kein Andrang herrscht. Wie mir beim Betreten schnell auffällt, liegt es daran, dass gerade irgendeine Jazz-Band einen Auftritt hat und die Party bloß nach innen verlegt wurde. Trotz der ganzen Leute ist die Atmosphäre spürbar entspannt – und das hat was zu heißen, denn so empfinde ich in großen Ansammlungen selten. Die Inneneinrichtung ist rustikal und erhält durch etwaige Deko-Elemente einen gemütlichen Touch. Es gibt mehrere Lounges, die sich rund um den Tresen verteilen. Dieser bildet das Highlight, da er sich durch die ganze Bar erstreckt.

Ich halte Ausschau nach einem freien Hocker, während mein Körper wie von selbst anfängt, leicht im Takt der Musik zu wippen. Gerade als ich denke, einen Platz gespottet zu haben, tritt mir jemand ins Sichtfeld. Oder viel mehr tritt mir eine breite Brust vor die Nase, denn mehr erkenne ich erst, als ich meinen Blick hebe und in ein wahnsinnig attraktives Gesicht mit einem Paar bernsteinfarbener Augen schaue.

»Sorry, Ma'am, Sie sehen so verloren aus«, spricht mich Mister Breitbrust an und ich stutze, als ich die Anrede höre.

»Ma'am? Echt jetzt?« Ich schüttele den Kopf, kann mir schließlich das Lächeln aber nicht verkneifen. »Wie siehst du denn aus, wenn du eine Bar betrittst und dich nach einem Sitzplatz umschaust?«

»Touché. Wenn du willst, kannst du dich zu mir setzen.«

»Meine Mum hat mir beigebracht, mich nicht auf Fremde einzulassen«, antworte ich.

»Dann sollten wir das ändern, findest du nicht? Ich

heiße Colin, und du?« Er streckt mir seine Hand entgegen – wobei ich diese schon viel eher als Pranke bezeichnen würde – und ich nehme sie.

»Ophelia. Wo sitzt du?«

Colin nickt nach hinten, womit er mir signalisiert, ihm zu folgen. Dabei genieße ich seine Hinteransicht in vollen Zügen, denn sein Rücken ist genauso breit und muskulös gebaut wie seine Brust. Generell ist dieser Typ einfach scharf. Sein Haar ist dunkel, seine Gesichtszüge markant, umrahmt von einem Dreitagebart, und die Augen so stechend scharf, dass ich mich durch seine Blicke beinahe nackt gefühlt habe. Als würde er hinter meine Fassade blicken können. Ich bin mir sicher, dass ich nicht die Einzige bin, die bei der kurzen Vorstellungsrunde ein Knistern spüren konnte. Vielleicht liegt es aber auch daran, dass ich in den letzten Monaten zu einer sexuell frustrierten Frau geworden bin und das Wunschdenken nun mit mir durchgeht. Jakes Betrug war in jeglicher Hinsicht ein harter Schlag in die Fresse, doch das Ganze hat bereits Monate zuvor angefangen, als er immer weniger Zeit für mich hatte, weil er öfter zu Meetings und Konferenzen außerhalb fahren musste. Mittlerweile weiß ich es besser und dennoch ändert es nichts an den Tatsachen. Für mich war diese Form des Betrugs nicht bloß ein Vertrauensbruch, sondern ebenso ein Bruch meines Selbstbewusstseins. Übrig blieben Zweifel, Vorwürfe, die ich gegen mich selbst richtete, und Fragen danach, wieso ich nicht gut genug bin, wo ich doch stets alles gegeben habe.

»Setz dich«, reißt mich Colin aus meinen Gedanken und genau das tue ich, denn ich will und brauche diese Ablenkung, um nicht weiter an der Vergangenheit festzuhalten. Ich kam nach New Orleans, um all das hinter mir zu lassen und einen Neuanfang zu wagen, und ich will verdammt sein, diesen Abend nicht vollends auszukosten.

Kapitel Drei

Nate

„You cannot be lonely if you like the person you're alone with."
- Wayne Dyer

Ophelia. Wunderschöne, süße Ophelia. Noch ahnst du nichts von dem Grauen, das hinter jeder Ecke dieses Hauses lauert. Noch ahnst du nichts von den schrecklichen Dingen, die sich einst auf dem Boden deines Schlafzimmers abgespielt haben. Noch ahnst du nichts von meiner Präsenz. In dem Augenblick, in dem du dieses Haus betreten hast, hast du dein Schicksal besiegelt, denn es war der Tag, an dem hier endlich wieder Leben einkehrte. Der Tag, an dem ich Gefallen an dir fand. Ich habe gesehen, was hinter deiner selbstbewussten Fassade lauert. Die zerbrechliche Seele, die du in dir trägst. Ich beobachte dich die ganze Zeit über und mit jeder verstreichenden Sekunde entdecke ich etwas Neues an dir. Du bist wunderschön. Ich will dich und ich finde immer einen Weg, das zu bekommen, was ich will. Du sollst mein sein, koste es, was es wolle. *Mein*, verstehst du? Das tust du nicht. Aber schon bald …

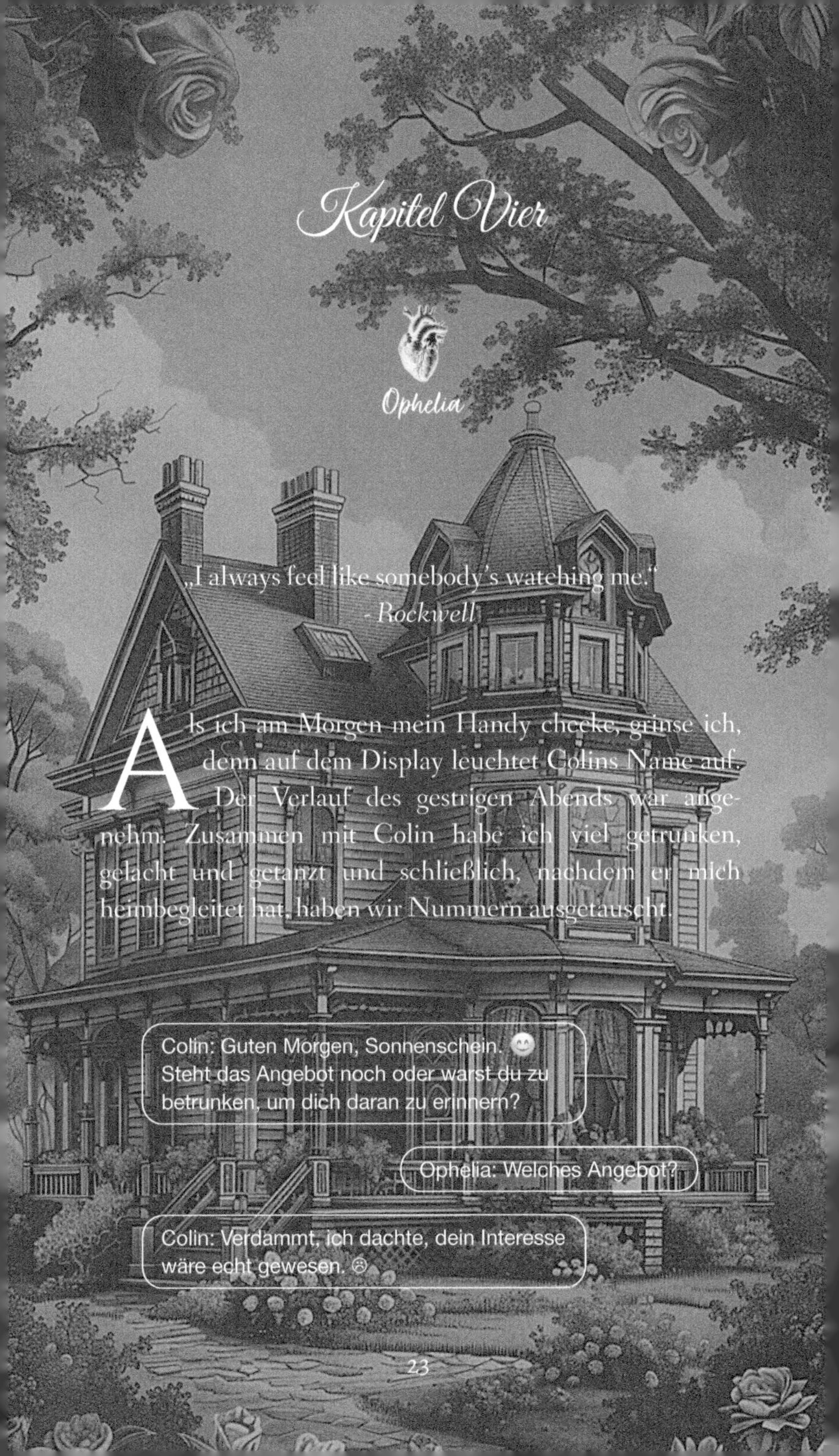

Kapitel Vier

Ophelia

„I always feel like somebody's watching me."
- *Rockwell*

Als ich am Morgen mein Handy checke, grinse ich, denn auf dem Display leuchtet Colins Name auf. Der Verlauf des gestrigen Abends war angenehm. Zusammen mit Colin habe ich viel getrunken, gelacht und getanzt und schließlich, nachdem er mich heimbegleitet hat, haben wir Nummern ausgetauscht.

Colin: Guten Morgen, Sonnenschein. 😊
Steht das Angebot noch oder warst du zu betrunken, um dich daran zu erinnern?

Ophelia: Welches Angebot?

Colin: Verdammt, ich dachte, dein Interesse wäre echt gewesen. ☹

Ophelia: Ich mache nur Spaß. Eine Kajak-Tour durch die Sümpfe also?

Colin: Es sei denn, du hast Angst, von Krokodilen gefressen zu werden. 😉

Ophelia: Nicht, wenn du keine Angst davor hast, von mir in den Sumpf gestoßen zu werden.

Colin: Wir werden sehen. :P Ich bin in einer Stunde bei dir.

Zum Glück war ich bereits duschen, sodass mir genug Zeit bleibt, um zumindest einen Kaffee zu trinken. Da heute Samstag ist, habe ich meine Ruhe vor den Arbeitern. Das bedeutet allerdings auch, dass ich zum ersten Mal wirklich allein in diesem großen Haus bin, und das bereitet mir ein Gefühl von Unbehaglichkeit.

Während ich die Kaffeemaschine per Knopfdruck zum Laufen bringe, beginne ich, nach der Geschichte dieser Villa zu googeln. Zumindest wollte ich das, bis ich von einem klopfenden Geräusch abgelenkt werde. Ich blicke auf und versuche, herauszufinden, woher es kommt. Es klingt weit entfernt und nah zugleich, als würde jemand zwischen den Wänden stecken und von innen dagegen schlagen. Von der Küche führt eine Tür in den Flur und eine weitere in ein großes Speisezimmer, das noch mitten in den Umbauarbeiten steckt. Aber je näher ich diesem Zimmer komme, desto lauter wird das Geräusch. Ich blicke zu dem alten Kamin mir gegenüber, lausche, taste mich vorsichtig näher heran, als das Klopfen plötzlich verstummt.

»Ganz ruhig, Phe. Das war sicher nur ein Waschbär«,

murmele ich zu mir selbst. Ich atme tief ein und aus. Die Nackenhaare stellen sich mir auf und ein ungutes Gefühl macht sich in mir breit. Es fühlt sich an, als würde mich etwas oder jemand beobachten. Ich schüttle den Kopf und versuche, es zu verdrängen.

Beim Kamin angekommen, gehe ich schließlich in die Hocke. Ich inspiziere alles ganz genau, doch mir fällt nichts Außergewöhnliches auf. Alles sieht so aus, wie es aussehen soll. Vermutlich war es wirklich ein Tier und mit diesem Gedanken erhebe ich mich wieder, um mich für das Date mit Colin fertig zu machen.

~

Ich betrachte mich eingehend im Spiegel. Meine dunklen Haare habe ich zu einem Messy Bun zusammengebunden. So trage ich sie mittlerweile beinahe täglich, da es hier in New Orleans meistens warm ist. Unter dem gelb-blau-geblümten Sommerkleid trage ich einen Bikini, denn Colin und ich haben uns auch für ein anschließendes Picknick verabredet und ich möchte die Gelegenheit nutzen, um die Sommerbräune zu bekommen, mit der hier nahezu jeder gesegnet ist.

Geschminkt bin ich nicht, denn das wäre bei dieser Hitze kontraproduktiv. Außerdem mag ich meine Natürlichkeit. Ich bin mit vollen Lippen, grünen Augen, einer reinen Haut und Sommersprossen gesegnet.

Ich lächele, ehe ich mich umdrehe und das Schlafzimmer noch einmal eingehend betrachte. Der viktorianische Touch, der der Villa zum Glück erhalten blieb, gefällt mir besonders und bei der Wahl der wenigen Möbel, die ich hinzugekauft habe, habe ich mich daran angepasst. Auch hier wurden hell und dunkel miteinander vermischt.

Mein Bett ist aus dunklem Massivholz und das absolute Highlight in diesem Raum. Das verdanke ich dem Rahmen, der mit hellem Stoff bespannt wurde, um es zu einem Himmelbett zu machen. Vor allem liebe ich die Lichterkette, die unter jenem Stoff angebracht wurde und mir am Abend das Gefühl vermittelt, als würde ich in den Sternenhimmel blicken.

Ich bin so verdammt stolz auf das alles. Bei der Vorstellung daran, wie das Haus wohl aussehen wird, wenn es fertig renoviert ist, erfüllt es mich mit so vielen Glücksgefühlen, dass ich mir sicher bin, dass man sein eigenes Glück sehr wohl mit Geld kaufen kann. Erst recht in Anbetracht meiner Vergangenheit. Jakes Betrug war bloß der Tropfen, der das Fass zum Überlaufen gebracht hat.

Bisher musste ich mir alles im Leben hart erkämpfen. Zum Beispiel meine Noten, indem ich nächtelang lernte, damit ich ein Stipendium bekam. Meine Familie war weder reich noch arm, aber finanzielle Rücklagen hatten wir nie, denn mein Vater hat diese mit seiner Spielsucht auf den Kopf gehauen. Also jobbte ich bereits mit vierzehn Jahren und so ging es immer weiter, bis ich das College mit 23 aufgrund eines heftigen Schicksalsschlags abbrach. Ich wünschte, das wäre das Schlimmste gewesen. Das wünschte ich wirklich. Leider war es das nie, da meine Vergangenheit düsterer ist als die finsterste Nacht.

»SCHLÄFST DU SCHON, *Ophelia?*« *Nein, das tue ich nicht. Das tue ich nie, denn sobald ich seine Schritte höre, wie sie sich meinem Zimmer nähern, weiß ich, was als Nächstes geschehen wird. Dabei hat es so harmlos angefangen, als er mich immer wieder bei Nacht besuchte, um mit mir zu kuscheln. Zwar hat er dann meistens nach Alkohol gestun-*

ken, doch das war okay, denn schließlich ist er doch mein Daddy, mit dem ich so gern Zeit verbringe.

»Ich möchte heute wieder dieses Spiel mit dir spielen, das dir so gefällt, mein kleines, hübsches Mädchen.« Nein, es gefällt mir nicht, doch ich bleibe still, weil ich es nicht verstehe und weil ich Angst habe. Ich habe Angst, Daddy zu enttäuschen, denn ich liebe ihn doch so sehr. Außerdem lässt er Xander in Ruhe, seitdem er mich nachts besucht.

Ich spüre seine Finger, spüre, wie sie langsam und so vorsichtig über meine Haut streichen, dass es mir eine Gänsehaut bereitet. Ich denke, dass es so schön sein könnte, wenn ich nicht wüsste, was danach passieren würde. Sie gleiten meine Arme hinab und dann wandern sie zu meinem Hosenbund. Ich habe angefangen, Hosen zu tragen, weil ich hoffte, dass er mich dann nicht mehr so berühren würde.

»Wieso trägst du die schon wieder?«, fragt er mich und ich höre, dass er verärgert ist. Das wollte ich nicht und jetzt schäme ich mich.

»Tu-tut mir leid, Daddy.«

»Schh …« Er legt einen Zeigefinger auf meine Lippen, während er die Hand, die bereits zwischen meinen Beinen ist, langsam in meine Hose schiebt. Ich presse meine Oberschenkel zusammen, denn eigentlich will ich das nicht. Nichts hiervon möchte ich. Ich möchte einen Vater, der am Tag mit mir spielt, mich tröstet, wenn ich mir wehgetan habe. Aber ich bekomme nichts davon, denn tagsüber ist er immer weg und nachts …

»Sei wieder ein braves Mädchen, dann machst du mich sehr glücklich. Du möchtest doch einen glücklichen Daddy, nicht wahr, mein kleines Mädchen?«

Ich nicke, denn ja, das will ich, weil ich weiß, was er meinem Bruder antut, wenn er nicht glücklich ist. Er tut ihm weh. Ich habe Xanders Schreie gehört, immer dann, wenn

Mum bei der Arbeit war. Aber ich weiß, dass ich nichts sagen darf, weil er ihm sonst noch viel mehr wehtut.

Als Daddy mir die Hose herunterzieht, spüre ich die ersten Tränen über meine Wangen kullern. Sie brennen so heiß auf meiner Haut und trotzdem rühre ich mich nicht – bin still. Ich höre die Schnalle von seinem Gürtel und für einen kurzen Augenblick fühlt es sich an, als könne ich jetzt wieder frei atmen, weil er vom Bett aufgestanden ist. Das ist der Moment, in dem ich immer so viel Hoffnung verspüre. Hoffnung darauf, dass er es sich anders überlegt und wieder geht. Doch jedes Mal verpufft sie mit einem einzigen Wimpernschlag, wenn er sich schließlich über mich beugt, meine Beine auseinanderdrückt und mir wehtut, indem er in mich eindringt. Es. Tut. So. Weh.

Mein Lächeln ist verschwunden und zurück bleibt eine blasse Erinnerung an die Frau, die ich noch vor wenigen Sekunden war. Eine Frau, die sich so sehr über ihr neues Leben und ihr bevorstehendes Date gefreut hat. Doch so sehr ich versuche, die Schatten meiner Vergangenheit zu verdrängen, sie lauern mir immer wieder auf. Sie lauern in den dunklen Ecken und in den kleinen Momenten, in denen ich mich befreit fühle. Denn das sind jene Augenblicke, in denen die Schuld an mir nagt. Schuld dem kleinen Mädchen gegenüber, das ich einst war. Wie gern ich sie an die Hand nehmen würde, um ihr zu sagen, dass alles besser werden wird. Doch ist es das wirklich? Ist es besser oder mache ich mir die ganze Zeit über bloß selbst etwas vor?

Ich realisiere erst jetzt, dass ich geweint habe. Meine Sicht ist leicht verschwommen, meine Wangen feucht und als ich mich umdrehe, um wieder in den Spiegel zu blicken … FUCK!

Erschrocken zucke ich zusammen, suche kurz darauf mit meinem Blick den ganzen Raum ab, doch da ist nichts. Dabei bin ich mir absolut sicher, dass ich einen Schatten im Spiegel gesehen habe. Einen gottverdammten Schatten, der mich verflucht noch mal beobachtet hat.

Kapitel Fünf

Nate

„The art of observation is the greatest art of all."
- Unknown

Du hast etwas gesehen, nicht wahr? Ich hätte niemals geglaubt, dass das hier geschehen könnte. *Nicht so.* Aber nun weiß ich, was zu tun ist, Ophelia. Denn du bist mein Licht und jetzt, wo ich weiß, dass ich zu dir durchdringen kann, werde ich verflucht noch mal alles daransetzen, dieser Eintönigkeit zu entkommen. Du ahnst immer noch nichts von mir oder von der Geschichte dieses Hauses. Doch du spürst, dass etwas nicht stimmt, das habe ich dir angesehen.

Ich weiß nicht, was geschehen ist, als du vorhin geweint hast. Du wirktest so nachdenklich und so gebrochen, weshalb ich auch dieser Sache auf den Grund gehen werde. Doch in diesem Augenblick ist mir nichts wichtiger, als dich von diesem Versager, mit dem du ein Date hast, fernzuhalten. Denn ja, süße Ophelia, ich habe die Nachrichten gelesen, die ihr euch geschickt habt. Und nein, ich bin nicht sonderlich begeistert darüber, denn du gehörst mir. Ich weiß, dass du meine Präsenz spürst, irgendwo ganz tief in deinem Inneren, doch vermutlich verdrängst du sie. Weißt du, ich bin ein guter Beobachter. Was sonst hätte ich auch in den letzten Jahren tun sollen? Immerhin wurde ich dazu *verdammt*, zu beobachten. Zumindest glaube ich das.

Ich sehe sie ein und aus gehen. Dabei ist das Schlimmste an der ganzen Sache, dass sie alle eine Gemeinsamkeit hegen. Dieses elendige Haus lockte bisher immer wieder dasselbe Gesindel an – menschlichen Abschaum. Vielleicht liegt ein Fluch auf diesen Gemäuern und ich war bloß zur falschen Zeit am falschen Ort. Vielleicht ist es auch Teil meines persönlichen Fluches, meiner Hölle. Sie sind Mörder und Vergewaltiger, Huren und Junkies. Deshalb hat sich niemals jemand getraut, diese Villa zu kaufen. Du bist mutig, das muss ich dir lassen. Aber wie mutig wärst du, wenn du wüsstest, dass das schlimmste Monster von allen in diesem Moment hinter dir steht?

Du riechst so verdammt gut. So süß wie die verführerischste Sünde selbst. Wie gut, dass ich ein Sünder bin und zu gern von dir kosten würde, um herauszufinden, ob du genauso gut schmeckst. Fuck. Bei dem bloßen Gedanken daran, wird mein Schwanz hart. Zwar leben wir in unterschiedlichen Dimensionen, doch Baby, das ändert nichts daran, dass mein Körper noch funktioniert. Tatsächlich frage ich mich sogar in genau diesem Moment, ob das ebenso Teil meines Fluches ist – in dieser Abstinenz leben zu müssen.

Ich strecke meine Hand aus, versuche erneut, dich zu berühren. Das habe ich in den vergangenen Tagen schon öfter getan. Doch du rührst dich nicht und hast dich mittlerweile dem Display deines Smartphones zugewendet. Stattdessen gleitet meine Hand durch deine Schulter hindurch, als würdest du aus reiner Luft bestehen.

»So ein Bullshit.« Ich habe schon vor langer Zeit angefangen, Selbstgespräche zu führen. Es schien mir die einzige Möglichkeit, nicht komplett den Verstand zu verlieren. Zumindest am Tag, wenn hier üblicherweise gähnende Langeweile herrscht. In der Nacht hingegen erwachen die Monster. Denn meine Seele ist nicht dazu bestimmt, Ruhe zu finden. Das war sie nie. Auch nicht in Form von Schlaf. Ich musste auf unangenehme Weise herausfinden, dass die Geisterstunde tatsächlich existiert. Dass sie mich bei Nacht heimsuchen, um mir all meine schrecklichen Taten vor Augen zu führen und um sie mich immer wieder erleben zu lassen. In der Nacht bin ich selten allein.

Da du mindestens einen Kopf kleiner als ich bist und auch um die Hälfte schmaler, ist es mir ein Leichtes, ebenso auf dieses Display hinabzublicken.

Colin: Ich verspäte mich, stehe im Stau. ☹

Dein Finger schwebt über den Worten und ich kann deine Gedanken förmlich rattern hören. Du bist dir nicht sicher, ob du das Date nach diesem kurzen Zusammenbruch noch durchziehen willst, oder? Viel lieber würdest du mehr über dieses Anwesen erfahren, habe ich recht, Baby?

Ich weiß nicht, ob du ein gutes Pokerface besitzt, doch wenn du dich allein und unbeobachtet fühlst, kann man dir nahezu jeden Gedanken aus deinem wunderschönen, puppenhaften Gesicht ablesen. Das ist mir schnell aufgefallen und es gefällt mir, dadurch mehr über dich zu erfahren.

Ophelia: Kein Problem, oder hast du es eilig? :P

NEIN. Noch während du die Nachricht tippst, spüre ich die Wut in mir aufkeimen. Was willst du bloß von diesem Loser? Ich muss ihn nicht einmal gesehen haben, um zu wissen, dass er einer ist.

Ich drehe mich um, überlege, was ich tun kann. Bisher war es mir nie möglich, einen Menschen, der das Haus betreten hat, anzufassen, doch sobald die Uhr Mitternacht schlägt, werde ich stärker. Stark genug, um Objekte bewegen zu können, wie ich in der Vergangenheit festgestellt habe. Irgendwie musste ich den gesellschaftlichen Abschaum ja von diesem Haus fernhalten, selbst wenn ich sie dafür töten musste. Zwar nicht auf diese befriedigende Art und Weise, wie ich es damals getan habe, doch der Zweck heiligt die Mittel. Leider bringt mir das jetzt nichts, denn es ist gerade einmal zwölf Uhr am Mittag.

Genervt lasse ich mich in den Sessel fallen, der in der Ecke deines erstaunlich gemütlichen Schlafzimmers steht. Direkt gegenüber von deinem Bett. Ja, das funktioniert, denn alles, was sich in dieser Villa bereits bei meiner Ankunft befand, existiert auch in meiner Welt. Bizarr, nicht wahr?

Ich kapituliere. Zumindest für den Moment. Ich gestatte dir dieses Date, doch glaube mir, sobald ich genug Kraft manifestieren kann, um mich bei dir bemerkbar zu machen, wirst du meine Anwesenheit nicht leugnen können. Ich werde dein Bett erschüttern lassen, die Türen knallen ... Ich werde dir Angst einjagen. Und wenn ich dabei zusehen muss, dass dieser elendige Bastard dich berührt, dann Gnade ihm Gott. Das wird sein Todesurteil.

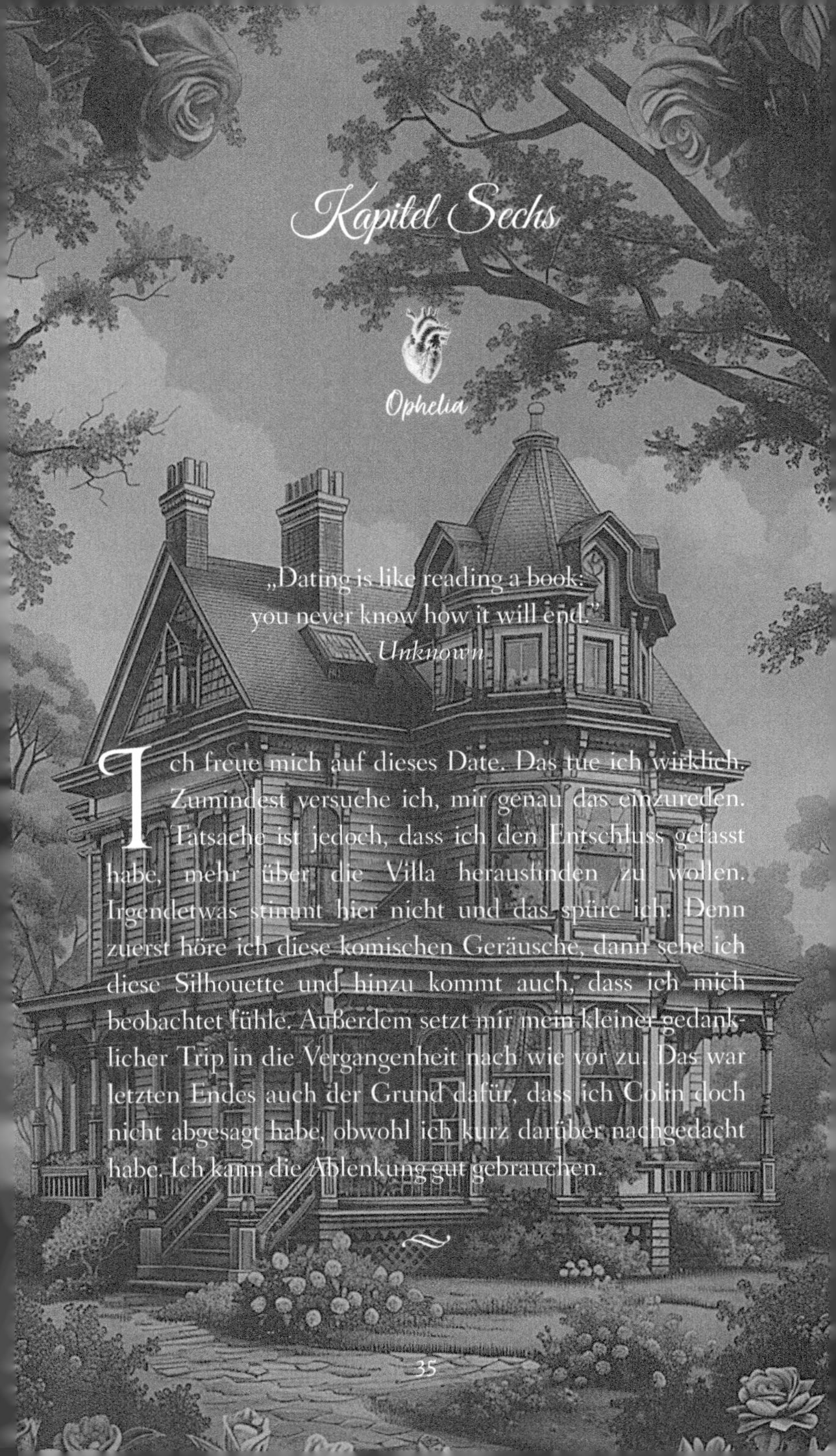

Kapitel Sechs

Ophelia

„Dating is like reading a book:
you never know how it will end."
- *Unknown*

Ich freue mich auf dieses Date. Das tue ich wirklich. Zumindest versuche ich, mir genau das einzureden. Tatsache ist jedoch, dass ich den Entschluss gefasst habe, mehr über die Villa herausfinden zu wollen. Irgendetwas stimmt hier nicht und das spüre ich. Denn zuerst höre ich diese komischen Geräusche, dann sehe ich diese Silhouette und hinzu kommt auch, dass ich mich beobachtet fühle. Außerdem setzt mir mein kleiner gedanklicher Trip in die Vergangenheit nach wie vor zu. Das war letzten Endes auch der Grund dafür, dass ich Colin doch nicht abgesagt habe, obwohl ich kurz darüber nachgedacht habe. Ich kann die Ablenkung gut gebrauchen.

Colin und ich erreichen die *Bayous* nach knapp fünfzehn Minuten Fahrtzeit, in denen wir lieber Musik gehört haben, als uns zu unterhalten. Es war angenehm und wie sich herausstellte, haben wir einen sehr ähnlichen Musikgeschmack. Mein Auto ließ ich zu Hause, weil wir stattdessen mit seinem Pickup gefahren sind, auf dessen Ladefläche er ein Kajak festgeschnallt hat.

»Bist du bereit?«, fragt er, kurz nachdem wir beide aus dem Wagen ausgestiegen sind.

»Um ehrlich zu sein, war das immer ein kleiner Traum von mir.«

»Na, dann wollen wir dir dieses Träumchen erfüllen.« Er schenkt mir ein aufrichtiges Lächeln, das so ansteckend ist, dass es mir ein Grinsen auf die Lippen zaubert. Colin scheint ein guter Kerl zu sein. Allerdings dachte ich das anfänglich auch über Jake, weshalb ich mir schwor, mein Vertrauen nicht mehr so leichtfertig zu verschenken.

Nicht, dass ich das vorher getan hätte. Jake und ich sind uns eines Abends in einer Bar außerhalb unseres Dorfes begegnet. Dass ich ihn bis dato nicht auf dem Schirm hatte, war sehr verwunderlich, wo gefühlt alle einander kannten in diesem Drecksloch. Jedenfalls sind wir noch am selben Abend miteinander im Bett gelandet und das geschah von da an regelmäßig. Doch während er sich am liebsten sofort in eine Beziehung gestürzt hätte, habe ich ihn immer wieder abgewiesen. Zu jenem Zeitpunkt vor vier Jahren habe ich gerade das College abgebrochen und wohnte vorübergehend in der Wohnung meines Bruders. Ich konnte dort nicht ewig bleiben – denn Xander hatte sich wenige Monate zuvor mit einer Schrotflinte den Kopf weggepustet. Dadurch musste die Wohnung geräumt werden und es kam mir sehr gelegen, als Jake mir eines Tages den Job als seine Sekretärin anbot. Eigentlich wollte ich niemals diese Frau sein, die sich *hochschlief*, aber was blieb mir anderes übrig? Also nahm ich an. Zuerst den Job und schließlich ging ich auch eine Beziehung mit ihm ein. Meine erste Beziehung.

Colin ist mittlerweile dabei, das Kajak vom Wagen zu heben, als ich bemerke, dass ich gedanklich wieder ganz woanders war. *Dieser Tag scheint verflucht zu sein.*

»Würdest du bitte mit anpacken?«, fragt er schließlich und ich nicke.

Ich hebe das Kajak von der anderen Seite vom Wagen herunter und bin erstaunt darüber, wie leicht es ist. »Also, wie lautet der genaue Plan? Ich will mindestens ein Krokodil sehen.« Da die Vorfreude auf diese Aussicht die Gedanken überwiegt, lächle ich automatisch.

»Keine Sorge, in den *Manchac Swamps* sieht man eigentlich immer welche. Wir werden etwa zwei Stunden durch die Sümpfe paddeln. Eine Stunde hin und eine zurück. Ich habe uns einen netten Spot für ein Picknick gesucht.«

»Du klingst schon fast wie ein Tourguide«, stelle ich fest. Es klingt zumindest so, als hätte er sehr viel Ahnung von dem, was er da tut.

»In der Hauptsaison bin ich das tatsächlich auch.«

Wir tragen das kleine Boot einen schmalen Pfad hinab, der umgeben ist von allerlei exotischen Bäumen und Sträuchern. Ich komme mir vor wie im Dschungel und ich liebe es.

»Wie kam es dazu? Bist du aus New Orleans?«

»Nein. Ursprünglich komme ich aus New York. Dort habe ich an der NYU Biologiewissenschaften studiert. Ich kam zu wissenschaftlichen Zwecken nach New Orleans, wobei es vor allem um die Erkundung der Bayous geht. Die Touren gehören mehr zu einem meiner Hobbies. Und na ja, mittlerweile lebe ich hier.«

Ich betrachte Colin von der Seite. »Wow, das ist ...

erstaunlich. Um ehrlich zu sein, habe ich dich für einen Draufgänger gehalten.«

Er lacht und ich stelle fest, dass es warm und herzlich klingt. »Das eine schließt das andere nicht aus.«

Mittlerweile haben wir das Ufer des Sumpfes erreicht, als mir etwas einfällt. »Unser Spot ist aber sicher, oder? Ich will beim Picknick nicht unbedingt von einem Krokodil zerfleischt werden.«

»Hast du denn gar kein Vertrauen in mich?« Colin grinst auch weiterhin, wohingegen meine eigene Miene ernst wird. Mit seiner Frage hat er irgendeinen wunden Punkt getroffen.

»Kommt drauf an«, entgegne ich ihm kühl. Denn es fällt mir eben einfach schwer, mich anderen gegenüber zu öffnen und etwas Ernsteres aufzubauen, wohingegen ich nicht so verschlossen bin, wenn es beispielsweise um das reine Vergnügen geht. Und jemandem mein Leben in die Hände zu legen, kommt auch nur bedingt infrage. Das behalte ich allerdings für mich. In diesem Fall gewähre ich ihm den Vorschuss ausnahmsweise.

Jetzt verblasst auch sein Grinsen. »Keine Sorge, ich bin sehr geduldig.«

~

Die Kajak-Tour war ein voller Erfolg. Wir haben zwei Krokodile gesehen und darauf folgte das versprochene Picknick in einer ruhigen Bucht. Wir saßen lange dort und haben die Zeit genutzt, um einander noch besser kennenzulernen. Oder vielmehr habe ich ihn kennengelernt und ausgefragt, während ich mein Bestes gab, nicht allzu viel von mir selbst preiszugeben. Kurz bevor es zu dämmern begann, haben wir uns auf den Rückweg gemacht, schließlich hatten wir noch eine einstündige Rückfahrt mit dem Boot vor uns.

Und nun sitzen Colin und ich im Pickup vor meinem Haus. Ich habe ihn noch auf den einen oder anderen Drink zu mir eingeladen, weil ich nicht will, dass dieser schöne Tag bereits endet. Außerdem bin ich durchaus bereit dazu, einen Schritt weiterzugehen und allein bei dem Gedanken daran, spüre ich ein Ziehen in meiner Mitte.

»Sorry schon mal für das Chaos, die Renovierungsarbeiten sind noch in vollem Gange«, sage ich, während ich aus dem Wagen steige.

Colin winkt ab. »Kein Ding, ehrlich. Mir geht es ohnehin nicht darum, dein Haus unter die Lupe zu nehmen, sondern darum, Zeit mit dir zu verbringen.«

Ich umrunde das Auto, bleibe direkt vor ihm stehen, blicke zu ihm auf und schenke ihm ein ehrliches Lächeln. Den ganzen Tag über war er nett und zuvorkommend. Er hat keinerlei Anstalten gemacht, dass es ihm bloß um einen einmaligen Fick ginge. Doch selbst wenn dem so wäre, wäre ich nicht abgeneigt. Aber ich sehe seine Bemühungen und bilde mir ein, dass er mehr von mir möchte. Keine Ahnung, ob es dabei bloß um eine Freundschaft geht oder ob er eine Beziehung anstrebt. Ich möchte eigentlich auch gar nicht zu lange darüber nachdenken, denn wenn ich das täte, würde ohnehin wieder die Torschlusspanik einsetzen, die ständig dafür sorgt, dass ich mich niemandem öffne.

»Ist alles in Ordnung?«, reißt mich Colin aus meiner Gedankenstarre.

Da ich die Fassade der stabilen jungen Frau mittlerweile perfektioniert habe, lasse ich mir niemals ansehen, was wirklich in meinem Inneren vor sich geht. »Ja«, antworte ich schlicht.

Ich bemerke, dass er schon längst meinen Blick gesucht hat. Ich erwidere diesen, wobei er zwischen seinen Augen und seinen Lippen auf und ab wandert. Und mehr braucht es schließlich nicht, als Colin mich bei der Taille packt, zu sich heranzieht und seine Lippen gierig auf meine presst. Ich bin nicht wirklich überrascht und auch nicht überrumpelt. Ganz im Gegenteil – ich erwidere den Kuss, lasse mich von der Welle mitreißen. Ich öffne meine Lippen, um ihm Einlass zu gewähren und spüre, wie er lächelt, bevor seine Zunge in meinen Mund eindringt.

Mein darauffolgendes Seufzen nimmt Colin als Anlass dafür, mich auf seine Hüften zu heben, um mich zum Haus zu tragen. Unsere Münder liegen nicht länger aufeinander, weshalb ich ihn nun noch eingehender mustere. Seine Wangen sind leicht gerötet und seine Augen glänzen vor Vorfreude. Ich nehme an, dass ich ein ähnliches Bild abgebe.

Vor der Haustür setzt er mich ab, damit ich sie öffnen kann. Das gestaltet sich schwieriger als gedacht, da die kleine Lampe an der Veranda noch nicht erneuert wurde und es mittlerweile stockdunkel geworden ist.

Es fühlt sich an, als wären Minuten vergangen, als ich es endlich schaffe. Wahrscheinlich waren es bloß Sekunden, die sich qualvoll in die Länge gezogen haben. Schließlich betreten wir das Haus, ehe ich mich zu ihm herumdrehe, um nach seiner Hand zu greifen und ihn hinter mir die Treppe hinaufzuziehen.

»Oder möchtest du zuerst eine Führung?« Meine eigene Stimme klingt heiser und rau vor Lust.

Colin schüttelt den Kopf. »Später. Jetzt gerade reicht mir dein Schlafzimmer.«

Ich grinse und im nächsten Moment erreichen wir das obere Ende der Treppe. Ich führe Colin in den rechten Gang, zu meinem Schlafzimmer. Direkt die erste Tür links, die ich kurz darauf aufstoße.

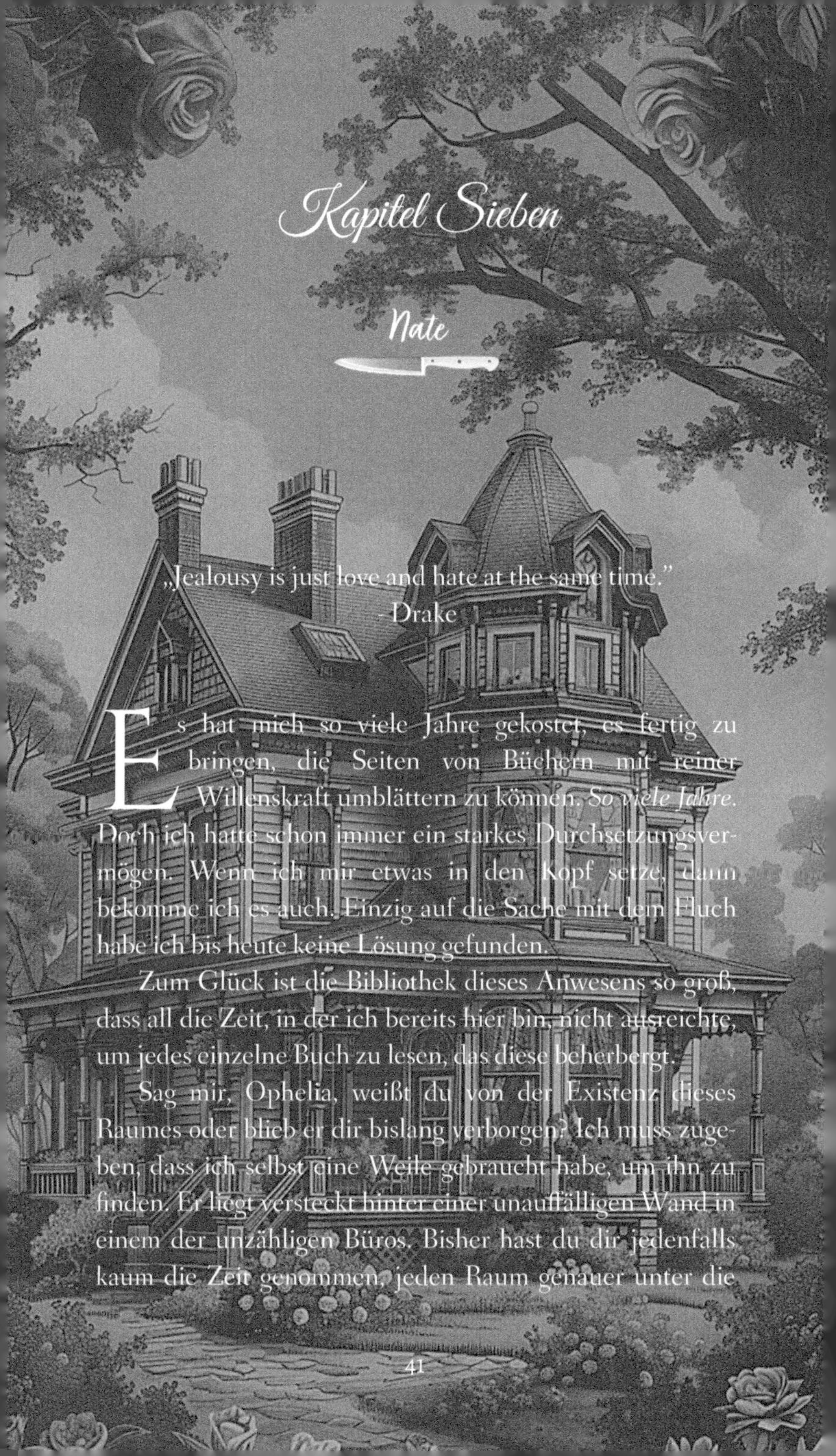

Kapitel Sieben

Nate

„Jealousy is just love and hate at the same time."
- Drake

Es hat mich so viele Jahre gekostet, es fertig zu bringen, die Seiten von Büchern mit reiner Willenskraft umblättern zu können. *So viele Jahre.* Doch ich hatte schon immer ein starkes Durchsetzungsvermögen. Wenn ich mir etwas in den Kopf setze, dann bekomme ich es auch. Einzig auf die Sache mit dem Fluch habe ich bis heute keine Lösung gefunden.

Zum Glück ist die Bibliothek dieses Anwesens so groß, dass all die Zeit, in der ich bereits hier bin, nicht ausreichte, um jedes einzelne Buch zu lesen, das diese beherbergt.

Sag mir, Ophelia, weißt du von der Existenz dieses Raumes oder blieb er dir bislang verborgen? Ich muss zugeben, dass ich selbst eine Weile gebraucht habe, um ihn zu finden. Er liegt versteckt hinter einer unauffälligen Wand in einem der unzähligen Büros. Bisher hast du dir jedenfalls kaum die Zeit genommen, jeden Raum genauer unter die

Lupe zu nehmen. Ich hoffe, dass deine Handwerker ihn nicht finden und uns sein alter Charme noch länger erhalten bleibt.

Ich blättere gerade in Shakespeares *Romeo und Julia* – ein echter Klassiker. Und so bedeutungsvoll in Anbetracht unserer Lage, findest du nicht auch? Du bist meine Julia, Baby.

Als ich höre, wie die Haustür zugeschlagen wird, erhebe ich mich aus meinem Sessel. Ich will dich sehen, ich *muss* dich sehen. Fuck, ich habe dich vermisst und ich *hasse* es, wenn du dieses Haus verlässt, weil ich nichts dagegen tun und nicht bei dir sein kann. Heute erst recht, wo du mit diesem Bastard unterwegs warst.

Ich durchquere die Bibliothek und das Büro, hinter dem sie liegt, und trete hinaus auf den Gang, als ich deine liebliche Stimme wahrnehme. »Oder möchtest du zuerst eine Führung?«

Fuck, Baby. Wenn ich an einen Gott glauben würde, wäre das jetzt die Stelle, an der ich dir empfehlen würde, für diesen armseligen Kerl zu beten. Denn mit der Tatsache, dass du ihn hierher – in unser Zuhause – eingeladen hast, hast du auch sein Schicksal besiegelt, ganz gleich, ob du es ahnst oder nicht.

Vielleicht ist es lebensmüde oder gar masochistisch, dass ich euch folge, doch ich muss sehen, was er mit dir anstellt. Ich muss sehen, an welchen Stellen seine dreckigen Finger deinen atemberaubend schönen Körper berühren.

Noch bevor du die Tür wieder schließt, schlüpfe ich in dein Zimmer. Ich wende mich dem Sessel in der Ecke zu, auf dem ich bereits am Vormittag saß, und lasse mich hineinfallen. Es fühlt sich beschissen an, nicht derjenige zu sein, mit dem du dich knutschend auf diesem großen, gemütlichen Bett ausbreitest. Trotzdem beobachte ich euch weiter. *Wer austeilt, muss auch einstecken können*, denke ich dabei. Und verdammt, Baby, ich bin verfickt gut darin, auszuteilen.

Ich höre euer Schmatzen, das Rascheln eurer Kleidung, die stückweise auf dem Boden verteilt wird. Ich sehe, wie sich eure Leiber bereits jetzt gierig aneinanderreiben, obwohl ihr noch Unterwäsche tragt. Leider sehe ich auch den harten Schwanz dieses Kerls, durch den seine Mitte aussieht wie ein Zelt. *Ein durchschnittlich großes Zelt.* Tja, bei mir hättest du mehr bekommen. Ich bin wahrlich nicht eitel und erst recht nicht arrogant, doch ich wurde nun mal mit einem ordentlichen Stück gesegnet. Warum sollte ich diese Tatsache also verdrängen, anstatt sie so anzunehmen, wie sie ist?

Es hat nicht lange gedauert, bis ihr euch auch den letzten Hüllen entledigt habt. Nun blende ich den Kerl erstmals aus, um die Schönheit deines nackten Körpers in Augenschein zu nehmen. Dich so sehen zu können, dämpft die Wut in meinem Inneren zumindest für diesen Augenblick. Deine Figur, so makellos, so perfekt. Ich spüre, wie mein eigener Schwanz hart wird, während ich deine Brüste betrachte. Sie sind prall, nicht zu groß und nicht zu klein. Perfekt für meinen Geschmack. Genau eine Handvoll – und ich habe große Hände.

Leider sehe ich nur die eine Hälfte von dir, weil sich dieser Scheißkerl mittlerweile halb über dich gebeugt hat, während er mit den Fingern an deiner Pussy herumfummelt. Weiß er überhaupt, was er da macht? Sag mir, Baby, gefällt dir, was er tut? Ich wette, dass er mir nicht das Wasser reichen kann. In keiner Hinsicht.

Als seine Finger in dich eindringen und ich das Schmatzen höre, halte ich es kaum mehr aus. Ich öffne meine Jeans und packe meinen Schwanz aus. Scheiß auf ihn, denn er wird danach ohnehin kein erfülltes Leben mehr haben. Der Gedanke daran ist der Grund dafür, dass ich mich bisher so gut zurückhalten konnte und noch nicht vollends ausgerastet bin.

Ich konzentriere mich allein auf dich, auf die Geräusche, die du von dir gibst, auf das sanfte Seufzen und Keuchen. Ich höre, dass du feucht bist, und trotzdem bin ich mir sicher, dass da noch mehr geht.

Ich fange an, meinen Schwanz zu massieren, als er in dich eindringt, nachdem er seinen Schwanz in eine Lümmeltüte gepackt hat. Wenigstens denkt er daran. Man stelle sich nur vor, du würdest ein Kind mit diesem Idioten zeugen. Nicht mal für ein Vorspiel hat er sich Zeit genommen. Du wirfst deinen Kopf nach hinten und hast die Lider geschlossen. Genießt du das etwa? Doch kurz darauf öffnest du sie wieder. Du siehst ihn an, aber er dich nicht. Mir fällt auf, wie steif seine Bewegungen sind. Er stützt sich mit beiden Armen am Bett ab und hämmert immer wieder in dich rein, ohne dich dabei zu berühren oder den Moment zu genießen. Wäre ich an seiner Stelle, würde das Ganze anders ablaufen. Ich würde keinen Millimeter deiner Haut unberührt lassen. An erster Stelle steht immer dein Wohl und nicht mein eigenes.

Deine Hand wandert zu deiner Pussy hinab und du beginnst, dich selbst zu reiben. *Wie erbärmlich, dass du das tun musst.* Trotzdem gibst du ein sexy Bild ab und ich spüre bereits, wie mein Schwanz zu pulsieren beginnt. Ich passe meine Bewegungen deinem Rhythmus an, um mich noch näher mit dir verbunden zu fühlen, wobei mir auffällt, dass Colin immer schneller wird. Kommt er etwa gleich schon?

Dein Blick ist wachsam, nicht entspannt, und auch deine Hand wird schneller. Du fürchtest, dass er kommen wird und dich unbefriedigt zurücklässt, ist es nicht so? Es bereitet mir Freude, zu sehen, dass dieser Kerl dich nicht so nimmt, wie du es scheinbar gern hättest und wie du es brauchst. Es löst irgendetwas in mir aus und ich spüre, wie ich selbst kurz davorstehe, zu kommen. Einzig der Tropfen fehlt, der das Fass zum Überlaufen bringt, doch in dem Moment, in dem dein Blick von Colin abschweift, durch den Raum wandert und meinen trifft, ist es um mich geschehen. Du siehst mich direkt an, als könntest du mich wahrhaftig *sehen.* Deine Augen weiten sich, mein Schwanz pulsiert immer heftiger. Du beobachtest jede meiner Bewegungen, während dein Stöhnen lauter wird. Ich denke nicht darüber nach, was es für mich – für uns – bedeutet, dass du mich siehst. Nicht in diesem Moment, denn ich bin überwältigt von dieser Lust. Eine Lust, wie ich sie noch nie verspürt habe. Wild, ungebändigt, roh. *Animalisch.* Das ist es, was du mit mir machst. Gefällt es dir? Gefällt dir, wie mein Schwanz auf dich reagiert? Ganz allein auf dich. Gefällt es dir, wie ich hier sitze, dich beobachte und mir dabei einen runterhole? Wieso bist du noch nicht aufgestanden, hast das Ganze beendet? Wieso bist du nicht schockiert, so wie man es in einer solchen Situation erwarten würde? Ich glaube, wir sind uns ähnlicher, als du denkst, Baby.

Und schließlich kommst du. Du stöhnst laut, schließt deine Augen und dein ganzer Körper bebt. Ich stelle mir vor, wie sich deine Pussy ganz eng um meinen statt um den Schwanz dieses Versagers zusammenzieht. Und da ist er – der Tropfen. Ich komme ebenfalls, keuchend und heftig. So heftig, wie ich es schon lange nicht mehr erlebt habe. Ich spüre, wie mir mein eigener Saft warm über die Hand rinnt. *Was für eine Verschwendung*, denke ich. Meine Augen waren bloß für den Bruchteil einer Sekunde verschlossen, doch als ich sie öffne, sitzt ihr nebeneinander. Du wirkst apathisch, hast die Knie angewinkelt und deine Arme darum geschlungen. Dein Blick irrt suchend und ratlos durch den Raum.

»Ich bin da, Baby«, sage ich beruhigend, obwohl ich weiß, dass der Moment vorüber ist. Du kannst mich nicht mehr sehen und hören kannst du mich ohnehin nicht, dennoch bin ich bei dir und hoffe, dass du es zumindest spürst.

Kapitel Acht

Ophelia

„When two minds connect on a deeper level, it creates a bond that goes beyond physical attraction. It's a meeting of souls."
- Unknown

Was. War. Das. Ich habe keine rationale Erklärung für das, was soeben geschehen ist. *Du bist verrückt geworden, Ophelia Kensington.*

Ja, das muss es sein. Zumindest versuche ich, mir genau das einzureden. Dass es ein Streich war, den meine Fantasie mir gespielt hat, zurückzuführen auf Schlafmangel oder so.

»Ist alles in Ordnung?«

Shit, ich habe vergessen, dass Colin auch noch hier ist. »Alles bestens«, erwidere ich trocken. Denn Tatsache ist, dass *nicht* alles bestens ist. Der Sex mit Colin war eine Enttäuschung. Vielleicht habe ich mir einfach zu viel erhofft, keine Ahnung. Vielleicht ist das der Haken. Der Ausgleich dafür, dass er ein netter Kerl, ja, fast schon ein

Gentleman ist. Vielleicht ist der Typ auf meinem Sessel meiner Wunschvorstellung eines Mannes entsprungen. Ja, genau das muss es gewesen sein. Denn rein optisch betrachtet, brachte er alles mit, was ich mir bei einem Mann vorstelle. Sein Oberkörper, so muskulös, dass sich das schwarze Shirt wie eine zweite Haut um jene Muskeln spannte. Das Gesicht markant wie das eines griechischen Gottes, umrahmt von einem dunklen Fünftagebart und dunklen Locken, die ihm sanft in die Stirn gefallen sind. Vor allem waren es aber die Augen, die mich gefangen hielten. So stechend blaugrau wie der Ozean. Für einen kurzen Augenblick habe ich mich darin verloren, bin darin ertrunken. Von seinem Schwanz will ich gar nicht erst anfangen – so prall und groß. Und er war hart, während er mich genau beobachtet hat. Es hat mir gefallen, wie er mich anschaute. Ich möchte es ungern zugeben und wahrscheinlich würde ich das auch nie, doch ich habe seine Blicke genossen, obwohl ich eigentlich hätte schockiert sein müssen, weil er auf unerklärliche Weise einfach da war.

»Du wirkst so abwesend«, bemerkt Colin, dessen Anwesenheit ich zum zweiten Mal innerhalb weniger Sekunden vergessen habe.

»Ach, weißt du, ich bin einfach müde.« Eine glatte Lüge. In Wahrheit bin ich hellwach. Mein Kopf rattert wie ein Uhrwerk und es fällt mir schwer, mich auf die Realität zu konzentrieren. Die Realität, in der Colin versucht, alles dafür zu geben, mir gerecht zu werden, während ich von anderen Männern fantasiere. Das ist nicht fair und genau das wird mir nun auch bewusst. »Möchtest du über Nacht bleiben?«

Meine Frage erhellt seine Gesichtszüge. »Sehr gerne. Soll ich uns noch einen kleinen Mitternachtssnack zubereiten?«

»Fühl dich wie zu Hause.« Ich schenke ihm ein müdes

Lächeln. Auf eine abstruse Art und Weise schäme ich mich, obwohl es keinen Grund dazu gibt.

Ich sehe Colin hinterher, als er das Schlafzimmer verlässt, und kaum, dass er vorübergehend außer Sichtweise ist, wandert mein Blick wieder zu dem Sessel zurück.

»Wer bist du?«, frage ich in die Stille hinein und obwohl ich mir keine Antwort erhoffe, bin ich enttäuscht, als ich tatsächlich keine bekomme. Ich habe das Gefühl, dass diese seltsamen Geschehnisse mit meinem neuen Zuhause zusammenhängen, weswegen ich mir fest entschlossen vornehme, die nächsten Tage mit einer Recherche darüber zu verbringen.

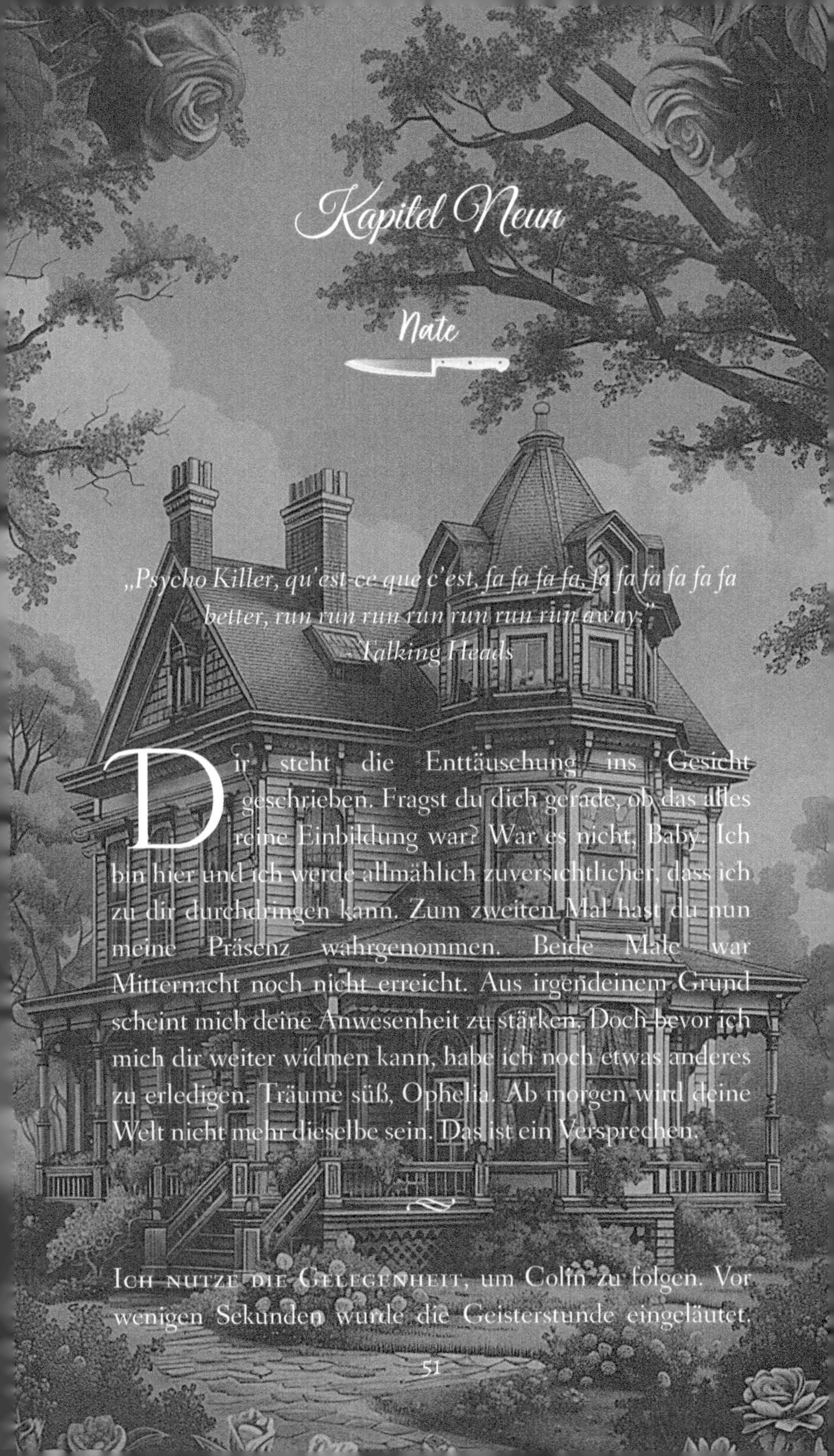

Kapitel Neun

Nate

„Psycho Killer, qu'est-ce que c'est, fa fa fa fa, fa fa fa fa fa fa better, run run run run run run run away."
- Talking Heads

Dir steht die Enttäuschung ins Gesicht geschrieben. Fragst du dich gerade, ob das alles reine Einbildung war? War es nicht, Baby. Ich bin hier und ich werde allmählich zuversichtlicher, dass ich zu dir durchdringen kann. Zum zweiten Mal hast du nun meine Präsenz wahrgenommen. Beide Male war Mitternacht noch nicht erreicht. Aus irgendeinem Grund scheint mich deine Anwesenheit zu stärken. Doch bevor ich mich dir weiter widmen kann, habe ich noch etwas anderes zu erledigen. Träume süß, Ophelia. Ab morgen wird deine Welt nicht mehr dieselbe sein. Das ist ein Versprechen.

Ich nutze die Gelegenheit, um Colin zu folgen. Vor wenigen Sekunden wurde die Geisterstunde eingeläutet.

Wie naiv ihr doch wart, zu glauben, dass es eine gute Idee sei, Colin über Nacht bleiben zu lassen.

Es ist mir egal, ob ich überhaupt erst wegen meiner Taten in dieser Situation landete. Ich habe gelernt, zu bereuen, ich habe Buße getan, doch was hat sich geändert? Absolut gar nichts. Warum sollte ich also darauf verzichten, so weiterzumachen wie bisher, wenn es für mich die einzige Möglichkeit ist, nicht komplett durchzudrehen?

Ob Colin nun ein guter oder ein schlechter Kerl ist, vermag ich nicht zu beurteilen. Ich hatte keine Zeit, um mich mit dieser Frage auseinanderzusetzen. Es ist einfach wichtig, dass ihr begreift, dass er seine Finger von dir zu lassen hat. Zugegeben, ich habe mit dem Gedanken gespielt, ihn zu töten. Es wäre ein Leichtes gewesen, ihn ein für alle Mal zu beseitigen. Allerdings ist mir klar geworden, dass ich mich dann jede Nacht mit ihm herumschlagen müsste. Wenn mein Plan also aufgeht – und ich hoffe sehr, dass er das tut –, wird sich Colin in Zukunft von dir fernhalten.

Ich beobachte ihn dabei, wie er sich von deinem Kühlschrank bedient, um sich ein Sandwich zuzubereiten. Wie selbstverständlich. Wieso musstest du ihm auch sagen, dass er sich wie zu Hause fühlen soll? Das hier ist *unser* Zuhause. Aber das werde ich dir schon noch klarmachen.

Als der Bastard nach einem Küchenmesser greift, um sein Sandwich in zwei Hälften zu teilen, sehe ich meine Chance. Weißt du, Ophelia, New Orleans ist bekannt für Voodoo, für Hexerei und all diesen übernatürlichen Kram. Die Menschen hier glauben an den Scheiß. Wenn ich es heute nicht besser wüsste, wäre ich weiterhin eine der wenigen Ausnahmen, die das nicht tun.

Ich weiß, dass dein Lover nicht von hier stammt, doch jeder Ungläubige fängt an, die Dinge infrage zu stellen, wenn er damit konfrontiert wird. Es mag klischeehaft sein, wie aus einem billigen Horrorstreifen, wenn sich Objekte verselbstständigen und durch die Luft schweben, aber weißt du was? Das hier ist die bitterböse Realität.

Dank der jahrelangen Routine erfordert es mittlerweile nicht mehr viel Konzentration, meine Umgebung zu beeinflussen. Ich fokussiere mich auf das Messer in seiner Hand, stelle mir vor, wie es ein Eigenleben entwickelt. Es dauert nicht lange, bis es in Colins Hand zu vibrieren beginnt. Er erschreckt sich so sehr, dass er es fallen lässt und einen Schritt zurückstolpert. Im selben Moment höre ich die Dusche im Obergeschoss angehen.

»Was zum Teufel?«, sagt Colin, wobei seine Stimme zittert.

Das Messer liegt jetzt auf dem Küchentresen, wo es sich weiterhin bewegt. Um das Ganze noch besser koordinieren zu können, hebe ich einen Finger. Im selben Moment hebt der Gegenstand ab. Colin ist zu perplex, um sich von der Stelle zu rühren. Die Klinge zeigt geradewegs in Richtung seines Gesichts, es benötigt bloß eine ruckartige Bewegung meines Fingers und schon schnellt sie auf ihn zu. Er steht nach wie vor da, als befände er sich in einer Art Trancezustand.

Kurz vor seinem Körper hält das Teil inne, was ihn erleichtert aufatmen lässt. Ich grinse und genieße das Schauspiel, wie er sich in Sicherheit wähnt, nicht ahnend, dass das Messer in wenigen Sekunden seinen Mittel- und Ringfinger abtrennen wird, die zuvor in deiner Pussy gesteckt haben, Baby.

Blut spritzt, verteilt sich auf den Möbeln und läuft ihm über die Hand, bevor er sich schreiend und jammernd wie ein kleines Kind die Finger hält. Oder viel mehr die verbliebenen Stummel, denn der Rest ist mitsamt dem Messer auf dem Boden gelandet.

Ein schadenfrohes Lachen entweicht meiner Kehle.

»Da warens nur noch acht«, murmle ich und setze meine Beine in Bewegung. Ich gehe zur Blutlache, bücke mich davor in die Hocke und betrachte sie. Es ist doch faszinierend, wie viel Blut ein Mensch verlieren kann, findest du nicht auch, meine Liebste? Dabei waren es nur zwei Finger, die ich ihm abschnitt. Nun stell sich einer vor, ich hätte ihn bei lebendigem Leib verstümmelt. Also so richtig. Das hier ist ein Armutszeugnis verglichen mit meinen anderen Taten.

Ich atme tief ein, genieße den metallischen Geruch und seufze. Wie sehr ich das hier vermisst habe. Ich war nicht tatenlos in all den Jahren, doch mein letzter Mord ist schon eine ganze Weile her. Niemand ist so lebensmüde, in eine Villa zu steigen, die eine solche Vergangenheit hat. Nicht mehr. Und bisher war auch niemand lebensmüde genug, um dieses Anwesen zu kaufen. Niemand, abgesehen von dir.

Ich befeuchte meine Finger mit der dunkelroten Flüssigkeit, erhebe mich wieder und bewege mich zu den Schränken, die direkt in Colins Sichtfeld liegen. Der sitzt mittlerweile heulend am Boden.

Halt dich von ihr fern!

Eine kleine Warnung – geschrieben mit seinem eigenen Blut. Du gehörst mir, verdammt noch mal. Ich hoffe, dass auch du das verstehen wirst.

Ich sehe, wie er die Augen aufreißt. Es scheint dieser Moment zu sein, in dem er realisiert, was hier geschieht. Dass hier nicht alles mit rechten Dingen zugeht. Eine Klinge, die sich selbstständig macht, und Worte, die von Geisterhand an Küchenschränke geschrieben werden. Wenn er zuvor nicht an Geister glaubte, wird er das spätestens jetzt.

Ich bleibe noch eine Weile in der Küche stehen, beobachte, wie er sämtlichen Mut zusammenfasst, um aufzustehen.

»Das kann nicht sein. Ich werde verrückt. Wie kann das sein? Gott, vergib mir«, murmelt er vor sich hin, ehe er beginnt, das *Vater unser* herunterzuleiern. Und schließlich macht er sich auf den Weg nach draußen, so schockiert, dass er nicht einmal an seine Finger denkt, die nach wie vor auf dem Küchenboden liegen.

Was für ein Spaß.

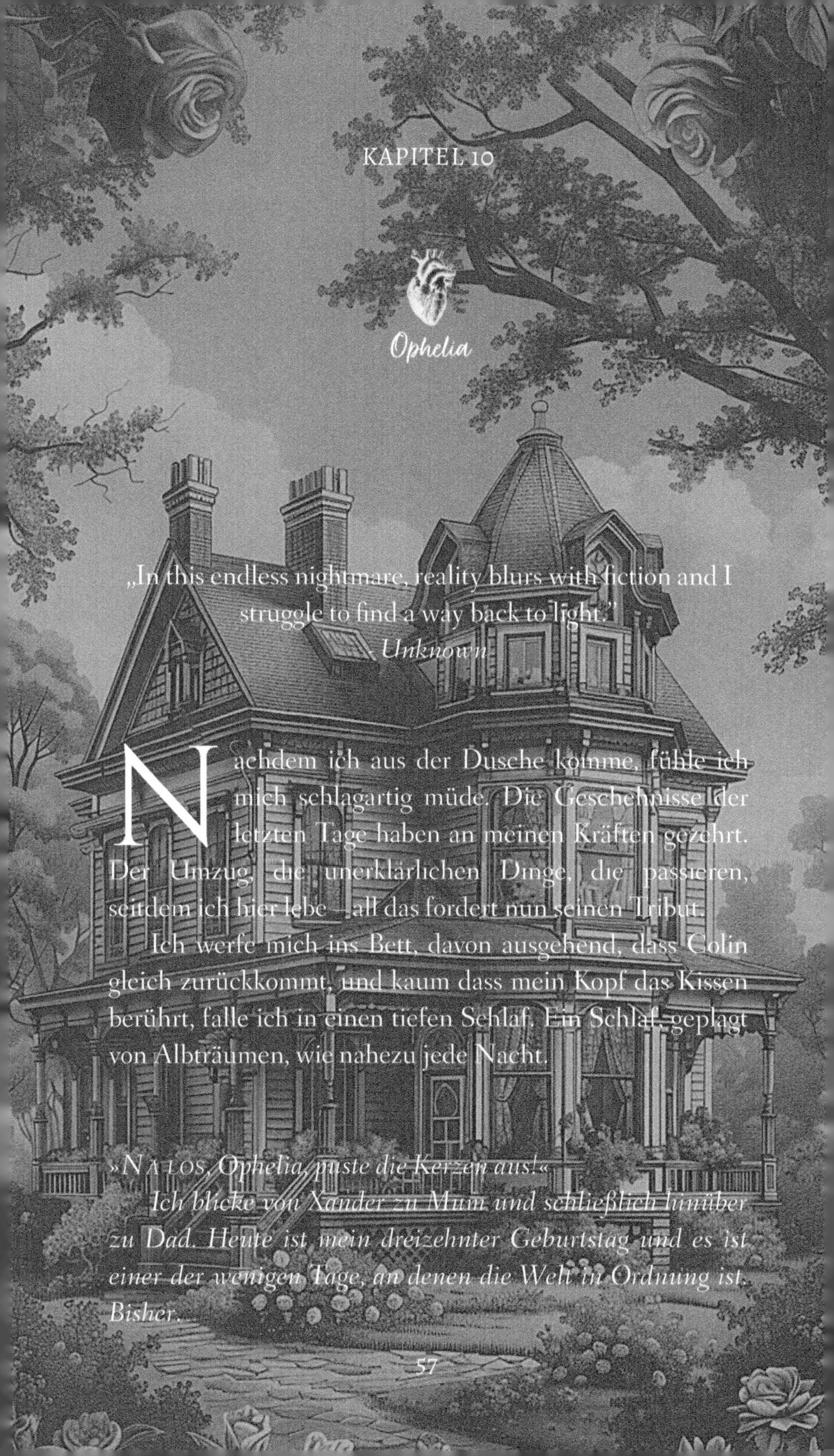

KAPITEL 10

Ophelia

„In this endless nightmare, reality blurs with fiction and I struggle to find a way back to light."
- *Unknown*

Nachdem ich aus der Dusche komme, fühle ich mich schlagartig müde. Die Geschehnisse der letzten Tage haben an meinen Kräften gezehrt. Der Umzug, die unerklärlichen Dinge, die passieren, seitdem ich hier lebe – all das fordert nun seinen Tribut.

Ich werfe mich ins Bett, davon ausgehend, dass Colin gleich zurückkommt, und kaum dass mein Kopf das Kissen berührt, falle ich in einen tiefen Schlaf. Ein Schlaf, geplagt von Albträumen, wie nahezu jede Nacht.

»Na los, Ophelia, puste die Kerzen aus!«

Ich blicke von Xander zu Mum und schließlich hinüber zu Dad. Heute ist mein dreizehnter Geburtstag und es ist einer der wenigen Tage, an denen die Welt in Ordnung ist. Bisher.

Wir sitzen am Frühstückstisch, der überladen ist mit Geschenken für mich und direkt vor mir steht eine Torte mit dreizehn Kerzen darauf.

Ich schließe die Augen und wünsche mir nichts sehnlicher, als dass jeder Tag so ablaufen würde. Dann puste ich die Kerzen aus und öffne die Augen erst wieder, als ich das Klatschen meiner Familie höre. Familie. *Das ist es, was wir nach außen hin vorgeben, zu sein. Die perfekte Dorffamilie mit ihrem perfekten Dorfhaus. Aber alles, was ich sehe, ist ein Junge, unter dessen Kleidung sich Narben der Vergangenheit mit Blessuren der Gegenwart vereinen. Ich sehe eine Mutter, die ihr Bestes gibt, uns mit Liebe zu überhäufen, während sie mit verschlossenen Augen durch die endlos langen Nächte wandert. Und zu guter Letzt sehe ich einen Vater, dem das Glücksspiel mehr wert war als seine Familie. Der sich vor lauter Kummer darüber, alles verloren zu haben, in eine Alkoholsucht gestürzt hat. Der sich seitdem nicht mehr unter Kontrolle hat und das Bett seiner Frau mit dem Bett seiner Tochter verwechselt. Der die Schenkel seiner Frau mit den Schenkeln seiner Tochter verwechselt. Der seinen Sohn misshandelt, damit niemand jemals die Wahrheit erfahren wird. Wir sind alles – doch eine Familie sind wir schon seit acht Jahren nicht mehr.*

»Heute Abend erwartet dich eine ganz große Überraschung, meine Kleine«, sagt mein Vater und ich schlucke. Ich will mir nicht vorstellen, was seine Überraschung sein könnte, denn alles, woran ich dabei denken kann, ist das, was er mir ohnehin ständig antut.

Es hat lange gedauert, bis ich begriff, dass es falsch ist, was er mit mir macht. Zwar hat es sich von Anfang an falsch angefühlt, doch ich redete mir ein, dass das seine Art war, mir Zuneigung zu zeigen, auch wenn ich es nicht wollte. Nicht so. Niemals so.

»Was meinst du, Charles?«, fragt meine Mutter und sieht ihn skeptisch an.

»Das geht dich nichts an. Geh und bereite den Kindern ihre Lunchboxen zu, Serena.«

Meine Mutter blickt zwischen uns hin und her, ehe sie – mal wieder – nachgibt und macht, wonach der Herr des Hauses verlangt.

KAUM DASS ICH *am Nachmittag von der Schule nach Hause komme, fängt Dad mich ab.*

»Deine Mutter ist noch bei der Arbeit und Xander ist noch in der Schule. Weißt du, Kleines, ich habe das alles hier bis ins kleinste Detail durchdacht. Du bist nun schon dreizehn Jahre alt und ich weiß, dass du mittlerweile blutest. Ich habe gesehen, wie Serena vor zwei Wochen deine schmutzige Bettwäsche gewaschen hat.«

Mein erster Instinkt ist es, zu rennen, doch ich bleibe stehen. Ich fühle mich wie paralysiert, denn ich weiß, wozu er fähig ist, und ich habe solche Angst.

»Du bist nun eine junge Frau und weißt du, was das bedeutet?«

Ich schüttle den Kopf, denn ich weiß nicht, worauf er hinauswill.

»Du bist nun zeugungsfähig.«

Bei seinen Worten spüre ich augenblicklich die Galle in mir hochsteigen. Mein Herz beginnt, zu rasen, und blanke Panik übermannt mich. Mir geht die Luft aus und meine Beine werden weich. Ich möchte schreien, doch kein einziger Laut entweicht meiner Kehle. Das Einzige, wozu ich noch in der Lage bin, ist ein Kopfschütteln.

»Ach, komm, hab dich nicht so. Das wird ganz toll. Ich habe mir die Zeit genommen, den Keller vorzubereiten. Ich habe den ganzen Tag damit verbracht, es uns so gemütlich wie möglich zu machen. Sogar ein Glas Wein erlaube ich dir heute.«

Mein Körper ist wie gelähmt und ich bin beinahe erleichtert, als alles um mich herum in pechschwarze Dunkelheit getaucht wird.

Als Nächstes wache ich auf einem Bett auf. Es dauert eine Weile, bis ich meine Orientierung finde. Ich schaue mich im Raum um, bis mir klar wird, dass er mich tatsächlich in den Keller gebracht hat. Und jetzt, wo ich endlich nicht mehr starr vor Angst bin, weil das Adrenalin dafür sorgt, dass ich sofort fliehen möchte, bemerke ich, dass ich mit den Armen und Beinen an die Bettpfosten gekettet bin.

»Wie schön, du bist wach.« Mein Vater sitzt auf einem Stuhl neben mir. Er lächelt, als sei das hier das Normalste auf der Welt. Er streckt seine Hand aus und lässt seine rauen, schwieligen Finger über meine Wange gleiten. »Ich war so frei und habe dich vorbereitet.«

Erst als ich an meinem Körper hinabblicke, wird mir klar, wovon er spricht – ich bin nackt. Nackt und ihm ganz und gar ausgeliefert. Ich schüttle mich, reiße mit aller Gewalt an den Ketten, doch nichts rührt sich. Ich kann mich nicht befreien.

»Dad, bitte … bitte nicht«, flehe ich ihn an, doch er schüttelt bloß den Kopf.

»Mach dir keine Sorgen, Kleines, es wird ganz schnell gehen und dann kannst du den Rest deines Geburtstages mit deinem Bruder zusammen genießen. Ich habe dir 50 Dollar auf den Küchentresen gelegt, damit du nachher ausgiebig shoppen gehen kannst.«

Ich spüre, wie mir die Tränen heiß über die Wangen laufen. Ich schreie, doch es dauert keine Sekunde, da hat er mir einen Knebel in den Mund gesteckt.

»Schhh, Kleines. Wir wollen diesen Moment doch genießen, nicht wahr?«

Wieder schüttle ich den Kopf, doch als mir bewusst wird, dass das alles nichts bringt und ich nichts tun kann, werde ich still. Ich rühre mich nicht, als sich sein schwerer Körper über mir erhebt. Ich bewege mich nicht, als seine Finger zwischen meine Beine gleiten und gewaltsam in mich eindringen. Ich rühre mich nicht, als er seinen Gürtel öffnet und seinen ekelhaften alten Schwanz auspackt.

Ich rühre mich erst wieder, als er sich nach zwei qualvoll langen Minuten in mir ergießt.

»Das war schön, findest du nicht auch? Ich hoffe, dass wir ein Baby bekommen werden. Ich brauche diesen Neuanfang.«

In diesem Moment nehme ich mir vor, mir von seinem Geld in der nächstbesten Apotheke die Pille danach *zu kaufen. Und dann – dann werde ich ihn töten.*

Fest entschlossen warte ich, bis er die Ketten löst, um mich gehen zu lassen. Ich lasse keine weitere Sekunde verstreichen und stürze auf wackeligen Beinen zur Treppe. Ich spüre eine warme Flüssigkeit an meinen Beinen hinablaufen, doch in dem Moment, als ich Xander mit weit aufgerissenen Augen am oberen Treppenende entdecke, ist alles vergessen. Im nächsten falle ich in seine Arme.

Ich schreie. Ich schreie so laut, dass es mir in den eigenen Ohren wehtut. Ich sitze im Bett, mein Gesicht ist nass und brennt, als ich realisiere, dass ich mal wieder einen Albtraum hatte. Das Schlimmste daran ist, dass es sich bei diesen Träumen um reale Ereignisse aus meiner

Vergangenheit handelt und da sich dieselben Träume immer wiederholen, sind sie mittlerweile so klar und deutlich, dass es sich anfühlt, als wäre ich wieder dort.

Ich wische mir den Schweiß von der Stirn und erst nachdem ich immer mehr zur Realität zurückfinde, beruhigt sich mein Körper allmählich. Mein Körper und meine geschundene Seele.

Es ist bereits hell draußen, was mir auffällt, weil ich am Abend zuvor vergessen hatte, die Vorhänge zuzuziehen. Ich gähne, strecke mich, reibe mir übers Gesicht, ehe mein Blick zur freien Betthälfte wandert, auf der Colin eigentlich liegen sollte. Allerdings ist er nicht da. Ich gehe davon aus, dass er schon losmusste und obwohl ich erst gestern Abend duschen war, fühle ich mich schmutzig und beschließe, erneut duschen zu gehen. So geht es mir meistens nach diesen Träumen.

Nach ungefähr zehn Minuten verlasse ich das Badezimmer. Jetzt fehlt mir nur noch ein Kaffee, um ordentlich wach zu werden. Wie immer verdränge ich die Erinnerungen an meine Vergangenheit so gut wie möglich. Irgendwann habe ich beschlossen, mir mein Leben und meinen Alltag durch jene Erinnerungen nicht mehr vermiesen zu lassen. Es funktioniert nur bedingt gut.

Als ich die Treppe herunterlaufe, übermannt mich ein Gefühl von Unbehaglichkeit. Ich kann mir nicht erklären, woher es rührt, doch ich spüre, dass etwas nicht stimmt. Dieses Gefühl verspüre ich neuerdings öfter. Genau genommen, seitdem ich in diesem Haus lebe.

Ich biege nach links in die Küche ab und halte mitten in der Bewegung inne, als sich ein Bild wie aus einem Horrorstreifen vor mir auftut. So viel Blut. Überall.

Mein Blick streift umher, vom Boden, an dem sich Blut zu einer Lache gesammelt hat, hinüber zu den Fußabdrücken, die von der Küche bis hin zur Hintertür reichen. Dann wandert er nach oben zu den Regalen und was ich dort lese, lässt mir das Blut in den Adern gefrieren. Eine Warnung, verfasst in roten Lettern. Vermutlich mit demselben Blut geschrieben, das meine Küche ziert.

Halt dich von ihr fern!

In meinem Hals bildet sich ein Kloß, wodurch mir das Schlucken schwerfällt. Ich *weiß* einfach, dass die Warnung Colin galt. Sie bezieht sich auf mich, aber wer zum Teufel hat das geschrieben und wieso?

Bis zu diesem Augenblick hatte ich angenommen, dass Colin schon losmusste, doch ist es möglich, dass er gestern Abend gar nicht erst wieder zurück zu mir ins Bett kam? Habe ich so tief geschlafen, dass ich das alles nicht mitbekommen habe? Ein Gefühl von Schuld löst das Gefühl der Unbehaglichkeit ab. Was ist mit Colin geschehen?

Augenblicklich renne ich hinauf ins Schlafzimmer, suche meine Tasche, in der ich mein Smartphone vermute, und finde sie schließlich vor dem Bett. Kurz darauf schaue ich auf das Display, doch ich habe keine einzige Nachricht und auch keinen Anruf erhalten. Also wähle ich Colins Nummer, hoffe inständig darauf, dass das Blut einfach von einem Tier stammt, wobei es das nicht weniger grausam machen würde. Ich spüre die Panik in mir aufkeimen und versuche, mich auf meine Atmung zu konzentrieren, als bei Colin sofort die Mailbox anspringt.

»Colin, was ist passiert? Bitte melde dich bei mir, sobald du das hörst. Ich mache mir Sorgen, hier ist überall Blut.«

Normalerweise wäre das jetzt der Punkt, an dem ich die Polizei rufen würde, allerdings hält mich irgendwas davon ab. Vielleicht ist es auf die Erlebnisse meiner Vergangenheit zurückzuführen, doch ich habe Angst davor, sie zu alarmieren.

Ich halte mein Handy fest umklammert, als ich zurück zur Küche gehe, als würde es mir die Sicherheit bieten, die ich in diesem Moment brauche. Erst jetzt fällt mein Blick auf diese eine Stelle am Boden, an der ich zwei Finger liegen sehe. Ich würge, spüre die Magensäure in mir aufsteigen und es kostet mich alle Mühe, mich nicht zu übergeben.

Ich gehe in die Hocke und erkenne dann, dass es sich um Colins Finger handelt. Er hatte diesen Onyx-Ring am Mittelfinger. Plötzlich realisiere ich, dass die Finger auf einem Zettel liegen. Das. Ist. So. Krank.

Vorsichtig ziehe ich den Zettel unter den Fingern heraus und würge dabei erneut. Innerlich verfluche ich meine Neugierde und ohnehin verhalte ich mich gerade wesentlich mutiger, als ich mich eigentlich fühle. Am liebsten würde ich schreiend wegrennen, dieses Haus verkaufen und mich zurück in die geborgene Sicherheit meiner einstigen langweiligen Heimat begeben. Was hält mich davon ab? Richtig, die Neugierde.

Du gehörst mir, Ophelia, lese ich und lasse den Zettel fallen, so als hätte ich mich gerade daran verbrannt.

»Okay, das reicht«, murmle ich, stehe auf und kralle mir die Visitenkarte der Sicherheitsfirma, die ich auf dem Küchentresen habe liegen lassen. Ich wähle die Nummer und atme erleichtert aus, als nach dem zweiten Ton jemand abnimmt.

»Sentinel Shield Security Solutions, Howard hier, was kann ich für Sie tun?«

»Hallo, mein Name ist Ophelia Kensington, Ihr Unternehmen wurde mir von Ihrem Bruder empfohlen. Ich habe die alte Villa gekauft, in der er gerade bei den Umbauarbeiten behilflich ist«, sage ich mit zittriger Stimme.

»Hallo, Miss Kensington, mein Bruder hat mich bereits vorgewarnt. Er sagte zwar, dass Sie kein Sicherheitssystem wollen, doch ... Nun ja, sagen wir so: Wir haben Ihren Anruf erwartet.«

»Sie haben ... Was? Ich meine, wieso?« Verwirrt hebe ich eine Braue. »Na ja, wie dem auch sei. Es ist etwas passiert.«

Howard ignoriert meine erste Frage und fragt dann: »Was meinen Sie? Was ist passiert?«

»Hier ist überall Blut und auf meinem Küchenboden liegen zwei Finger.«

»Miss, bleiben Sie, wo Sie sind, wir kommen sofort. Der Sheriff ist ein guter Freund von mir, ich werde ihn mitbringen.«

Ich komme nicht einmal mehr dazu, ihm zu antworten, da hat er das Gespräch bereits beendet und zurück bleibt eine unerträglich laute Stille. *Das wollte ich nicht*, denke ich. Ich wollte nicht, dass sich der Sheriff dieser Sache annimmt. Denn dann müsste ich Fragen beantworten, auf die ich keine Antworten kenne, und dann müsste ich erläutern, was hier in den letzten Tagen alles geschehen ist und das würde wiederum bedeuten ...

Plötzlich schießt mir eine irrationale Frage in den Kopf. War es möglich, dass dieser Kerl, der mich gestern beobachtet hat, doch nicht meiner Fantasie entsprang? War er derjenige, der es auf Colin abgesehen hat? Es kann nur er gewesen sein, denn wer sonst würde wollen, dass Colin sich von mir fernhielt? Wer sonst würde mich als seinen Besitz beanspruchen, wenn nicht der, der sich gestern einen runtergeholt hat, während er mich beim Sex beobachtet hat?

»Das kann doch alles nicht wahr sein.« Ich schnaube lustlos auf und denke mir, dass spätestens jetzt alle Sicherungen bei mir durchgebrannt sind

Kapitel Elf

Ophelia

„The truth is rarely pure and never simple."
- Oscar Wilde

Ich reiche dem Sheriff einen Kaffee, während sich Howard im Haus umschaut.

»Vielen Dank, Miss Kensington.«

Ich nicke und nippe an meiner eigenen Tasse.

»Ich kann Sie beruhigen, Mister Ferguson kam in der Nacht ins örtliche Krankenhaus, um seine Wunde behandeln zu lassen. Er lebt und ist wohlauf.«

Wieder bringe ich nicht mehr als ein Nicken zustande. *Colin Ferguson,* wiederhole ich seinen Namen gedanklich.

»Sie sagten, Sie kennen sich erst seit wenigen Tagen, ist das richtig?«

»Ja.«

»Und außer Ihnen beiden war niemand in diesem Haus gestern Abend?«

»Ich habe zumindest niemanden gesehen und auch nicht gehört. Gestern Abend, ungefähr gegen Mitternacht, wollte sich Colin ein Sandwich machen. Ich bin zu diesem Zeitpunkt duschen gegangen und danach habe ich mich hingelegt, weil ich annahm, dass er gleich wiederkommen würde. Ich bin sehr schnell eingeschlafen und als ich heute Morgen aufwachte, na ja…«

Der Sheriff öffnet seinen Mund und schließt ihn dann wieder, als würde er etwas sagen wollen und hätte es sich im letzten Moment anders überlegt. Ohnehin wirkt er so, als würde er mehr wissen. Seine Beine wippen die ganze Zeit über, als sei er nervös, und es fällt ihm sichtlich schwer, mir durchgehend in die Augen zu schauen. Ein Verhalten, wie man es von einer Person seines Ranges eigentlich nicht erwarten würde.

»Miss Kensington?« Unser Gespräch wird durch Howard unterbrochen.

»Ja?«

»Ich habe nichts weiter Auffälliges in Ihrem Haus gefunden, abgesehen von einer versteckten Bibliothek im ersten Büro des Obergeschosses. Ich würde also gleich loslegen und Ihnen das Rundum-Sorglos-Paket installieren. Es besteht aus Innen- und Außenkameras sowie einem Alarmsystem. Außerdem können Sie jederzeit über eine App auf Ihrem Smartphone auf alles zugreifen.«

»Ja, tun Sie das. Wie war das mit der Bibliothek?«

»Sie befindet sich oben, versteckt in der Wand. In den Wandverzierungen befindet sich ein kleiner Knopf, wenn man diesen betätigt, öffnet sich die Wand. Soll ich es Ihnen zeigen?«

Ich winke ab. »Nein, schon gut. Ich schaue es mir später selbst an.« Tatsächlich wird diese ominöse Bibliothek meine erste Anlaufstelle sein, sobald der Sheriff verschwunden ist, denn bei seinen Worten keimt ein Fünkchen Hoffnung in mir auf, dort mehr über die Geschichte der Villa in Erfahrung bringen zu können.

»Mein Team wird in ein paar Minuten eintreffen und dann sollte es höchstens zwei Stunden dauern, bis wir fertig sind. Heute Abend können Sie wieder sicher schlafen, Miss.«

Eigentlich sollten mich seine Worte beruhigen, wieso tun sie das dann nicht? Denn als mir der Sheriff eben erzählte, dass er keine Einbruchspuren feststellen konnte und Howard mir das versicherte, kam mir die Frage auf, wie das sein kann. Außerdem sagte Howard, es wäre niemand hier. Meine erste Idee war es nämlich, dass sich hier jemand im Haus eingenistet haben könnte.

»Ich werde nun zurück zum Departement fahren, Miss Kensington. Wir werden der Sache weiter nachgehen und Sie in einigen Tagen noch mal dazu befragen. Hier haben Sie meine Nummer, falls noch etwas sein sollte.«

Ich betrachte die Karte, die der Sheriff mir reicht. *Sheriff Lucien Beaux*, lese ich. »In Ordnung, Mister Beaux, ich danke Ihnen.«

~

NACH WEITEREN ZWEIEINHALB Stunden bin ich endlich wieder allein und die Männer von Howards Firma waren sogar so nett, meine Küche zu reinigen. Die Finger hatte Mister Beaux bereits mitgenommen, die kuriose Botschaft ebenso.

Ich sitze am Tresen meiner Küche und recherchiere im Internet. Es dauert eine Weile, bis ich fündig werde, denn es gibt scheinbar keinerlei Zeitungsberichte oder Ähnliches. Einzig in einem Forum entdecke ich einen Beitrag, der sechs Jahre in der Vergangenheit liegt. Eine junge Frau berichtet davon, dass sie zusammen mit ihren Freunden in das Haus eingestiegen sei. Damals galt das Haus als beliebtes Ziel für sogenannte *Urban Explorer*. Sie waren auf einer Reise quer durch Amerika, um solche *Lost Places* zu besuchen. Da sie an Geister glaubten – so schrieb sie in dem Beitrag – wollten sie die Nacht in der Villa verbringen, um paranormale Ereignisse zu erleben und mit einer Videokamera festzuhalten. Nachdem die Dame am Morgen aufwachte, waren ihre Freunde spurlos verschwunden und das Equipment, das sie mitgebracht hatten, insbesondere die technischen Geräte, waren zerstört worden. Das geschah alles drei Jahre vor dem Eintrag, also vor neun Jahren. Sie hat ihre Freunde nie wieder gesehen und in jenem Forum nach Leuten gesucht, die vielleicht ähnliche Erfahrungen in dem Haus gemacht haben. Sie berichtet außerdem, dass sie in der Nacht immer wieder ein Klopfen gehört haben, das aus den Wänden des Hauses zu kommen schien. Ein Mann kommentierte den Beitrag zwei Jahre später – also im Jahr 2021 – mit folgenden Worten:

ICH HABE letztes Jahr etwas Ähnliches erlebt. Bei uns war es eine Mutprobe. Ich lebte zu der Zeit in New Orleans und das Haus ist bei einigen bekannt dafür, dass Menschen darin auf bestialische Weise ermordet wurden. Wir nannten es auch Das Horrorhaus der Bayous.

Meine Freunde und ich waren damals siebzehn Jahre alt, als wir uns eines Nachts hineinschlichen. Bevor wir uns alle auf unterschiedliche Colleges verteilten, wollten wir noch einmal etwas Besonderes miteinander erleben. Da das Haus seit vielen Jahren leer steht, wollten wir die Nacht dort verbringen. Was wir uns dabei dachten, ist mir heute schleierhaft. Ich wünschte, wir hätten die Villa niemals betreten, denn in jener Nacht verlor ich sie alle. Sie verschwanden ebenfalls spurlos. Damals habe ich es der Polizei gemeldet, aber sie haben nichts unternommen. Mir kam es sogar eher so vor, als wollten sie dieses Ereignis mit allen Mitteln verschweigen.

Ich habe mich so oft gefragt, ob ich verrückt bin und mir das alles nur eingebildet habe, weil man im Internet kaum etwas darüber findet, doch nachdem ich nun auf diesen Beitrag aufmerksam wurde, bin ich der festen Überzeugung, dass die Polizei genau wusste, was sie da tat und dass sie das Ganze aus irgendeinem Grund unter Verschwiegenheit halten. Bis heute konnte ich nicht herausfinden, was mit meinen Freunden geschehen ist, doch ich glaube, dass sie tot sind. Leider gab es außer mir auch nie jemanden, der sich für ihr Verschwinden interessierte, da wir alle in einem Waisenhaus aufwuchsen.

Ich schiebe den Laptop beiseite und schnaube. *Das kann doch alles nicht wahr sein.* Ich fühle mich, als wäre ich in einem Horrorfilm gelandet. Ich möchte lachen und schreien zugleich, so sehr wühlt mich das Ganze auf. Das Einzige, was ich mit Sicherheit weiß, ist, dass ich diese Villa nicht kampflos aufgeben werde. Jahrelang habe ich auf diesen Traum hingefiebert, habe die Schmerzen und das Leid meiner Vergangenheit nur für dieses eine Ziel erduldet. So oft ging es mir wie Xander und ich hätte am liebsten einen Schlussstrich gezogen, aber jedes Mal habe ich mich wieder aufgerafft, um eines Tages an diesem Punkt hier zu stehen. Und das wird mir kein verdammtes Geisterhaus zunichtemachen, dafür sorge ich. Ich mache das hier für mich und für ihn – für Xander.

Plötzlich stecke ich voller Motivation und Tatendrang, weshalb ich aufstehe und mich mit einem weiteren Kaffee für das rüste, was ich als Nächstes vorhabe.

Ich stampfe die Treppen nach oben und anstatt nach

rechts auf jenen Gang abzubiegen, auf dem mein Zimmer liegt, gehe ich nach links. Howard hat mir erzählt, wo genau ich die Bibliothek finde und wie ich diese Tür öffnen kann, also halte ich mich an seine Anweisung. Bevor ich den Raum tatsächlich betrete, werfe ich nochmal einen Blick in die SSSS-App. Ich klicke mich durch sämtliche Kameraübertragungen, ehe ich die Alarmanlage einschalte. Momentan sieht alles harmlos aus, doch sollte das, was sich in diesem Haus abspielt, paranormaler Natur sein, glaube ich sowieso nicht, dass die Kameras etwas festhalten würden.

Als ich schließlich eintrete, werde ich sofort in einen Hauch von Moder und Staub gehüllt. Der Geruch von vergilbtem Papier und altem Leder steigt mir in die Nase, während Sonnenlicht durch die staubigen Fenster hereinfällt und den Raum in ein diffuses Licht taucht. Überall um mich herum stapeln sich meterhohe Regale, vollbepackt mit Büchern, die scheinbar seit Ewigkeiten nicht mehr angerührt wurden. Die Luft ist erfüllt von der Stille vergangener Zeiten, die bloß durch das Knarren meiner Schritte auf dem alten Holzboden durchbrochen wird.

Ich fühle mich wie in einer anderen Welt oder einer längst vergessenen Zeit. Und obwohl die Bibliothek ansonsten verlassen wirkt, spüre ich eine Präsenz, zum Greifen nah und fern zugleich. Aber sie beängstigt mich nicht, ganz im Gegenteil. Ein Gefühl von Geborgenheit macht sich in mir breit.

Das hier gehört alles mir, denke ich und trete weiter in den Raum hinein. Ich schaue mich um, lasse meine Finger über die alten Buchrücken gleiten und genieße das Gefühl der verschiedenen Oberflächen, die ich dabei ertaste. Manche Bücher sind rau, andere wiederum glatt. Ich drehe mich im Kreis, lasse das ganze Ausmaß auf mich einwirken und beginne, zu lachen. Für Außenstehende würde ich in diesem Moment vielleicht wie eine Verrückte rüberkommen, doch Fakt ist, dass ich mich nicht mehr freuen könnte. Vergessen sind die Erinnerungen an heute Morgen, zumindest für diesen kurzen Augenblick.

Kapitel Zwölf

Nate

„The sparkle in her eyes could make the stars jealous."
- Unknown

Du hast sie entdeckt. Du hast meinen liebsten Ort in diesem Haus entdeckt. Und deine Reaktion … sie ist so unvergleichbar. Unvergleichbar schön. Noch nie in meinem Leben habe ich etwas derart Zauberhaftes gesehen.

Wir kommen der Sache immer näher, Ophelia. Ich weiß nicht, wieso du meine Präsenz immer wieder spürst, selbst bei Tag. So etwas habe ich bisher nie erlebt. Ist es Schicksal? Wenn ich ehrlich bin, glaube ich an das Schicksal. Wie könnte ich auch nicht? Ich meine, sieh dir an, wo ich hier bin. *Was* ich bin.

Hast du sie auch jetzt wieder gespürt, als du für einen kurzen Augenblick geradewegs in meine Richtung geschaut hast? Ich bin mir sicher, so war es.

Weißt du, Baby, ich habe alles mitbekommen, was heute Vormittag geschehen ist. Ist dir klar, dass dein teures Sicherheitssystem rein gar nichts bewirken wird? Nun gut, vielleicht hält es zumindest das dreckige Gesindel von unserem Zuhause fern. Aber du hast nun auch gesehen, dass ich trotz allem in der Lage dazu bin, dich zu beschützen. Hast du endlich verstanden, dass du mein bist?

Ich kann die nächste Nacht kaum erwarten, denn dann werde ich mich ganz allein dir und deinen Bedürfnissen widmen. Deinen wahren Bedürfnissen, von denen du vielleicht selbst noch nicht einmal ahnst, dass sie in deinem Inneren schlummern. Das wird ein Spaß.

KAPITEL 13

Ophelia

„The boundaries which divide life from death are at best shadowy and vague. Who shall say where the one ends and where the other one begins?"
- Edgar Allan Poe

Ich habe keine Ahnung, wo ich meine Suche beginnen soll. Ich versuche, herauszufinden, wonach die Bücher einst sortiert wurden, allerdings scheint auf den ersten Blick kein wirkliches System dahinter zu stecken.

Letztendlich verliere ich mich in einer Erstausgabe von Shakespeares *Romeo und Julia* und erwische mich dabei, wie ich mir insgeheim auch eine solche Lovestory wünsche. Ohne das Drama natürlich.

Ich bin so in das Buch vertieft, dass ich vergesse, was mein eigentlicher Plan war, als ich die Bibliothek betrat. Stattdessen habe ich es mir mittlerweile auf einem der vielen Ledersessel bequem gemacht, bevor ich beschlossen habe, dass ich den Zustand dieses Raumes – abgesehen davon, dass er dringend geputzt werden muss – genau so erhalten lassen möchte.

Fort sind auch die Gedanken daran, was in der Nacht zuvor geschehen ist. Zumindest so lange, bis ich einen Windhauch spüre, bei dem sich mir sämtliche Nackenhaare aufstellen. Denn wider Erwarten bläst mir die Luft von hinten entgegen und nicht etwa von vorn, wo die Fenster liegen. Hinter mir dagegen befindet sich bloß eine Wand.

Ich springe aus dem Sessel, mache einen Schritt nach vorn und pralle beinahe gegen eines der Regale. Dann drehe ich mich um, aber sehen kann ich nichts. Nichts, was auch nur ansatzweise auffällig wäre.

Mein Herz droht, mir aus der Brust zu springen, weil ich diesen seltsamen Windzug erneut spüre. Erneut hinter mir. Es fühlt sich an, als würde mir jemand direkt in den Nacken atmen. Und plötzlich ist das Einzige, was mir sinnvoll erscheint, zu fragen: »Was willst du von mir?« Eigentlich erwarte ich keine Antwort. Ganz im Gegenteil, ich komme mir verrückt vor. Wieder drehe ich mich um, wieder sehe ich nichts.

»Ich will dich«, haucht es mir ans Ohr.

»O mein Gott, o mein Gott, o mein Gott!«, rufe ich, während ich vor Schreck das Buch fallen lasse und aus der Bibliothek stürme.

Du bist verrückt, du bist verdammt noch mal verrückt geworden.

Ich renne die Treppe runter, zur Küche und durch diese hindurch, bis ich die Hintertür erreiche und schließlich geradewegs in den Garten flüchte.

Fuck. Fuck. Fuck. Fuck.

Ich laufe hin und her, würde am liebsten schreien, lasse es aber. Stattdessen wäge ich die Möglichkeiten ab. Option eins: Ich werde verrückt und sollte mir dringend einen Therapeuten suchen. Option zwei: Es gibt tatsächlich

Geister und ich teile mir ein Haus mit mindestens einem von ihnen. Die einzig logische Konsequenz, die ich daraus wiederum ziehen sollte, wäre ein Auszug. Aber aufzugeben war noch nie etwas für mich. Zumindest nicht kampflos. Ja, vielleicht macht auch *das* eine Verrückte aus mir. Die Tatsache, dass ich nicht rational, sondern entgegen jeder Vernunft handeln würde, um zu behalten, was mir wichtig ist. Es gab in meinem Leben bisher nicht viele Dinge, die mir wichtig waren. Es gab da nur Xander und meinen Traum, denn auf den Rest meiner Familie kann ich verzichten und wahrhaftige Freundschaften habe ich bisher auch nie geschlossen, bloß oberflächliche.

Und wenn ich mich nun für die zweite Möglichkeit entscheiden würde, dann muss eine Lösung her. Eine zufriedenstellende. Ich muss herausfinden, wer dieser *Geist* – allein das Wort zu denken, kommt mir bizarr vor – ist und wie ich ihn loswerde, um meine Villa für mich allein zu haben. Immerhin weiß ich, wie er aussieht, wenn es sich dabei wirklich um jenen Kerl von letzter Nacht handelt. *Verdammt heiß*, denke ich, schüttle aber sofort den Kopf, als ich realisiere, wie unangemessen das ist.

~

An diesem Abend liege ich schon früh im Bett – zumindest für meine Verhältnisse. Ich bin fertig von den Ereignissen des heutigen Tages. Umgeben von der Stille der angehenden Nacht, beobachte ich die Schatten, die an der Wand meines Schlafzimmers tanzen, während der Mond sein sanftes Licht durch meine Fenster wirft.

Trotz der Umstände habe ich mir vorgenommen, in den kommenden Tagen mehr Zeit in der Bibliothek zu verbringen, weil ich an diesem Ort Ruhe vor den Handwerkern haben werde. Außerdem möchte ich an einem Gemälde weiterarbeiten, das ich bereits vor meinem Umzug begonnen habe. Ich komme nicht drumherum, denn irgendwie muss ich ja Geld verdienen. Auch dafür werde ich vorerst die Bibliothek zweckentfremden.

Es vergehen bloß wenige Minuten, bis meine Augen allmählich zufallen und mich die Schwere des Schlafs übermannt.

Xander und ich kommen von der Schule nach Hause. Seit dem Vorfall an meinem dreizehnten Geburtstag lässt er mich kaum mehr allein. Wir haben die Abmachung getroffen, immer aufeinander zu warten, wenn einer von uns früher Schulschluss hat. Meistens bin ich diejenige, denn Xander ist schon fünfzehn Jahre alt und damit zwei Klassenstufen über mir. Er geht schon zur High School, während ich noch auf der Middle School bin. Meistens warte ich dann in der Cafeteria auf ihn.

Es ist still. Angenehm ruhig. Dad ist meistens tagsüber weg, weil er arbeitet und sich danach noch bis zum späten Abend oder in die tiefe Nacht hinein in irgendwelchen Casinos rumtreibt. Und Mum kommt erst am Nachmittag nach Hause.

Seit meinem Geburtstag hat er mich nicht mehr berührt. Das ist nun zwei Wochen her. Dafür achtet er penibel auf Anzeichen einer Schwangerschaft. Ich bin natürlich nicht schwanger, denn ich bin nach dem Vorfall – so wie geplant – mit Xander zur Apotheke gefahren, wo er mir die Pille danach gekauft hat.

Als ich am nächsten Morgen aufwache, ist Dad immer noch nicht wieder zu Hause. Ich weiß es, weil Mum es uns beim Frühstück erzählt. Sofort keimt Hoffnung in mir auf und als ich in Xanders Augen blicke, sehe ich jene Hoffnung auch darin. Und sogar Mum wirkt nicht sonderlich aufgebracht über die Tatsache, dass ihr Ehemann nicht auftaucht.

Wieder einen Tag später, ist er immer noch nicht wieder zurück. Ich glaube, das ist der beste Tag meines Lebens. Zumindest fühlt es sich in diesem Moment so an und als …

»BABY.«

Irgendwas hat sich verändert. Ich sitze nicht länger am Frühstückstisch, zusammen mit Mum und Xander, sondern in der Bibliothek der Villa. Ich kann spüren, dass ich träume, ich weiß, *dass ich träume. Aber aufwachen kann ich nicht. Es fühlt sich an, als wäre ich in irgendeinem Zustand zwischen Wachsein und Schlaf gefangen, und es gefällt mir nicht. Ich habe schon mal über luzides Träumen gelesen, denn es gab eine Zeit, in der ich versucht habe, es mir beizubringen, um zumindest in den Träumen meine Welt so formen zu können, wie ich sie mir wünsche. Ich weiß also, dass ich den Traum irgendwie steuern kann, also setze ich alles daran, dies zu versuchen. Schritt eins: Gestalte die Umgebung so, wie du sie gerne hättest.*

Kapitel Vierzehn

Nate

„In the depths of my heart, your name echoes like a haunting melody, a beautiful curse I willingly embrace."
- Unknown

Der Raum um mich herum verändert sich und plötzlich stehen wir nicht länger in der Bibliothek, sondern in irgendeiner Bar. Ich kenne diesen Ort nicht, hege aber auch nicht weiter Interesse daran. Alles, was in diesem Moment für mich zählt, ist, mich mit dir unterhalten zu können. Denn es ist so, dass es eine Ebene zwischen Traum und Realität gibt, in der ich mich aufhalten und mit dir kommunizieren kann. Zugegeben, es erfordert mich viel Anstrengung, aber das ist es mir wert. Zum einen, weil ich meinen eigenen Qualen entkommen kann, die mich bei Nacht heimsuchen, und zum anderen, weil du hier bist, Baby. Und wenn die Möglichkeit, den Raum zu verändern, es dir angenehmer macht, dann nehme ich das gern in Kauf.

»Wie ist das möglich?«, fragst du, dein Blick so verwirrt, dass es beinahe niedlich ist.

»Das erkläre ich dir ein andermal.«

»Was willst du von mir?«

In deinem Blick erkenne ich all die widersprüchlichen Gefühle, die dich übermannen. Du bist neugierig und verängstigt gleichermaßen. Du bist entschlossen und zugleich zurückhaltend. Fuck, du bist sexy. »Ich will dich, das sagte ich doch bereits.«

Auf dieser Ebene, auf der wir uns gerade aufhalten, ist es mir auch möglich, dich anzufassen. Zumindest das Bild von dir, denn in der Realität liegst du nach wie vor in deinem Bett und schläfst.

Bisher stehen wir in großer Distanz gegenüber voneinander, die ich jetzt überbrücke, indem ich einen Schritt auf dich zumache. Und noch einen, bis ich schließlich unmittelbar vor dir stehe.

»Wer bist du?«

Ich grinse, weil ich es amüsant finde, dass dich vorrangig interessiert, wer ich bin, und nicht, wie du mich losbekommst oder was du gegen meine Anwesenheit unternehmen kannst. Ich habe dein Interesse geweckt, nicht wahr? Die Neugierde in dir überwiegt jedes andere Gefühl, habe ich recht?

Ich neige meinen Kopf zu dir hinab, nähere mich deinem zarten Gesicht. »Du hättest dieses Haus niemals kaufen dürfen«, hauche ich an dein Ohr. Aber ich schätze, uns ist beiden sehr wohl bewusst, dass es für jegliche Warnungen mittlerweile ohnehin zu spät ist.

»Wer. Bist. Du.«

In deinem Tonfall liegt eine Ernsthaftigkeit, die meinen Schwanz zucken lässt. Ich habe eine große Schwäche für Sturköpfe wie dich. Ich habe eine Schwäche für *dich.* »Du darfst mich Nate nennen.«

»Oh, wie nett von dir, dass ich das darf.«

»Vorsicht, Ophelia. Wenn dir dein Körper heilig ist, dann –«

»Dann was?«, unterbrichst du mich. »Was willst du in meinem Traum schon mit mir anstellen?«

Mein Schwanz drückt mir mittlerweile hart gegen die Hose und bittet förmlich darum, freigelassen zu werden. Ohne dir zu antworten, presse ich meine Hand auf deinen Mund, während ich dich mit meinem Körper immer weiter zurückdränge, bis du zwischen mir und irgendeiner Wand eingeklemmt bist. »War meine Warnung nicht deutlich genug? Brauchst du Beweise, die dir veranschaulichen, wozu ich sonst noch in der Lage bin?«

Du sagst nichts mehr, schüttelst nur den Kopf. Dagegen spricht dein Blick Bände, denn deine grünen Augen funkeln nur so vor Wut und Erregung. Denkst du, mir wäre entgangen, wie du deine Schenkel immer fester zusammenpresst?

»Unterschätze mich nicht, bloß weil ich nicht greifbar bin für dich, *Baby*.«

Ich löse meine Hand von deinem Mund und beobachte, wie deine Augen wie zwei Pingpongbälle hin und her schießen, während du mich betrachtest. Du versuchst, schlau aus mir zu werden. *Wie niedlich.* Tja, tut mir leid, dich zu enttäuschen, doch ich möchte diese Nacht für die wirklich wichtigen Dinge nutzen. Außerdem werde ich nicht einmal selbst schlau aus mir.

Kapitel Fünfzehn

Ophelia

„In the silence of uncertainty, every heartbeat becomes a question mark, echoing the mysteries of tomorrow."
- Unknown

Perplex stehe ich da und weiß nicht recht, wohin mit mir. Einerseits möchte ich ihn mit Fragen bombardieren, die mir auf der Zunge brennen, andererseits spüre ich die enorme Anziehungskraft zwischen uns beiden, die ich nicht zulassen möchte.

Mein Kopf wird mit so vielen Gedanken gleichzeitig überflutet, dass ich froh bin, in diesem Traum keine Kopfschmerzen verspüren zu können. Ich bin hin- und hergerissen zwischen Angst vor dem Ungewissen und Neugierde. Am liebsten möchte ich diesem Traum entkommen, während er im Vergleich zu meinen sonstigen Träumen aber auch erfrischend ist.

Ich komme mir vor, wie die Protagonistin in einem Thriller, so surreal ist das alles. Allerdings möchte ich auch Antworten und mein Gefühl sagt mir, dass ich diese nicht bekommen werde, wenn ich Nate nicht ein Stück entgegenkomme.

»Okay, okay«, sage ich und hebe beschwichtigend die Hände. Da nicht viel Spielraum zwischen unseren Körpern herrscht, streife ich dadurch seine Brust. Ein Ziehen macht sich unmittelbar darauf in meiner Mitte bemerkbar. Noch nie habe ich jemanden so sehr gewollt und verabscheut gleichermaßen. Aber einen Teufel würde ich tun, mir – oder ihm – das einzugestehen.

»Bitte sag mir, warum du mich heute Nacht in meinem Traum heimgesucht hast.« Ich lasse die Hände wieder sinken, woraufhin er mir so nahkommt, dass ich seine Brust jetzt an meiner eigenen spüren kann. Ich fühle jeden Atemzug, den er macht, und frage mich, wie es möglich ist, dass er überhaupt atmen kann.

Er keilt mich zwischen seinen Armen ein, die jeweils links und rechts von meinem Kopf an der Wand ruhen, während er seinen Kopf ein weiteres Mal zu mir herabbeugt. Da er mindestens zwanzig Zentimeter größer ist als ich, muss ich den Kopf leicht in den Nacken legen, um ihm in die Augen schauen zu können. *In diese wunderschönen Augen.*

»Ich wollte mich darüber in Kenntnis setzen, wie ernst du meine Warnung nimmst.«

Seine Stimme ist so dunkel und rau, dass mein Atem für einen Moment aussetzt. Mein Begehren wird neu entfacht, als ich mir vorstelle, wie er mir mit dieser Stimme versaute Sachen ans Ohr haucht, während er ... *STOPP!*

»Und, bist du schon zu einem Entschluss gekommen?«

»In der Tat«, antwortet er gehaucht, wobei seine rechte Hand an der Wand hinabgleitet, bis sie auf Höhe meines Schlüsselbeins ist. Dort lässt er einen Finger hinüberfahren, weiter hinab, bis er den oberen Ansatz meiner Brüste erreicht.

Ich kann die Gänsehaut spüren, die sich auf meinem Körper ausbreitet und dafür sorgt, dass ich jeden einzelnen Millimeter meines Körpers wahrnehme. Es ist vergleichbar mit Funken, die über meinen Körper tanzen, kurz davor, ein Feuer zu entfachen, welches so schnell nicht mehr gelöscht werden kann, sobald es erstmal brennt.

»Ich habe dir gezeigt, was passiert, wenn du mich nicht ernst nimmst«, beginnt er, lässt seinen Finger zwischen meinen Brüsten entlangwandern, immer tiefer, bis er bei meinem Bauchnabel innehält, »und jetzt werde ich dir zeigen, was du haben kannst, wenn du es tust.«

Ich frage mich nicht, wie er das anstellen will, wo wir uns nach wie vor in meinem Traum aufhalten, denn mit seiner unwiderstehlichen Präsenz sorgt er dafür, dass er mein ganzes Sein einnimmt.

»Ich werde dir zeigen, wie es ist, nicht jede Nacht von Albträumen geplagt zu werden. Ich werde dir zeigen, was ein feuchter Traum ist, süße Ophelia.«

So wie er meinen Namen in diesem Moment ausspricht, kann ich nicht anders, als zu seufzen. Ich bin ihm absolut verfallen, ich zerfließe wie schmelzende Butter unter seinen sanften Berührungen. Ich habe nicht einmal den Hauch einer Chance, mich dagegen zu sträuben.

Ich weiß nicht, wann genau ich meine Augen geschlossen habe, aber als ich sie wieder öffne, sehe ich ein verboten unanständiges Lächeln auf Nates Lippen. Und kaum einen Wimpernschlag später, weiß ich auch, warum.

Sein Finger hat sich wieder in Bewegung gesetzt, noch weiter hinunter. Bis zuletzt habe ich ein seidenes Nachthemd und einen Slip darunter getragen, jetzt bin ich nackt. Splitterfasernackt. Ganz zur Freude meiner Nippel, die sich ihm entgegenrecken.

»Du bist Herrin dieses Traumes«, sagt er vollkommen unverhohlen.

Tja, jetzt kann ich ihm wohl nicht länger etwas vormachen und mir ebenso wenig.

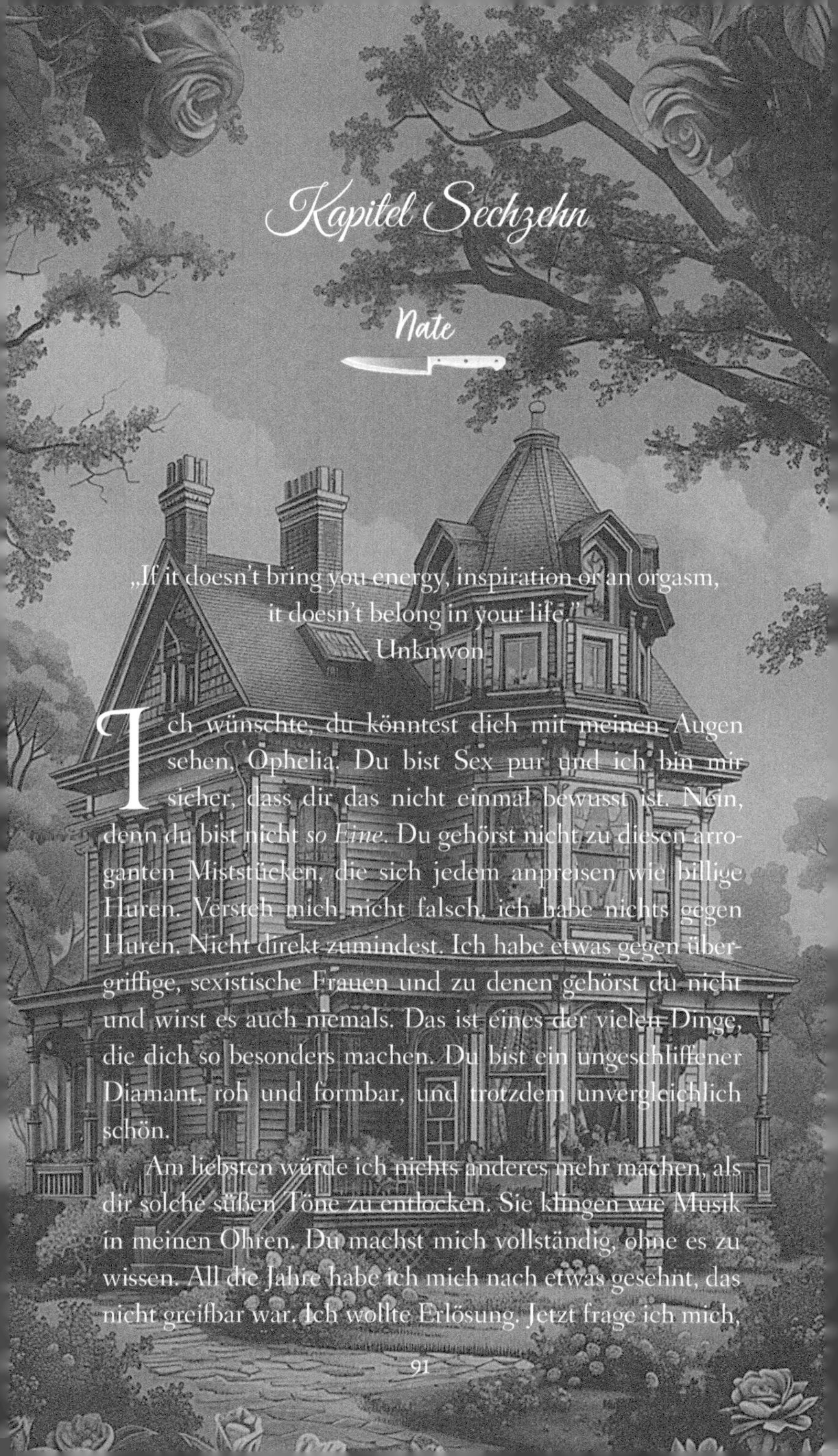

Kapitel Sechzehn

Nate

„If it doesn't bring you energy, inspiration or an orgasm, it doesn't belong in your life."
- Unknwon

Ich wünschte, du könntest dich mit meinen Augen sehen, Ophelia. Du bist Sex pur und ich bin mir sicher, dass dir das nicht einmal bewusst ist. Nein, denn du bist nicht *so Eine*. Du gehörst nicht zu diesen arroganten Miststücken, die sich jedem anpreisen wie billige Huren. Versteh mich nicht falsch, ich habe nichts gegen Huren. Nicht direkt zumindest. Ich habe etwas gegen übergriffige, sexistische Frauen und zu denen gehörst du nicht und wirst es auch niemals. Das ist eines der vielen Dinge, die dich so besonders machen. Du bist ein ungeschliffener Diamant, roh und formbar, und trotzdem unvergleichlich schön.

Am liebsten würde ich nichts anderes mehr machen, als dir solche süßen Töne zu entlocken. Sie klingen wie Musik in meinen Ohren. Du machst mich vollständig, ohne es zu wissen. All die Jahre habe ich mich nach etwas gesehnt, das nicht greifbar war. Ich wollte Erlösung. Jetzt frage ich mich, ob ich wirklich verflucht wurde oder ob es ein Wink des Schicksals war, der dich zu mir führen sollte.

»Öffne deine Schenkel für mich, Baby.«

Du hast die Widerworte längst runtergeschluckt, hast den inneren Kampf für diesen einen Moment aufgegeben. Und schließlich tust du genau das, was ich sage. Die Erregung steht dir ins Gesicht geschrieben. Ich sehe sie in deinen leicht glasigen Augen und in deinen roten Wangen. Ich spüre sie durch den flachen Atem, der aus deinem Mund kommt und mein Gesicht streichelt. Und als mein Finger seine Reise fortsetzt, als er zwischen deine Spalte gleitet und ich spüren kann, wie nass du bist, ist es nur ein weiterer Beweis dafür.

Ich knurre, du krallst deine Nägel in meinen Arm. Ich massiere deine Perle, du stöhnst auf.

»Letzte Nacht«, beginnst du, aber in unterbreche dich, indem ich zwei Finger mit einem einzigen Ruck in dir versenke. Deine Worte werden erstickt und übrig bleibt bloß ein Wimmern. Hast du jetzt endlich begriffen, dass ich nicht reden will? Nicht heute, nicht jetzt.

»Bitte.« Deine Stimme zittert bei diesem einzigen Wort, deine Augen schließen sich, dein Körper entspannt sich. So, du willst dich mir also unterwerfen? Du willst betteln?

»Bitte was?« Ich halte in der Bewegung inne, packe mit der anderen Hand dein Kinn fest, um es anzuheben. »Sieh mich an!« Das Drücken meines harten Schwanzes gegen meine Hose wird langsam unangenehm schmerzhaft, doch du gehorchst und öffnest deine Augen, wie das brave Mädchen, das du bist.

»Fick mich!«

Den Wunsch würde ich dir nur zu gern erfüllen, aber wenn ich dich ficke, dann nur, wenn du bei vollem Bewusstsein bist und wir wirklich etwas davon haben.

»Nicht heute, Baby. Allerdings verspreche ich dir, dass

ich dich bald ficken werde, denn wer wäre ich, wenn ich dir diesen Wunsch ausschlagen würde?« Ich krümme meine Finger, was von einem schmatzenden Geräusch deiner Pussy begleitet wird. »Du bist so eng.« Schließlich setze ich die Bewegungen fort, deinen Kopf immer noch haltend, um jede Regung deines Gesichts in mich einzusaugen.

Dein Körper beginnt, zu zittern, deine Beine werden wackelig, also packe ich deine Taille, um dir den nötigen Halt zu geben. Außerdem lege ich mir dein rechtes Bein über die Schulter, um dich noch besser erreichen zu können. Dann stoße ich immer wieder in dich hinein, dabei läuft mir dein Saft bereits über die Hand. Und als ich schließlich auch noch die letzten Millimeter Distanz zwischen unseren Gesichtern überbrücke, sodass meine Lippen deine berühren, stöhnst du in den Kuss hinein, bevor meine Zunge hervorschnellt, damit ich zumindest ein bisschen was von dir kosten kann.

Du beginnst, dich gierig an meiner Hand zu reiben, als würdest du nicht genug bekommen, worauf ich dir mit einem tiefen Knurren antworte. O Baby, glaub mir, ich kann auch nicht genug von *dir* bekommen.

Als Nächstes spüre ich, wie sich deine Muskulatur immer enger um meine Finger herum zusammenzieht. Du bist kurz vor dem Höhepunkt, also entziehe ich dir meine Finger und meinen Mund ebenso, nur um dich im nächsten Moment mit beiden Händen an der Hüfte zu packen und dich hochzuheben, bis deine glänzend nasse Pussy direkt vor meinen Augen ist.

Ich genieße den Anblick deiner Schamlippen, so zart und rosa. Ich genieße deinen Geruch und fuck, wenn du so schmeckst, wie du riechst, dann bin ich nicht länger sicher, ob ich in meiner persönlichen Hölle oder doch im Himmel bin.

»Bitte«, flehst du erneut. »Lass mich kommen.«

»Ich werde dich erst kommen lassen, wenn du meinen Namen stöhnst.« Du dachtest, du könntest mir mit deinem frechen Mundwerk die Stirn bieten? Ich werde dir immer einen Schritt voraus sein.

Wieder schnellt meine Zunge nach vorn, nur ist es diesmal nicht dein Mund, in dem meine Zunge landet, sondern deine Pussy – so tief, wie es mir möglich ist. Ich fühle mich wie im siebten Himmel, jetzt wo ich dich endlich richtig schmecken kann. Ich bin kurz davor, in meine Hose zu spritzen. Dein Aroma, so wundervoll süß, besser als jedes Dessert.

Ich entziehe dir meine Zunge wieder, um in deine Perle zu beißen, woraufhin du zusammenzuckst und kurz aufzischst. »Gefällt dir das, Baby?«

Du keuchst, also fahre ich fort, bis dein Zucken erneut unkontrollierter wird. Dein Stöhnen wird lauter, kehliger und du stehst schon wieder kurz davor.

»Bitte. Nicht aufhören. Bitte nicht, Nate.«

Na also, da haben wir es doch. Als Antwort auf dein Flehen und Stöhnen, beiße ich ein weiteres Mal in deine Klit, bevor ich sie weiter verwöhne. Und um dem Ganzen noch einen netten Nebeneffekt zu verschaffen, ramme ich meine Finger erneut in deine Pussy.

Scheinbar war das genau das, was du gebraucht hast, denn plötzlich bäumt sich dein Körper auf, dein Beckenboden zieht sich um meine Finger herum zusammen und du kommst laut und heftig direkt an meinem Gesicht. Jeden einzelnen Tropfen, den du dabei verlierst, sauge ich auf, lecke ihn auf, trinke von dir.

Dein Körper hat immer noch mit dem Nachbeben deines Orgasmus zu kämpfen, als ich dir helfe, dein Bein wieder auf den Boden zu bringen, um eine aufrechte Position zu erlangen.

Völlig außer Atem betrachtest du mich anschließend,

blickst zu mir auf und zum ersten Mal kann ich deinen Gesichtsausdruck nicht deuten.

»Du schmeckst wundervoll«, sage ich und sehe, wie ein Lächeln an deinen Mundwinkeln zupft, das du zurückzuhalten versuchst. Wieder lege ich meine Hand auf dein Kinn, diesmal so, dass mein Daumen darunter liegt. Die restlichen Finger schiebe ich dir in den Mund und spreize diesen etwas auseinander, um dich auf das vorzubereiten, was dich beim nächsten Mal erwartet. »Probier es selbst.«

Deine Lider senken sich und trotzdem behältst du mich im Blick. Deine Zunge kitzelt unter meinen Fingern, als du sie darüberfahren lässt. Schließlich seufzt du und mir wird unweigerlich bewusst, dass ich heute selbst Hand anlegen muss. Ich möchte nichts übereilen, will dich genießen und dafür warte ich auf den geeigneten Zeitpunkt.

»Es hat sich nichts geändert«, sagst du wie aus heiterem Himmel, kaum dass ich meine Hand wieder aus deinem Mund gezogen habe. Nebenbei bemerkt, macht es mich extrem an, wie weit du diesen öffnen kannst, ohne dich darüber zu beschweren, dass es wehtut. »Ich will es immer noch.«

»Was willst du immer noch?« Ich weiß ganz genau, worauf du hinauswillst, ich will es aber noch einmal hören.

»Ich will, dass du mich fickst.«

Ich nicke, antworte aber nur: »Du solltest jetzt aufwachen. Was dir im Traum wie ein paar Minuten vorkommt, sind Stunden in der Realität. Es ist schon spät.«

»Sehe ich dich nächste Nacht wieder?«

»Vielleicht.«

Jetzt nickst du. »Es wird nichts daran ändern, dass ich einen Weg finden will, um diese Villa für mich allein zu haben. Sie gehört mir und sie steht mir zu. Ich habe hart dafür gekämpft, um an diesem Punkt in meinem Leben anzukommen. Ich werde mir das nicht von dir zerstören lassen.«

»Wir werden sehen.«

»Das werden wir«, sagst du fest entschlossen und ich sehe ein gänzlich neues Licht in deinen Augen aufflackern. Es ist der Kampfgeist, der soeben zum Leben erwacht ist. Du willst spielen? Du wirst verlieren, aber fordere mich gern heraus.

KAPITEL 17

Ophelia

„It's not the size of the dog in the fight,
it's the size of the fight in the dog."
- Mark Twain

Als ich aufwache, spüre ich den vergangenen Traum ganz deutlich zwischen meinen heißen Schenkeln. Nate hat seine Worte in die Tat umgesetzt, weshalb ich einmal mehr an dem Punkt stehe, an dem ich nicht weiß, wohin mit mir. Denn ich kann beim besten Willen nicht leugnen, dass mir gefiel, was er mit mir getan hat, und ich weiß, dass es bloß der Anfang ist, vorausgesetzt, ich lasse es zu. Genau hier liegt das Problem, denn ich weiß nicht, ob ich es zulassen kann.

Meine Priorität liegt darin, ihn loszuwerden, und nicht darin, ihn immer näher an mich heranzulassen. Das würde sowieso nicht funktionieren, denn er ist ein verdammter Geist und außerdem lasse ich grundsätzlich niemanden näher an mich heran als zum Sex. Alles, was darüber hinausgeht, geht einen Schritt zu weit.

Ich stehe auf, gehe zum Fenster, um die Vorhänge

aufzuziehen und durch den Sonnenstand festzustellen, dass es mindestens elf Uhr sein muss. So lange habe ich noch nie in meinem Leben geschlafen und, um ehrlich zu sein, habe ich mich mindestens genauso lange nicht mehr so erholt gefühlt. Ich spüre ein Lächeln an meinen Mundwinkeln zupfen, fühle die Euphorie in mir aufkeimen und stecke auf einmal voller Tatendrang.

Ein guter Tag, um endlich wieder zu malen, denke ich, wobei mir allerdings auch klar ist, dass ich das Unausweichliche nicht länger vor mir hinschieben kann. Ich *muss* mehr über Nate herausfinden und ich habe jetzt zumindest einen weiteren Anhaltspunkt, dadurch dass ich seinen Namen kenne.

Ich betrete die Küche und werfe einen Blick auf mein Handy, dabei sehe ich mehrere verpasste Anrufe und Nachrichten von meinen Handwerkern. Ich muss so tief und fest geschlafen haben, dass ich nicht einmal die Klingel gehört habe, also sind sie wieder gefahren. Darum rufe ich zurück, um sie wieder herzubestellen, und schließlich dauert es keine zwanzig Minuten, bis sie mein Anwesen betreten, um sich kurz darauf an die Arbeit zu machen.

Nachdem ich die ersten zwei Kaffees des Tages getrunken habe, mache ich mich, bepackt mit meiner Staffelei und diversen anderen Malutensilien, auf den Weg zur Bibliothek. Dort angekommen, richte ich alles her. Ich öffne die Vorhänge, wobei mir so viel Staub ums Gesicht weht, dass ich niesen muss. Trotzdem hat es sich gelohnt, denn der ganze Raum wird schlagartig vom Sonnenlicht durchflutet.

Auch meinen Laptop habe ich mitgenommen, in der Hoffnung, im Internet mehr über Nate herausfinden zu können. Ich kann spüren, dass mein Tag produktiv und erfolgreich sein wird. Vielleicht liegt es daran, dass ich mir innerlich gut zurede, aber wen interessiert am Ende, woran es liegt, solange es sich realisiert?

Nachdem ich mich am Abend aufs Sofa lege, bin ich um einige neue Erkenntnisse reicher. Ich schalte den Fernseher ein und komme mir zum ersten Mal wieder normal vor, nachdem sich die letzten Tage so surreal anfühlten.

Ich habe heute tatsächlich Fortschritte gemacht. Inspiriert durch die hiesigen Geschehnisse, habe ich ein wahnsinnig schönes Bild gemalt. Es ist mein bisher bestes Werk. Es zeigt eine Silhouette, bestehend aus Dunkelheit, vermischt mit goldenen Akzenten, die das Licht darstellen. So simpel und doch so grandios.

Mit der Recherche konnte ich ebenfalls Fortschritte machen. Nicht etwa, weil mir sein Name tatsächlich weitergeholfen hat. Ich habe weitere Foreneinträge gefunden, in denen die Beiträge alle eine Gemeinsamkeit hegen: dieses Anwesen. Die meisten handeln von verschwundenen Leuten. Es wird auch mehrfach darüber berichtet, dass hier einst ein Serienmörder sein Unwesen trieb, der nie gefasst werden konnte. Niemand wusste, was mit ihm geschehen ist, wohingegen ich da eine ziemlich böse Vorahnung habe. Um ehrlich zu sein, schockieren mich diese Beiträge nicht so sehr, wie sie es wohl sollten, bloß angeekelt haben sie mich allemal. In Anbetracht der Tatsache, dass Nate dazu fähig war, Colin um zwei Finger ärmer zu machen, kann ich mir durchaus vorstellen, er könnte damit zu tun haben. Sicher ist jedenfalls, dass dieser Kerl kein Unschuldslamm ist – so oder so.

Ich wünschte, das wäre alles. Ich habe außerdem ein Buch gefunden, das sich mit Flüchen beschäftigt. Mit Voodoo-Flüchen. Im Grunde ging es um verfluchte

Gegenstände und obwohl ich bis vor Kurzem nicht an diesen Kram geglaubt habe, bin ich mir mittlerweile umso sicherer, dass da etwas dran sein könnte.

In dem Buch wurde erklärt, dass man diese Art von Zauber auf verschiedene Arten brechen kann. Zum einen, indem man die Person ausfindig macht, die diesen ins Leben gerufen hat. Dann gäbe es noch die Möglichkeit, mit einem sogenannten Gegenfluch den bestehenden Fluch umzulenken. Und zu guter Letzt kann man ihn auch brechen, indem man das verzauberte Objekt findet, mit dem er verbunden ist. Und es gibt *immer* ein verzaubertes Objekt.

Mir kommt es vor, als stünde ich vor der Wahl zwischen Pest und Cholera. Es scheint mir nahezu unmöglich, den Fluch von meinem Anwesen zu bekommen, solange ich nicht einmal weiß, welcher es ist, wann er ins Leben gerufen wurde oder wo ich das verzauberte Objekt finde. Das war der Haken an der ganzen Sache, trotzdem ich habe beschlossen, mir davon mein Glück nicht verderben zu lassen. Ich würde weiterkämpfen, denn das habe ich doch bisher immer getan.

Als Erstes würde ich mein Bild zum Verkauf anbieten und vielleicht werden sich dann, mit etwas mehr Geld in den Taschen, auch mehr Möglichkeiten auftun. Danach würde ich Lucien Beaux einen Besuch abstatten, denn ich weiß einfach, dass er etwas verbirgt. So lautet aktuell jedenfalls mein Plan.

Ich lasse mich tiefer ins Sofa sinken und widme mich der Serie, die gerade im TV läuft. So lange, bis mich der Schlaf übermannt.

Es ist gerade einmal zehn Uhr morgens und ich bin

bereits fix und fertig, dabei geht meine Schicht noch mindestens fünf Stunden.

»Ein Latte macchiato mit Hafermilch und einem Schuss Karamellsirup für Sie, Miss.« Ich reiche der Dame das Getränk, ehe ich ihr Geld entgegennehme.

»Das passt so«, sagt sie und schenkt mir ein freundliches Lächeln, das ich erwidere, weil sie mir soeben zehn Dollar Trinkgeld gegeben hat.

Schließlich bediene ich den nächsten Kunden und den nächsten und die nächste ... Die Zeit vergeht im Schneckentempo, bis Kayla vor mir steht. Meine Laune steigt schlagartig. Kayla ist meine Mitbewohnerin im Studentenwohnheim und das, was einer Freundin am nächsten kommt.

»Hey, O, wie lange musst du heute arbeiten?«

»Wenn alles gut läuft, bis drei.«

»Ich würde dich danach gerne auf einen Kaffee einladen«, schlägt sie vor.

»Solange es nicht hier ist.« Wir lachen beide und dann bestellt sie einen Smoothie.

»Ich muss leider wieder los, ich habe noch eine Vorlesung, aber ich komme dich dann um drei abholen.«

Ich nicke, reiche ihr das Getränk und blicke ihr hinterher, als mein Handy im selben Moment in meiner Gesäßtasche zu vibrieren beginnt.

»Spreche ich mit Ophelia Kensington?«, höre ich eine junge Frau am anderen Ende der Leitung. Ein mulmiges Gefühl macht sich in meinem Inneren breit und ich ahne, dass etwas nicht stimmt. Zum einen, weil ich die Nummer nicht kenne, und zum anderen ... na ja, ich spüre es eben einfach.

»Die bin ich«, antworte ich, als sich ein Kloß in meinem Hals festsetzt, der meine Stimme zittern lässt. »Wer sind Sie und was ist los?«

»Mein Name ist Deborah Smith und ich bin vom Alexandria Police Department. Sind Sie die Schwester eines gewissen Mister Alexander Kensington? Er hat Sie nämlich als Notfallkontakt in seinem Mobiltelefon eingespeichert.«

Mein Herz beginnt, zu rasen, und ich befürchte, dass es mir jeden Moment aus dem Brustkorb heraussspringt. Ich kann nur noch daran denken, dass ihm etwas Schlimmes zugestoßen sein muss, und bekomme kein einziges Wort mehr heraus.

»Miss, sind Sie noch da?«

Ich halte das Handy an meinem Ohr fest umschlossen. »Ja.« Zu mehr bin ich nicht in der Lage.

»Wo sind Sie gerade, Miss? Ich lasse einen Streifenwagen zu Ihnen kommen.«

»Campus Café. University of Minnesota Morris«, stammle ich.

»Bleiben Sie dort, wir sind in etwa einer Stunde bei Ihnen.«

»Was – was ist passiert?«

»Miss, das können wir nicht am Telefon besprechen. Wir sind so schnell wie möglich bei Ihnen.«

Mir wird schwarz vor Augen. Die Geräusche um mich herum verzerren zu einem einzigen lauten Piepen. Ich lasse das Handy fallen und halte mir die Ohren zu. Ich ertrage sie nicht. Mein Herz rast noch schneller als zuvor und blanke Panik keimt in mir auf. Ich ertrage nichts hiervon. Meine Kehle ist wie zugeschnürt, ich bekomme keine Luft mehr, beginne, zu hyperventilieren, und plötzlich ist da nur noch Dunkelheit.

Etwas Schlimmes muss passiert sein, ich weiß es einfach.

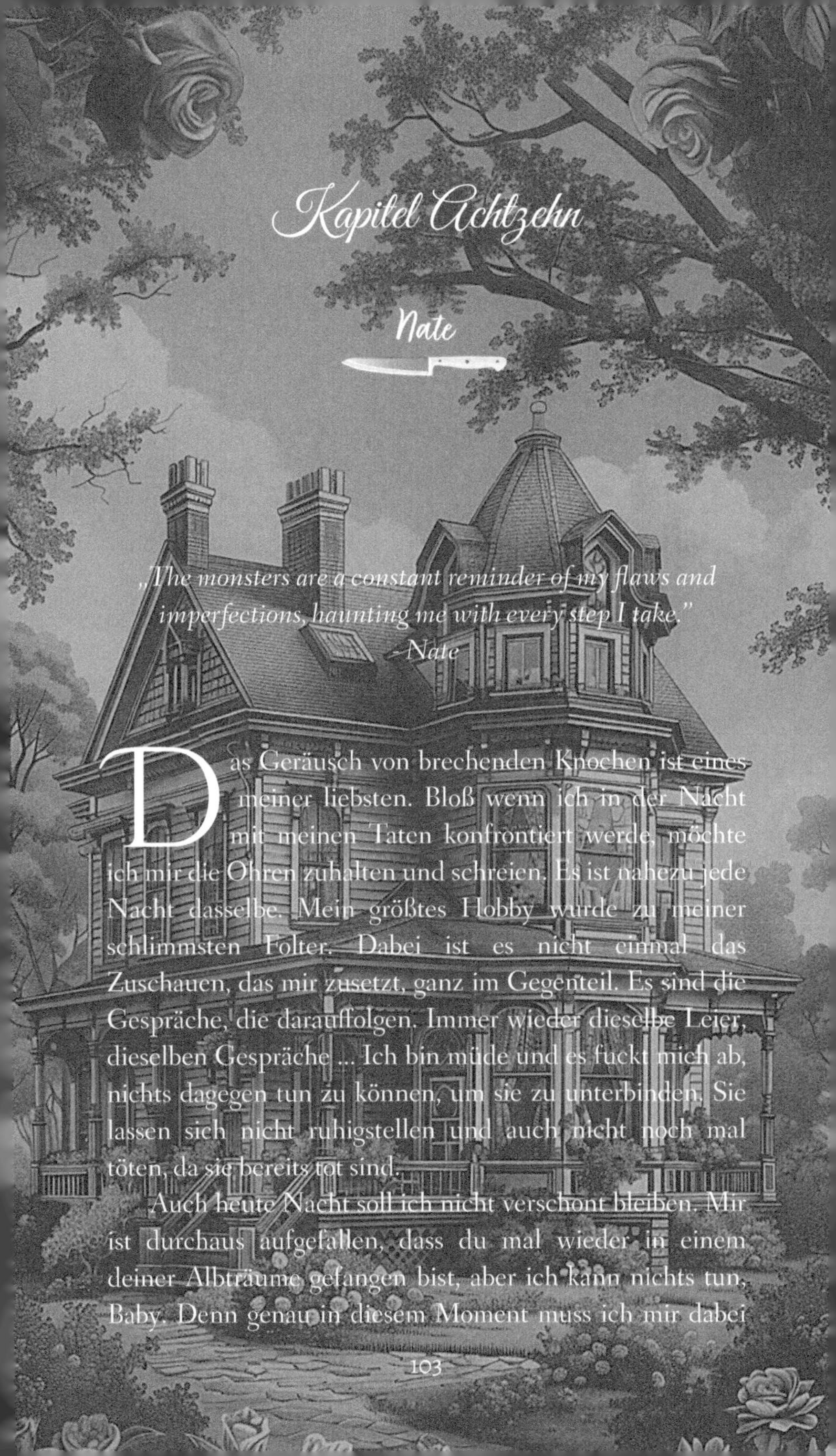

Kapitel Achtzehn

Nate

„The monsters are a constant reminder of my flaws and imperfections, haunting me with every step I take."
-Nate

Das Geräusch von brechenden Knochen ist eines meiner liebsten. Bloß wenn ich in der Nacht mit meinen Taten konfrontiert werde, möchte ich mir die Ohren zuhalten und schreien. Es ist nahezu jede Nacht dasselbe. Mein größtes Hobby wurde zu meiner schlimmsten Folter. Dabei ist es nicht einmal das Zuschauen, das mir zusetzt, ganz im Gegenteil. Es sind die Gespräche, die darauffolgen. Immer wieder dieselbe Leier, dieselben Gespräche ... Ich bin müde und es fuckt mich ab, nichts dagegen tun zu können, um sie zu unterbinden. Sie lassen sich nicht ruhigstellen und auch nicht noch mal töten, da sie bereits tot sind.

Auch heute Nacht soll ich nicht verschont bleiben. Mir ist durchaus aufgefallen, dass du mal wieder in einem deiner Albträume gefangen bist, aber ich kann nichts tun, Baby. Denn genau in diesem Moment muss ich mir dabei zusehen, wie ich diesen Kerl enthaupte. Langsam gleitet meine Klinge von einem Ohr zum anderen. Der Ausdruck, den mein Abbild dabei auf dem Gesicht trägt, gleicht dem eines Psychopathen. Vermutlich würden mich viele als genau das bezeichnen. *Monster. Psycho. Killer. Bestie.* Dabei bin ich doch ein Pazifist. Ein Pazifist mit der Leidenschaft zu töten.

Nachdem sich der Kopf vom Körper trennt, stopfe ich ihm den Schwanz in sein Maul. Das war witzig. Ich erinnere mich noch ganz genau an diesen Bastard, denn er war einer der Schlimmsten, dementsprechend habe ich ihn behandelt, wie er es verdiente.

Als er noch bei vollem Bewusstsein war, zeigte ich ihm, wie es sich anfühlt, missbraucht zu werden, und als der Besenstiel gute zehn Zentimeter tief in seinem versifften Arschloch steckte, fing er an, zu schreien und zu betteln wie ein kleines Kind. Wie jene Kinder es vermutlich taten, die er missbraucht hat und bei denen es ihn niemals interessierte, wenn sie selbst weinten. Am liebsten hätte ich ihn daran aufgespießt und seinem Leben dadurch ein Ende gesetzt, allerdings war der Stiel bloß der Anfang. Als Nächstes widmete ich mich seiner ekelhaften kleinen Wurst. Stück für Stück, Millimeter um Millimeter habe ich ihm die Vorhaut vom Schwanz gepellt, bis dieser aussah wie eine Banane. Niemand außer mir konnte seine Schreie hören und all das Zappeln hat ihn auch nicht weitergebracht, weil er an ein Andreaskreuz gebunden war.

Das Bild meines selbst grinst, während es beobachtet, wie das Blut vom Schwanz dieses Kinderschänders quillt und ihm die Beine hinabläuft. Dann höre ich dieses Lachen. Eiskalt, unberechenbar und zugegebenermaßen vielleicht doch etwas verrückt. Zuletzt hebt es die Klinge und lässt sie kurz darauf herunterschnellen. Mit einer einzigen Bewegung ist der Pimmel ab, fällt zu Boden, während die rote Suppe jetzt wie eine Fontäne aus ihm herausspritzt.

»Ich frage mich immer noch, wer von uns beiden der wahre Psychopath ist«, höre ich seine monotone, helle Stimme. Dies ist der Moment, den ich so sehr verabscheue, denn jetzt beginnt er, mit mir zu reden. Er möchte Gespräche mit mir führen, auf die ich keine Lust habe, weil ich mich mit dieser Kategorie Mensch nicht unterhalten möchte. Dieser Mann ist Abschaum und hat es niemals verdient, zu leben. »Ich erinnere mich daran, wie du mir sagtest, dass ich ein Monster sei, ein Stück Dreck, das des Lebens unwürdig ist. Was unterscheidet dich aber von mir? Im Gegensatz zu dir habe ich niemals getötet oder gar Spaß dabei verspürt.«

Oh, wie gern ich ihn in diesem Moment wieder töten würde. Stattdessen drehe ich meinen Kopf, blicke von dem Szenario ab und zu ihm. Er steht direkt neben deinem Bett, blickt auf dich hinab. Meine Augen verengen sich.

»Du hast nur Spaß dabei verspürt, wehrlose kleine Mädchen zu vergewaltigen, nicht wahr? Hast sie dir einfach genommen, weil deine Frau dich nicht mehr rangelassen hat. Du bist nicht in der Position, mit mir darüber zu diskutieren, wer hier das schlimmste Monster ist, denn die Antwort liegt auf der Hand.«

»Du hast Gefallen an ihr gefunden«, beginnt er und nickt zu dir herab. »Hübsches Ding.« Seine Finger wollen über deine Arme gleiten und noch nie war ich so froh darüber, dass wir Geister die Lebenden nicht berühren können. Allein die Tatsache, dass er es *will*, treibt mich zur Weißglut.

»Behalte deine dreckigen Geisterfinger von ihr, oder ich schwöre dir, dass ich einen Weg finden werde, dich erneut zu töten.«

Nicht ahnend, dass ihn meine Drohung wirklich

abschrecken würde, tritt er im nächsten Moment einen Schritt zurück, hebt seinen Kopf und wendet seinen Blick wieder mir zu. »Ich kann dir verraten, was sie quält. In ihren Träumen, meine ich.«

Ich hebe eine Braue, verschränke die Arme vor der Brust und betrachte ihn voller Skepsis. »Ach ja? Und woher willst du das wissen? Ausgerechnet du?«

»Weil ich es spüren kann.« Meine Haltung lockert sich etwas. Ich glaube ihm nicht, denn dazu gibt es keinen Grund, und trotzdem bin ich neugierig. »Wie du weißt, habe ich schreckliche Dinge getan. Auch ich habe das mittlerweile begriffen. Und sie ... Sie hat diese Dinge durchlebt. Irgendwer hat ihr das angetan, was ich ... Na ja, du weißt schon.«

Jetzt wandert mein Blick zu dir. Könnte es wahr sein, was er sagt, süße Ophelia? Ich weiß, dass dich etwas plagt. Es wurde mir klar, kaum dass du diese Villa betreten hast. Bloß kam ich bisher nicht dahinter, was der Grund für deine Albträume ist.

»Ihre Seele ist gesplittert«, setzt er fort. »Vielleicht ist es Schicksal, dass sie nun hier lebt. Zumindest ist es außerordentlich ironisch, findest du nicht auch?«

Ein Grinsen, so schadenfroh, wie ich es bloß von mir selbst kenne, ziert seine Mundwinkel. Ich will mir gar nicht vorstellen, was ihm in diesem Moment durch den Kopf geht, da ich mir sicher bin, dass es nichts Gutes ist.

Vorsichtig gehe ich neben deinem Bett in die Knie und betrachte dein Gesicht. Deine Augäpfel zucken unter deinen geschlossenen Lidern hin und her. Ich möchte dich berühren, dich halten und dir versprechen, dass alles gut wird, aber das kann ich nicht. Noch nicht jedenfalls. Auf einmal spüre ich den Schmerz, den du in genau diesem Augenblick empfindest, als wäre er auch Teil meiner selbst. Etwas Schlimmes muss in deinem Traum geschehen sein, doch was? Was ist los, Ophelia? Ich wünschte, wir wären bereits an dem Punkt, an dem du dich mir anvertraust und dich mir ganz und gar hingibst, doch ich befürchte, dass es noch ein langer Weg bis dahin sein wird. Du bist so verschlossen wie ein Buch mit sieben Siegeln, es sei denn, es geht um deinen eigenen Spaß. Ich weiß, dass es dir schwerfällt, dich irgendwem anzuvertrauen. Du bist eine Einzelgängerin und eine Kämpferin. Dabei will ich nichts lieber, als dich lachen zu sehen, dich glücklich zu sehen und jede einzelne Scherbe deiner zerbrochenen Seele aufzusammeln und zusammenzusetzen. Ich vergöttere dich und es wird Zeit, dass du auch das begreifst. Du bist nicht länger allein, da ich nun bei dir bin, und ich werde nie wieder von deiner Seite weichen.

Kapitel Neunzehn

Ophelia

„The devil may knock at your door,
but your guardian angel is always by to protect you."
- Unknown

Zwei Wochen später

Als ich am Morgen in meinem Atelier sitze und an meinem neuesten Kunstwerk arbeite, bin ich nicht bei der Sache. Die Arbeiter haben mittlerweile jeden Raum so weit renoviert, dass sie größtenteils fertig oder zumindest begehbar sind, weshalb ich nun die meiste Zeit über allein bin. Und dann bin ich stets gefangen in meinen Träumen und in meinen Gedanken.

Seit Nate in einem meiner Träume aufgetaucht ist, habe ich nichts mehr von ihm mitbekommen. Es gab kein weiteres Anzeichen seiner Existenz.

In den vergangenen Wochen habe ich des Öfteren versucht, seine Aufmerksamkeit zu erregen. Aber jegliche Versuche scheiterten. Ich saß immer wieder in der Bibliothek und habe Selbstgespräche geführt und selbst wenn ich abends einsam und allein in meinem Bett lag, mit den Fingern zwischen meinen Schenkeln und den Gedanken bei ihm, schien es ihn nicht interessiert zu haben. Da war immer dieser kleine Funken Hoffnung, dass er plötzlich auftauchen würde, um die Sache selbst in die Hand zu nehmen. Spoileralarm: Er tat es nicht.

Zwei Dinge sind mir dadurch schnell klargeworden. Erstens: Ich bin wirklich verzweifelt. Zweitens: Es liegt mir mehr an meinem Geisterfreund, als ich zuzugeben bereit bin. Es ist nicht nur sein attraktives Aussehen, das mich anzieht. Es ist auch nicht die Tatsache, dass er ist, was er ist. Nein, es geht darüber hinaus. Ich kann seine Anwesenheit spüren, das konnte ich von Anfang an. Da ist etwas zwischen uns, das ich nicht begreifen kann. Es fühlt sich an, als hätte ich ein fehlendes Puzzleteil gefunden und stünde nun kurz davor, das Puzzle zu beenden.

Aber seit exakt zwei Wochen kann ich diese Anwesenheit nicht mehr spüren und seitdem fühle ich mich leerer denn je. Dabei kämpft alles in mir dagegen an, so zu empfinden. Es widerstrebt mir, mich jemandem so nah zu fühlen. Es beängstigt mich und wer hat schon gern Angst?

Die Faust fest um den Pinsel geballt, bis meine Fingerknöchel weiß hervortreten, tunke ich diesen in die schwarze Farbe und schlage damit vor lauter Frust wiederholt auf meine Leinwand ein. Fast so, als würde es sich bei dem Pinsel um ein Messer und bei der Leinwand um einen Menschen handeln, den ich zu erstechen versuche. Aus meiner Kehle kämpft sich ein tiefes Knurren, das die Stille des Raumes durchbricht, während immer mehr schwarze Farbkleckse dafür sorgen, mein Bild zu ruinieren.

Gerade als ich ein weiteres Mal den Arm heben will, um auszuholen und dasselbe noch einmal zu tun, spüre ich einen Widerstand. Ich kann ihn keinen weiteren Millimeter bewegen, weil mein Handgelenk fest umklammert wird.

Aber wovon? Als mein Blick nach oben gleitet, sehe ich nichts.

»Du bist es«, hauche ich und meine angespannte Körperhaltung lockert sich augenblicklich. Eine Last, von der ich bis dato nicht einmal wusste, dass ich sie mit mir herumtrage, fällt mir in diesem Moment von den Schultern. »Wo warst du?«

Eigentlich erwarte ich keine Antwort, trotzdem bin ich enttäuscht, als ich tatsächlich keine erhalte. Dann sehe ich, wie sich einer der schmalen Pinsel in Bewegung setzt und einfach so durch die Luft schwebt, geradewegs hinüber zur Leinwand.

Ich hatte mit meinen eigenen Dämonen zu kämpfen, schreibt er und ich spüre, wie Wut in mir aufkeimt. Warum, weiß ich nicht, denn es gibt überhaupt keinen plausiblen Grund für mich, wütend auf ihn zu sein. Womöglich bin ich bloß wütend auf mich selbst. Immerhin ist es doch so, dass dieser Mann höchstwahrscheinlich mehrere Menschen ermordet hat und für das Verschwinden weiterer verantwortlich ist. Dennoch war das erste Gefühl, das ich bei seiner zweiwöchigen Abwesenheit verspürte, Enttäuschung. Enttäuschung darüber, dass er fort ist.

Mein moralischer Kompass muss definitiv neu kalibriert werden, da bin ich mir sicher.

»Ich muss dich sehen.« Meine Stimme klingt zittrig, da ich nervös bin. Wieso das so ist, kann ich mir selbst nicht erklären. »Ich möchte endlich Antworten.«

Die sollst du bekommen. Wir sehen uns heute Nacht, antwortet er erneut, indem er auf die Leinwand schreibt. Damit ist diese übrigens endgültig hinüber.

Nickend stehe ich auf, reibe mir die Hände an meiner verwaschenen Jeans ab und verlasse das Atelier genauso unordentlich, wie es ist. So sieht mein Arbeitsplatz immer aus, weil ich im Chaos am produktivsten bin.

Das Atelier war einst ein Gewächshaus und befindet sich im weitläufigen Garten des Anwesens. Sein Potenzial wurde genutzt und mithilfe meiner Ideen und dem handwerklichen Geschick der Innenausstatter wurde etwas Neues daraus gezaubert.

Die Sonne strahlt durch die Glaswände, wodurch der Raum in ein warmes, goldenes Licht getaucht wird. Es sind nicht alle Pflanzen gewichen, stattdessen stehen sie jetzt unmittelbar vor den großen Fenstern, wo sie wachsen und gedeihen können. Und in der Mitte ist allerhand Platz für Regale und meine Farben und Leinwände. Dabei sorgen die hohen Decken dafür, mir ein Gefühl von Freiheit zu vermitteln, wodurch ich meine Kreativität frei entfalten kann. Die Atmosphäre ist beinahe magisch und erinnert mich an einen verwunschenen Ort.

Den Anblick noch eine Weile betrachtend, mache ich mich schließlich auf den Weg zur Villa, die ich durch die Hintertür betrete. Dabei entgeht mir nicht, dass mein Garten immer noch überwuchert ist. Aber Halloween steht vor der Tür und ich kann es ausnutzen, um dem Anwesen das nötige gruselige Flair zu verleihen, falls sich doch das eine oder andere Kind hierher verirren sollte. Aufgrund der Vorgeschichte dieses Anwesens wage ich es zwar zu bezweifeln, trotzdem möchte ich die Mühe in Kauf nehmen, da Halloween mitunter zu einem meiner liebsten Feiertage gehört. Und allein dafür lohnt es sich doch, oder?

Als ich den Wintergarten betrete, der mittlerweile ebenfalls wunderschön gestaltet ist, verspüre ich augenblicklich Beruhigung, die von den grünen Pflanzen und blühenden Blumen ausgeht. Auch hier fällt sanftes Licht durch die großen Fenster und taucht den Raum dadurch in ein warmes Glühen. Der Duft von frischen Küchenkräutern umhüllt mich, während ich langsam über den weichen Teppichboden gehe. Das hier ist mein kleines

Paradies, ein Ort der Ruhe und Schönheit, an dem ich mich vollends entspannen kann, und das Beste daran ist mal wieder, dass er ganz allein mir gehört und mir wieder einmal verdeutlicht, dass man alles schaffen kann, was man will, wenn man an seinen Träumen festhält.

Ich seufze zufrieden, bevor mich mein Weg weiter in Richtung Küche führt, als es just in diesem Moment an der Tür klingelt. Ohne darüber nachzudenken, wer mich auf der anderen Seite erwarten könnte, öffne ich diese, um dann schockiert feststellen zu müssen, dass es zu spät ist. Es ist alles zu spät. Ich kann nichts tun, er hat mich gefunden. Mein Herz beginnt, zu rasen, mein ganzer Körper spannt sich an und verfällt in eine Schockstarre, als ich realisiere, wer hier unmittelbar vor mir steht. Charles.

»Hallo, Kleines«, sagt er ruhig. Wie die Ruhe vor dem Sturm.

Ich kralle mich am Türrahmen fest, lege eine Hand auf meine Brust und versuche, zu schlucken, allerdings tut sich nichts. Weder funktioniert das Schlucken noch das Atmen und ebenso wenig kann ich mich bewegen, also stehe ich einfach nur da und schaue dem Monster geradewegs in seine dunklen, fast schwarzen Augen.

»Möchtest du mich nicht hereinbitten?«

Eine beruhigende Präsenz erfasst mich, als würde sie mich umhüllen wie ein Schleier. Sie umgibt mich vollständig und sorgt dafür, dass ich zumindest eine klitzekleine Antwort herausbekomme: »Nein.«

»Das ist aber nicht sehr höflich. Habe ich dir etwa keinen Anstand gelehrt?« Mit diesen Worten drückt er sich einfach an mir vorbei, betritt meine Villa und mit einer einzigen Bewegung knallt er die Tür hinter uns zu. Somit sorgt er dafür, dass wir gemeinsam im selben Raum eingeschlossen sind. Und obwohl dieses Haus so groß ist, fühle ich mich eingeengt. So sehr, dass es sich anfühlt, als würde mich etwas von innen heraus auffressen. Angst übermannt mich augenblicklich und ich muss mich zusammenreißen, um keine Panikattacke zu bekommen.

»Wa– Was willst du hier?«, stammle ich, ganz konzentriert darauf, in tiefen Zügen ein und auszuatmen.

»Ist es einem Vater nicht mehr gestattet, seine Tochter zu besuchen? Immerhin haben wir uns jetzt seit vierzehn Jahren nicht gesehen.«

Es ist mir schleierhaft, woher der Mut stammt, als ich plötzlich in die Küche laufe, um mich so nah wie möglich neben meinen Messerblock zu stellen. Dabei fällt mir auf, dass ein Messer fehlt, aber ich denke nicht weiter darüber nach, da mein Vater mir gefolgt ist. Zum Glück gewährt er mir genug Abstand, indem er es sich auf der anderen Seite der Kücheninsel auf einem Barhocker gemütlich macht.

»Wie hast du mich gefunden?« Die Frage brennt mir auf der Zunge, seitdem ich diese beschissene Tür geöffnet habe. Natürlich habe ich kein Interesse daran, eine Konversation mit dem Mann zu führen, der meine gesamte Familie jahrelang körperlich und psychisch missbraucht und misshandelt hat, dennoch erscheint es mir als die einzige Möglichkeit, um ihn bei der Stange zu halten und dafür zu sorgen, dass er nicht ausrastet. Denn ich will nicht herausfinden müssen, was dann passiert.

»Das tut doch nichts zur Sache, Kleines. Wichtig ist nur, dass ich nun hier bin.«

»Ich will, dass du gehst. Sofort. Mein Ehemann wird gleich hier sein«, lüge ich.

»Ich bitte dich, wen willst du hier verarschen?« Charles setzt ein abartiges Grinsen auf, das mir das Blut in den Adern gefrieren lässt. Ganz langsam umrundet er die Insel. Dabei kommt er mir immer näher. So nah, wie ich ihn nie wieder in meinem Leben bei mir haben wollte.

Meine Hand wandert zu meiner Hosentasche, tastet

nach meinem Smartphone, doch natürlich trage ich es nicht bei mir. Es muss noch im Atelier liegen. Also bleibt mir nichts anderes übrig, als mir mit einer weiteren raschen Bewegung ein Messer zu schnappen, dessen Klinge ich danach gezielt in seine Richtung halte. »Ich warne dich, bleib weg von mir. Verlasse dieses Haus, sofort. Tu es oder ich schlitze dir die Kehle auf, du ekelhaftes Stück Scheiße.« Wieder ist mir unerklärlich, woher mein Mut stammt. Ich schiebe es auf das Adrenalin. »Wegen dir hat er sich umgebracht. Ganz allein wegen dir ist Xander tot.«

»Dein Bruder ist nicht meinetwegen tot, sondern weil er ein Schwächling war.«

Bei seinen Worten keimt Wut in mir auf, die die Angst verdrängt. Ich mache einen Schritt auf ihn zu, zucke mit dem Messer in meiner Hand weiter in seine Richtung. »Du solltest aufpassen, was du sagst, wenn ich mit einer Waffe vor dir stehe.«

Plötzlich bricht mein Vater in schallendes Gelächter aus, das den ganzen Raum mit einer Boshaftigkeit erfüllt, bei der sich mir sämtliche Nackenhaare aufstellen.

»Du warst noch nie gut darin, dich zu wehren. Was sollte heute anders sein? Das Einzige, was dich von deinem Bruder unterscheidet, ist die Tatsache, dass du eine schöne rosige und unverbrauchte Fotze hast. Du willst wissen, warum ich hier bin? Weil ich beenden will, was ich damals angefangen habe. Doch diesmal werde ich schlauer sein. Diesmal werde ich dich nicht wieder gehen lassen, damit du dir in der nächsten Apotheke die Pille kaufen kannst.«

Es fühlt sich an, als würde mein Herz für einen Moment aussetzen. Oder zwei. Ich spüre, wie mir wegen seiner Worte sämtliche Kontrolle über meinen Körper entgleitet – so auch das Messer, das klappernd zu Boden fällt.

Natürlich nutzt er diese Gelegenheit aus und es

braucht nur einen einzigen weiteren Schritt, bis er unmittelbar vor mir steht, mich packt, herumdreht und mir die Arme auf dem Rücken verdreht. Er presst seinen Schritt von hinten an meinen Arsch, während er meinen Körper gegen die Arbeitsplatte drückt. Ich spüre und rieche seinen feuchtwarmen, nach Alkohol stinkenden Atem, als er seinen Kopf zu mir herabbeugt und mir ans Ohr säuselt: »Ich habe so viele Jahre auf diesen Moment gewartet. Ich habe so viele Jahre damit verbracht, dich zu finden, Kleines. Schh, hab keine Angst, ich bin es doch nur. Es war doch immer so schön mit uns beiden.«

Irgendwas fällt hinter uns zu Boden, im selben Moment knallt vor meinem Haus eine Autotür zu. Danach spüre ich nichts mehr und schließlich sacke ich auf dem Küchenboden zusammen, wobei ich gerade noch so mitbekomme, wie sich mein Erzeuger auf den Weg zur Hintertür macht, um sich zu verpissen. »Wir werden uns bald wiedersehen, Kleines.«

Während die Hintertür zuknallt, klingelt es an der Vordertür. Unfähig, aufzustehen, rufe ich einfach »Herein!« Es ist der Sheriff, der daraufhin mein Haus betritt.

»Miss Kensington, ist alles in Ordnung?«, fragt er und stürmt zu mir. Er geht vor mir in die Hocke, berührt mich am Ellbogen und mustert mich von allen Seiten.

»Mir geht es gut«, entgegne ich.

»Der Alarm wurde ausgelöst, was ist passiert?«

Ich betrachte den grauhaarigen Mann mit schief gelegtem Kopf. »Aber wie?«

»Was meinen Sie, Miss?«

»Wie wurde er ausgelöst?«

»Nun, das müssen Sie doch wissen. Also, was ist passiert?«

Leider sitzt die Angst vor meinem Vater immer noch so

tief, dass ich nicht dazu in der Lage bin, dem Mann vor mir zu erzählen, was geschehen ist. Als Kind hat Charles es geschafft, mir einzutrichtern, dass etwas sehr Schlimmes passieren würde, sollte ich jemals die Polizei über seine Taten informieren. Er hatte stets dafür gesorgt, dass die ganze Familie Stillschweigen bewahrt. Er hat nicht nur Xander grün und blau geschlagen, sondern auch unsere Mum.

Außerdem hat er uns geschworen, dass er uns töten würde, wobei ich mich heute frage, ob der Tod nicht vielleicht das kleinere Übel gewesen wäre.

»Nichts, es ist nichts passiert. Ich muss versehentlich den Alarm ausgelöst haben.«

Nun ist es Mister Beaux, der den Kopf schief legt. »Wieso sitzen Sie dann wie ein Häufchen Elend auf dem Boden Ihrer Küche?«

»Ich hatte eine Panikattacke, die habe ich manchmal. Ich bin bereits in Therapie deswegen«, lüge ich. Ich war noch nie in einer Therapie, obwohl es sinnvoll wäre, in Anbetracht der traumatischen Erlebnisse meiner Vergangenheit. Allerdings war der Wunsch nach einem Umzug und in ein besseres Leben immer ausreichend. Ich musste mir nur einreden, dass etwas Besseres auf mich warten würde. Dabei habe ich die Rechnung ganz klar ohne meinen Erzeuger gemacht.

»Na los, ich helfe Ihnen auf«, antwortet er und scheint meine Antwort damit als plausibel hinzunehmen. Oder er handhabt es genauso wie mit der Vergangenheit dieser Villa und schweigt es einfach tot. So oder so, mir soll es recht sein. Also lasse ich mir von ihm aufhelfen und zwinge mir das freundlichste Lächeln auf, das ich in dieser Situation zustande bekomme.

»Darf ich Ihnen noch einen Kaffee oder einen Tee anbieten?«

»Nein, danke, Miss. Ich muss wieder los. Und Sie sind sicher, dass alles in Ordnung ist?«

»Absolut.« Nickend bestätige ich ihm das, wovon ich ausgehe, dass er es hören will.

»Nun denn. Seien Sie unbesorgt, wir nehmen jeden Alarm ernst.«

»Vielen Dank, Sheriff.«

»Bitte nennen Sie mich Mister Beaux, das reicht vollkommen. Wenn sonst nichts ist, werde ich mich wieder auf den Weg machen, Miss Kensington.« Er tippt an seinen Hut und neigt leicht den Kopf, um sich zu verabschieden.

»Auf Wiedersehen, Mister Beaux, und danke, dass Sie so schnell reagiert haben.«

»Nichts zu danken.«

Schließlich warte ich, bis der Mann mein Anwesen verlässt, bevor ich sämtliche Türen und Fenster verriegle. Danach begebe ich mich zur Bibliothek.

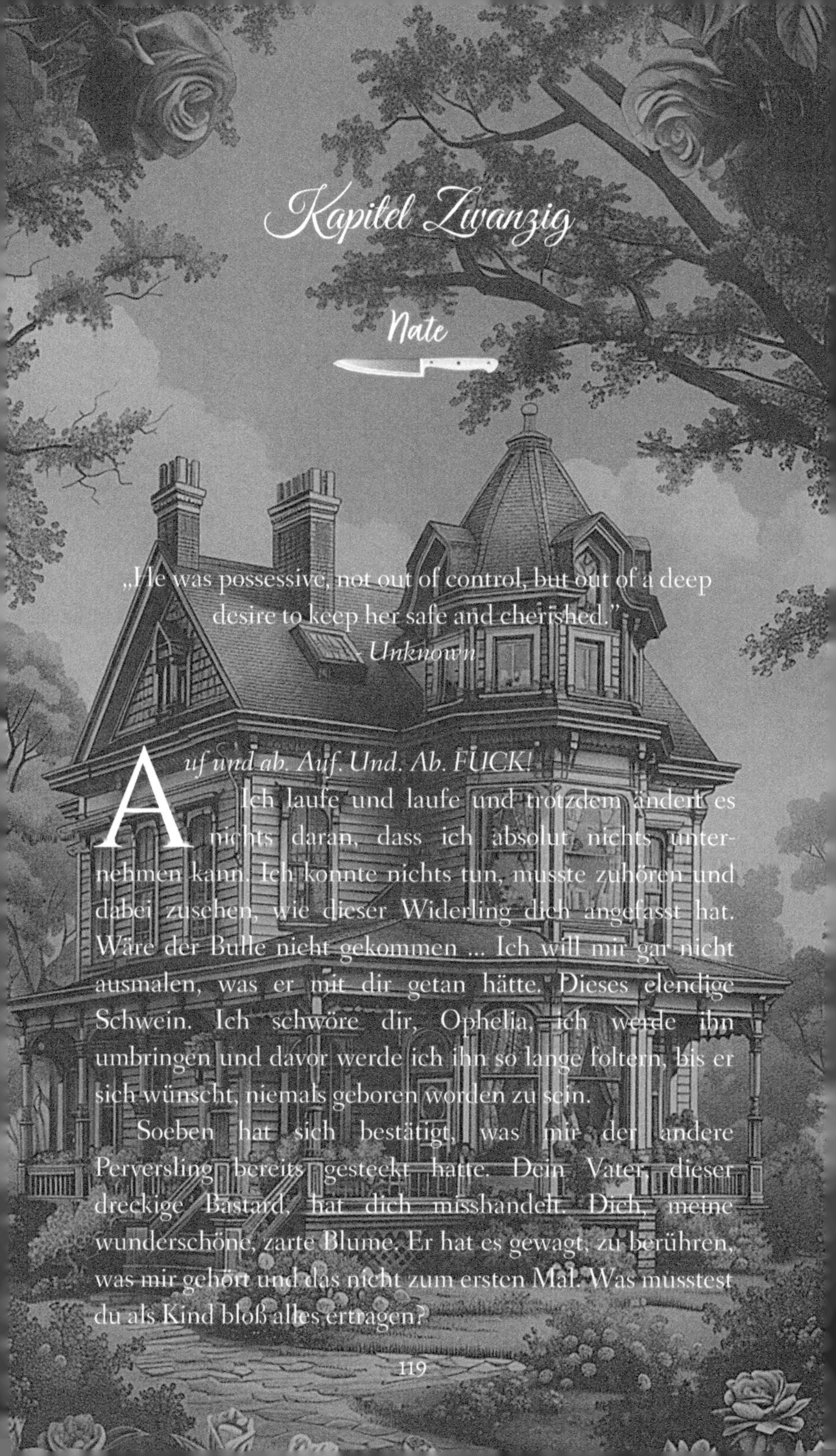

Kapitel Zwanzig

Nate

„He was possessive, not out of control, but out of a deep desire to keep her safe and cherished."
- Unknown

Auf und ab. Auf. Und. Ab. FUCK!

Ich laufe und laufe und trotzdem ändert es nichts daran, dass ich absolut nichts unternehmen kann. Ich konnte nichts tun, musste zuhören und dabei zusehen, wie dieser Widerling dich angefasst hat. Wäre der Bulle nicht gekommen … Ich will mir gar nicht ausmalen, was er mit dir getan hätte. Dieses elendige Schwein. Ich schwöre dir, Ophelia, ich werde ihn umbringen und davor werde ich ihn so lange foltern, bis er sich wünscht, niemals geboren worden zu sein.

Soeben hat sich bestätigt, was mir der andere Perversling bereits gesteckt hatte. Dein Vater, dieser dreckige Bastard, hat dich misshandelt. Dich, meine wunderschöne, zarte Blume. Er hat es gewagt, zu berühren, was mir gehört und das nicht zum ersten Mal. Was musstest du als Kind bloß alles ertragen?

Es nervt mich immens, dass ich nicht mehr tun konnte, als diesen beschissenen Alarm auszulösen und einen verfickten Topf durch die Küche zu werfen. Bis zu diesem Zeitpunkt war mir nicht klar, was wahre Folter wirklich bedeutet. Ich konnte deinen Schmerz spüren, als wäre es mein eigener. Deine Angst, die Panik, die Atemlosigkeit, das alles. Und dabei habe ich mich noch nie in meinem Leben oder in meinem Ableben so hilflos gefühlt wie in jenem Augenblick.

Fuck, fuck, fuck, fuck, fuck.

Ich muss einen Weg finden, zu verhindern, dass er dir so was noch mal antut.

In zwei Tagen ist Halloween, ein ganz besonderer Feiertag. Mir ist aufgefallen, dass du das Anwesen bereits anlässlich dieses Tages geschmückt hast, weshalb ich annehme, dass du ihn auch sehr gern magst. Doch bei mir hat das vermutlich andere Gründe. Gründe, von denen du ganz bald erfahren wirst. Bis dahin werde ich mir etwas überlegen.

Wie du weißt, bin ich in der Nacht stärker. Zwei Tage, mehr brauche ich nicht, das verspreche ich dir, süße Ophelia. Solange wird er dich in Ruhe lassen. Auch das ist ein Versprechen.

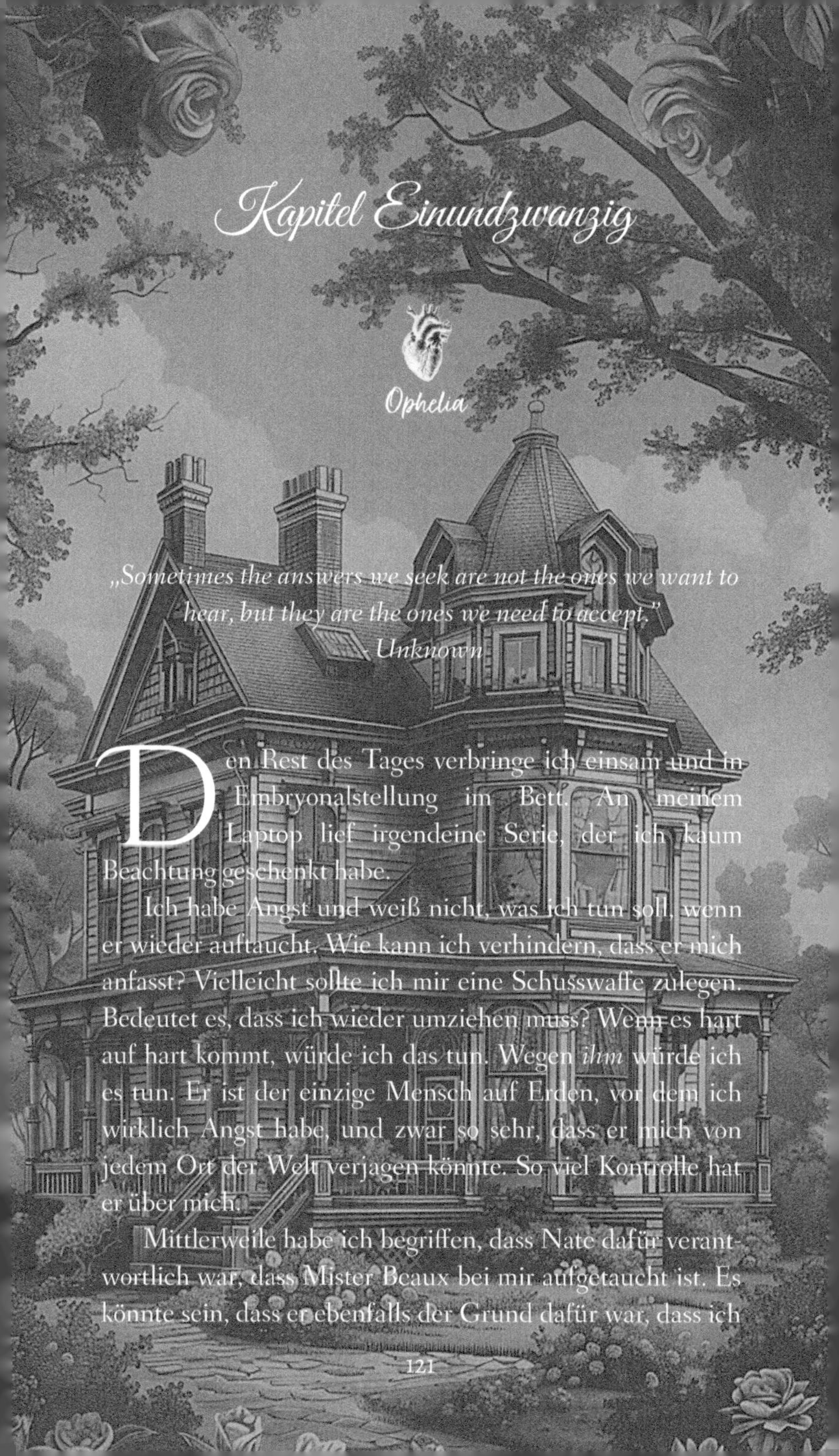

Kapitel Einundzwanzig

Ophelia

„Sometimes the answers we seek are not the ones we want to hear, but they are the ones we need to accept."
- Unknown

Den Rest des Tages verbringe ich einsam und in Embryonalstellung im Bett. An meinem Laptop lief irgendeine Serie, der ich kaum Beachtung geschenkt habe.

Ich habe Angst und weiß nicht, was ich tun soll, wenn er wieder auftaucht. Wie kann ich verhindern, dass er mich anfasst? Vielleicht sollte ich mir eine Schusswaffe zulegen. Bedeutet es, dass ich wieder umziehen muss? Wenn es hart auf hart kommt, würde ich das tun. Wegen *ihm* würde ich es tun. Er ist der einzige Mensch auf Erden, vor dem ich wirklich Angst habe, und zwar so sehr, dass er mich von jedem Ort der Welt verjagen könnte. So viel Kontrolle hat er über mich.

Mittlerweile habe ich begriffen, dass Nate dafür verantwortlich war, dass Mister Beaux bei mir aufgetaucht ist. Es könnte sein, dass er ebenfalls der Grund dafür war, dass ich mich kurzzeitig sicher und mutig gefühlt habe. Leider nur so lange, bis Charles mich angefasst hat. Trotzdem bin ich ihm mehr als dankbar dafür, denn es war nicht selbstverständlich. Leider bedeutet das aber auch, dass er alles mitbekommen hat und nun ist er nicht länger der Einzige, der mir Antworten schuldig ist. Zumindest nicht dann, wenn ich auch welche von ihm will.

Da ich nicht weiß, wie ich einschlafen soll, nach allem, was heute geschehen ist und nachdem ich den ganzen Tag über schon in Alarmbereitschaft war, habe ich mir Schlaftabletten eingeworfen. Denn ich muss Nate unbedingt sehen, egal wie sehr ich versuche, mich gegen diese verquere Situation zwischen ihm und mir zu wehren – und die daraus entstandene Anziehungskraft. Ich kann nicht leugnen, dass ich mehr über ihn erfahren will und dass ich mich für einige Sekunden sicher gefühlt habe. Dank ihm. Und jetzt gerade in einem Zustand irgendwo zwischen wach und schlafend, überwiegt die Tatsache, dass er ein Serienmörder ist.

Nach wenigen Minuten werden meine Glieder schwerer und mit ihnen meine Lider, bis ich schließlich einschlafe.

»Ihr Bruder ist tot. Er hat sich aller Voraussicht nach umgebracht, Miss.«

Meine Beine geben unter mir nach und ich sacke zu Boden. Tränen schießen mir wie Wasserfälle aus den Augen und brennen auf meinen Wangen, als ich bitterlich weine und schreie. Es ist so schlimm, dass sie mich festhalten müssen, um mich zu beruhigen.

Ihr Bruder ist tot. *Die Worte hallen immer wieder durch meinen Kopf.* Ihr Bruder ist tot.

Tot. Tot. Tot.

Xander war der einzige Mensch in meinem Leben, für den ich jemals Liebe empfand. Er hat mich aufgefangen und mir Halt gegeben, er war meine Familie und mein bester Freund. Ich kann nicht glauben, dass er mich auf diese Weise im Stich gelassen hat. Doch so gern ich auch wütend darüber wäre, kann ich es ihm nicht einmal verübeln. Mir ist bewusst, warum er es getan hat, denn ich habe selbst schon so oft mit dem Gedanken gespielt, mir mein Leben zu nehmen. Im Gegensatz zu mir hatte er nie etwas, woran er sich festhalten konnte. Er hatte nur mich, doch ich war ein kaputter Anker. Und ein kaputter Anker kann nicht genug Halt bieten.

Und noch eine Sache hat mich stets von einem Suizid abgehalten – ich wollte ihn *nicht gewinnen lassen. Leider hat auch das nicht für meinen Bruder gereicht, weshalb ich mir in genau diesem Moment schwöre, dass ich unseren Vater eines Tages umbringen werde. Wenngleich ich keine Gerechtigkeit für mich brauche, ich will sie für Xander.*

»Ophelia«, höre ich seine Stimme. Er ist es. Nate.

Mein Traum verändert sich. Statt im Police Department bin ich in meinem Schlafzimmer und sitze auf meinem Bett. Er sitzt mir direkt gegenüber, auf dem Sessel. Genauso wie in jener Nacht mit Colin, bloß dass wir diesmal angezogen sind.

Ich nehme mir die Zeit, ihn eingehend zu mustern. Er trägt ein schwarzes enganliegendes Shirt, das seine Muskeln umspielt, und dunkle, verwaschene Jeans. Sein Anblick raubt mir den Atem und mein Herz schlägt schneller. Seine markanten Gesichtszüge, umrahmt von dunklen Locken und diesem Bart, strahlen eine unwiderstehliche Anziehungskraft aus. Jede winzige Bewegung seiner Gesichtsmuskeln und sein Blick lösen ein Feuerwerk der

Gefühle in mir aus und ich mag es nicht. Ich mag es nicht, weil es mir unbekannt ist. Er sieht aus wie ein griechischer Gott ... oder *Henry Cavill*. Fuck, ja. Das ist es. Exakt so sieht er aus. Genau so habe ich mir den für mich perfekten Mann immer vorgestellt.

Ich stehe vom Bett auf und bewege mich gemächlich auf ihn zu, bis ich direkt vor ihm zum Stehen komme. »Danke«, sage ich und weiß, dass er versteht, worauf ich damit anspiele.

Er sieht mich weiterhin wortlos an, bis er die Hände ausstreckt, mich bei der Taille packt und auf seinen Schoß zieht, sodass ich rittlings auf ihm sitze. Er muss seinen Kopf in den Nacken legen, um mich weiterhin ansehen zu können, doch es ermöglicht mir, seinen intensiven Blick zu erwidern und seine unergründlich blauen Augen zu erforschen, in denen ich nach wie vor nach Antworten suche.

»In zwei Tagen ist Halloween«, beginnt er, woraufhin ich den Kopf schief lege, nicht ahnend, worauf er hinausmöchte. »Ich habe eine Überraschung für dich an diesem Tag und ich will dir versichern, dass du nichts weiter zu befürchten hast. Vor deinem Vater, meine ich.«

»Wie kannst du mir das versichern?«, will ich wissen.

»Vertrau mir einfach.«

»Wie soll ich dir vertrauen, wenn ich dich kaum kenne? Du hast Colin die Finger abgehackt und es gibt mehrere Berichte darüber, dass in dieser Villa ständig Leute ermordet werden oder verschwinden. Wenn du mir schwörst, dass du damit nichts zu tun hast, dann könnte ich dir vielleicht einen Vorschuss gewähren, aber wie soll ich einem Mörder Glauben schenken? Wie soll ich dir meine eigene Sicherheit überlassen? Sag es mir.«

»Ophelia«, knurrt er, wobei seine Stimme eine Oktave tiefer klingt als zuvor. Bedrohlicher. Das wiederum bringt meinen Bauch zum Kribbeln. »Eins nach dem anderen. Du hast drei Fragen und fünf Minuten, also wähle mit Bedacht und beeil dich. Danach bist du dran und wenn ich merke, dass du nicht ehrlich bist, wirst du keine Antworten mehr bekommen. Hast du das verstanden?« Er packt mein Kinn, zieht meinen Kopf näher zu seinem eigenen heran und starrt mir noch eingehender in die Augen als ohnehin. Seine Finger bohren sich in meinen Unterkiefer, also nicke ich.

»Bist du ein Mörder?«, schießt die erste Frage aus mir heraus, ohne dass ich sie aufhalten kann.

»Ja.«

Obwohl ich es wusste, kann man mir den Schock über diese ehrliche Antwort ansehen. Bei dem Versuch, von seinem Schoß aufzustehen, um etwas Abstand zwischen uns zu bringen, drückt er mich nur noch fester darauf. So fest, dass ich seine Erregung unter mir spüren kann. *Fuck.*

»Wieso?« Obwohl ich angewidert bin, vor allem dann, wenn ich Bilder von ihm vor Augen habe, wie er sich über eine Leiche beugt, sie anblickt, ohne jeden Sinn von Reue, will ich zugleich auch mehr wissen. Meine Neugierde sei verflucht.

»Welche Wahrheit möchtest du hören? Das kleinere oder das größere Übel?«

»Beides«, antworte ich.

»Von mir aus, aber danach bin ich dran.«

Nicht wissend, ob ich lachen oder die Augen rollen soll, da ich mir vorkomme, als würde ich mit einem Flaschengeist über das Kleingedruckte der drei Wünsche diskutieren, nicke ich. »Wenn es sein muss.«

»Ich warne dich nur einmal, Ophelia. Mich zu verarschen, ist keine gute Idee. Es sei denn, du erträgst die Konsequenzen.« Wieder ein Nicken. »Die Menschen, die ich getötet habe, hatten es nicht anders verdient. Sie sind Mörder, Vergewaltiger –«, beim letzten Wort zucke ich zusammen, was ihm auffällt, weshalb er mir sanft über das Knie streicht, »Junkies und Huren.«

»War das nun das kleinere oder das größere Übel?«

»Das ist Auslegungssache. Fakt ist jedenfalls, dass es mir Spaß macht, sie zu foltern und zu töten.«

Ich hatte bereits meine Zweifel daran, ob mit meinem Geisteszustand alles in Ordnung ist, aber als ich es nun doch schaffe, mich aus seinem Griff zu befreien und von seinem Schoß aufzustehen, wird mir klar, dass sehr wohl alles okay ist.

Angewidert, verwirrt und leicht hysterisch gehe ich zurück zum Bett. Anstatt jedoch alles daran zu setzen, einfach aufzuwachen und so die Verbindung zwischen ihm und mir zu trennen, stehe ich bloß da und betrachte ihn.

»Du – das – denkst du ernsthaft, ich könnte dir vertrauen? Du verstümmelst Menschen und hast Spaß daran? Das ist doch krank. Ist es das, was du auch mit mir vorhast? Willst du mich am Ende auch töten? Soll ich eine weitere Trophäe in deiner Sammlung werden?«

»Ich bin dran mit den Fragen«, erwidert er ernst, was mich noch wütender macht.

»Scheiß drauf. Scheiß auf dieses Spielchen und scheiß auf dich.«

»Ophelia«, knurrt er warnend.

»Nein.«

Plötzlich springt er auf, wobei der Sessel beinahe umfällt, und steht nach einem einzigen großen Schritt unmittelbar vor mir. Seine Hand schnellt vor, packt nach meiner Kehle und schließlich wirft er mich aufs Bett. Er beugt sich über mich, keilt mich zwischen seinen Beinen ein, während der Griff um meinen Hals immer fester wird. Ich beginne, zu röcheln, spüre, wie mir das Atmen schwerfällt und wie der Druck auf meinen Kopf steigt.

»Ich habe dich gewarnt, Baby. Du wirst jetzt meine

Fragen beantworten oder ich zeige dir, was es heißt, mit mir zu spielen. Und glaub mir, du wirst verlieren.«

»Okay«, krächze ich und die Hand um meine Kehle lockert sich nur so weit, dass ich geradeso reden kann. Es widerstrebt mir, einfach nachzugeben. Allerdings muss ich unbedingt Antworten bekommen und wenn das hier der einzige Weg ist, was bleibt mir dann anderes übrig? »Wie lauten deine Fragen?«

»Wann hat dein Vater damit angefangen?«

Ein Kopfschütteln. Mir war klar, dass er mich zu diesem Thema ausfragen würde, trotzdem ist es nicht leicht, mich ihm gegenüber zu öffnen. Immerhin befinden wir uns an einem Punkt, an dem ich noch nie zuvor mit irgendwem stand. Einzig Xander wusste über all das Bescheid. Weil ich es nie wollte. Weil ich immer alles dafür getan habe, meine Geheimnisse und meine Bürden bei mir zu behalten und selbst damit klarzukommen. Eine vereinzelte Träne bahnt sich heiß meine Wange hinab. »Ich kann das nicht«, hauche ich und bin überrascht, weil er nichts macht.

Kapitel Zweiundzwanzig

Nate

„Chaos is my language; I speak fluently in the disarray of emotions and the symphony of confusion."
- Unknown

Ein tiefes Grollen entringt sich meiner Kehle. Ich bin genervt und habe keine Lust auf diese kindischen Spielchen. Wir haben eine Abmachung getroffen und nun fordere ich den Teil davon ein, der mir zusteht. So schwer kann das doch nicht sein, oder? Trotzdem bringe ich es nicht über mich, dir weiterhin wehzutun. Ich will derjenige sein, der dir fortan Sicherheit vermittelt und bei dem du dich wohlfühlen sollst.

»Du musst«, antworte ich schroff. Du bringst mich noch um den Verstand.

Ich betrachte dich eingehend, genieße, wie du dich unter mir windest und kämpfst. Genieße, wie sich deine dunklen Haare wie ein seidiger Vorhang über die Decke unter deinem Körper verteilen. Jede Strähne glänzt in einem tiefen, satten Farbton und wirkt wie flüssige Schokolade. Dein – mittlerweile – sonnengebräunter Teint hebt die vielen Sommersprossen rund um deine gerade Nase hervor und lässt deine grünen Augen nahezu leuchten. Dein schlanker Körper mit Rundungen an genau den richtigen Stellen schmiegt sich perfekt an meinen eigenen, als wäre er genau dafür gemacht. Ich kann nicht anders, als deine Schönheit zu bewundern. Du bist perfekt, Ophelia.

Mein Verlangen steigt weiter an, während ich darüber nachdenke, wie anmutig du aussiehst. Anmutig und kämpferisch zugleich. Doch im Gegensatz zu diesen elendigen Vergewaltigern, bin ich dazu in der Lage, mich zusammenzureißen.

»Okay«, sagst du nach einer Weile, in der zwischen uns Stillschweigen geherrscht hat.

Ich frage mich, wieso du den Traum nicht einfach beendest. Es wäre doch ein Leichtes für dich, dich nicht meinen Fragen stellen zu müssen.

»Es fing an, als ich fünf war«, flüsterst du leise und bloß wenige Sekunden später spüre ich die drückende Stille, die auf deine Worte folgt. So drückend, dass ich mir sicher bin, man könnte sie mit einem Messer durchschneiden. Du sagst nichts, ich sage nichts, wir starren einander an, während ich sacken lasse, was du mir gerade offenbart hast. Und erst als ich es realisiere, als es wirklich bei mir ankommt, schlage ich mit meiner Faust auf die Matratze ein, unmittelbar neben deinem Kopf. Erschrocken zuckst du zusammen und reißt die Augen auf.

»Erklärung«, fordere ich. Dabei muss ich mich stark zusammenreißen, den neutralen Gesichtsausdruck zu wahren. Denn ich bin so unsagbar wütend, wie ich es schon seit sehr langer Zeit nicht mehr war. Natürlich nicht auf dich, Baby. Sondern auf den beschissenen Wichser, der die Vaterrolle verkackt hat.

»Ich war noch zu klein, um alles richtig zu verstehen. Mein Bruder hat es mir damals erklärt. Mein Vater war

Mitgründer einer Bauingenieursfirma. Sie haben vor allem Wolkenkratzer in Großstädten errichtet. Als sie in Las Vegas beschäftigt waren, hat er seine freie Zeit gerne in Casinos verbracht. Wir wissen nicht, ob er einfach anfällig dafür war oder ob er vorher schon gezockt hat, doch es hat sich zu diesem Zeitpunkt eine Spielsucht entwickelt.«

Ich höre dir zu, hänge an deinen wunderschönen Lippen wie ein Fisch an der Angel.

Du machst eine kurze Pause, um zu Atem zu kommen.

»Wir besaßen nie übermäßig viel Geld, aber auch nicht wenig. Kurz nachdem er aus Las Vegas zurückgekehrt ist, hat er jedoch alles verzockt. Auch die Ersparnisse und schließlich war es so schlimm, dass sie eine Hypothek auf unser Haus aufnehmen mussten. Sie mussten das Auto meiner Mutter verkaufen, Schmuck und so vieles mehr und trotzdem hat es am Ende nicht gereicht, weil er selbst das verzockt hat.«

Ich nicke als Bestätigung dafür, dass ich dir zuhöre. Dabei erhebe ich mich aus unserer Position, ehe ich mich neben dich lege, den Kopf auf meinen Ellbogen gestützt, und dich ansehe.

»Der schlimmste Tag war der, an dem er die Firma bestohlen und sie in den Ruin gestürzt hat. Er verlor die Firma und damit auch seinen Job. Er begann, zur Flasche zu greifen, und seitdem hat er sie nie wieder beiseitegestellt. Täglich kam er betrunken nach Hause, hat sich rumgetrieben und es wurde auch nicht besser, nachdem er einen neuen Job gefunden hatte. Es war alles nicht mehr dasselbe. Und schließlich folgte die Nacht, in der er sein Ehebett mit meinem verwechselt hat.«

Eine weitere Träne kullert deine Wange herab. Ich strecke meine Hand aus, sammle sie mit meinem Daumen auf und nehme ihn in den Mund. Der vertraute, salzige Geschmack von Schmerz breitet sich auf meiner Zunge aus.

»Du bist so viel stärker als das, Baby.« Du schließt die Augen und schüttelst den Kopf, was mich mal wieder dazu veranlasst, dich am Kinn zu packen, um dich dazu zu zwingen, mich anzusehen. »Du. Bist. Stärker.«, wiederhole ich und lege eine Kraft in meine Stimme, die dem Satz mehr Nachdruck verleiht. »Sieh doch, wie weit du im Leben gekommen bist. Allein.« Um ehrlich zu sein, kenne ich keinen bemerkenswerteren Menschen als dich. Du bist nicht nur wunderschön, du bist besonders und in diesem Moment wird mir klar, dass ich für dich sterben würde, wenn ich sterben könnte. Die gottverdammte Welt würde ich für dich niederbrennen und mit ihr jeden einzelnen Menschen, der diese bevölkert.

Vorsichtig streiche ich dir eine verirrte Strähne hinter dein Ohr und du lässt es zu. Ich bin so kurz davor, dich zu küssen, als du dich plötzlich aufrichtest. »Also, was hast du mit mir vor? Wirst du mich auch töten?«

»Du bist noch nicht dran«, antworte ich. »Wieso hast du den Traum noch nicht beendet?« Es gibt so viele Fragen, die ich dir noch stellen will, die mir in diesem Moment unwichtig erscheinen im Vergleich zu dieser.

»Ich – ich weiß es nicht.«

Zugegeben, die Antwort ist nicht zufriedenstellend, ich bin mir allerdings sicher, dass sie der Wahrheit entspricht. »Hast du Angst vor mir?«

Anstatt mir zu antworten, grinst du. Und als ich vorhin dachte, ich hätte dich in deiner schönsten Form gesehen, voller Leid, Schmerz und so verletzlich, hast du mich gerade eines Besseren belehrt. Denn wenn du lächelst, geht die Sonne auf und die Welt erwacht zum Leben.

»Jetzt bin ich aber wieder dran«, entgegnest du frech.

»Gut aufgepasst, Sherlock.«

Deine ganze Haltung ändert sich und du strahlst stolz. *Da ist sie ja, meine kleine Kämpferin,* denke ich. Wer hätte gedacht, dass du so scharfsinnig bist? Ich entdecke immer wieder neue Seiten an dir und es gefällt mir. Du bist facettenreich und ich bin sicher, dass du das nicht einmal weißt. Du bist alles andere als langweilig.

»Was hat dich hierhergelockt, in die Villa?«

Eine gute Frage, allerdings wird meine Antwort darauf für dich wohl auch weniger zufriedenstellend sein, als du jetzt annehmen magst. »Daran kann ich mich nicht mehr erinnern.«

Deine Augen verlieren an Glanz und deine Unterlippe schiebt sich ein wenig nach vorn. Schmollst du etwa? Nun muss ich mich zusammenreißen, um nicht zu schmunzeln. »Du spukst hier als Geist rum, also musst du wohl gestorben sein, oder?«

»Davon gehe ich aus. Seitdem ich hier bin, versuche ich, herauszufinden, was passiert ist. Ich kann mich an jede einzelne meiner Taten erinnern – zumindest an die, die hier geschehen sind, aber an alles, was davor passiert ist, erinnere ich mich nicht mehr.«

»Kannst du denn die Bücher aus der Bibliothek lesen und bist dadurch schon einen Schritt weitergekommen?«

»Nicht weiter als du, Baby. Wie man einen Fluch brechen kann, habe ich selbst schon rausgefunden. Aber weder weiß ich, wer dafür verantwortlich ist, noch, worauf der Fluch lastet. Lastet er auf mir oder auf dem Haus? Ich habe keine Ahnung.«

»Wie ist dein voller Name?«

»Ich bin dran, Baby.«

Du bist zuckersüß, wie du so genervt dasitzt. Aber so viele Fragen, wie du an mich hast, habe ich auch an dich, und ich weiß ganz genau, wie es sich anfühlt, wenn man nicht die Antworten bekommt, die man erwartet.

»Wusste deine Mutter von alldem?«, will ich wissen. Ich *muss* einfach wissen, wen ich alles zur Rechenschaft ziehen muss, insofern, dass meine Angebundenheit es zulässt.

»Ja«, hauchst du so leise, dass ich es nur mit Mühe verstehe.

»Wieso hat sie nichts getan?«

»Er hat sie geschlagen. Sie hatte Angst. Wir alle hatten Angst vor ihm. Er hat dafür gesorgt.«

Das kann ich verstehen – zumindest bis zu einem gewissen Punkt – und trotzdem rechtfertigt es nicht, dass sie nichts unternommen hat. Immerhin ging es um ihr eigenes Fleisch und Blut, um ihre Kinder, die jedem Elternteil das Wichtigste auf der Welt sein sollten. Wie kann man diese jahrelangen Qualen also erdulden und nichts dagegen unternehmen?

»Hast du Geschwister?«

»Ich hatte einen Bruder.«

»Hatte? Was ist mit ihm geschehen?«

Bei dem Gespräch zwischen deinem Erzeuger und dir habe ich bereits mitbekommen, was mit deinem Bruder Xander passiert ist, allerdings möchte ich es aus deinem Mund hören. Ich will deine Sichtweise verstehen, denn sie ist die Einzige, die zählt. Weil du das Opfer in dieser Geschichte bist.

»Ich bin dran«, antwortest du. Diesmal bist du nicht mehr so frech, was in Anbetracht der Unterhaltung nachvollziehbar ist. Nichtsdestotrotz nervt mich dieses Spiel, weshalb ich mit dem Gedanken spiele, die Regeln zu ändern.

Diesmal glänzt du auch nicht vor Stolz. Du wirkst müde. Kein Wunder, immerhin bist du dazu gezwungen, dich mit deiner schrecklichen Vergangenheit auseinanderzusetzen, doch ich brauche Informationen, so leid es mir tut. Mir tut es selbst weh, all das zu erfahren. Ich kann deinen Schmerz förmlich spüren und es zerbricht mir das Herz –

falls ich überhaupt eines besitze. Niemand sollte diese Art von Missbrauch erfahren müssen und schon gar nicht im zarten Kindesalter. Aber das Schlimmste ist ohnehin, dass die Menschen, bei denen du dich geliebt und behütet fühlen solltest, so dermaßen versagt haben. In jeglicher Hinsicht. Deine Eltern sind keine Eltern. Sie sind das Letzte und glaub mir, Baby, sie werden dafür bezahlen. Zuerst werde ich mir dieses Monster von Vater vornehmen und danach mache ich mir vielleicht auch Gedanken darüber, wie ich an deine Mutter herankomme.

»Weißt du denn, wie lange du schon hier bist?«

Deine Frage reißt mich aus meinen Gedanken, weshalb ich kaum merklich den Kopf schüttle, um mich zu sammeln. »Das weiß ich tatsächlich. Es dürften jetzt siebzehn Jahre sein.«

»Da war ich zehn«, stellst du fest, also weiß ich jetzt auch, wie alt du bist.

Das wäre tatsächlich eine meiner Fragen gewesen, darum bin ich dir insgeheim dankbar für diese Antwort.

»Und wie alt bist du?«, willst du wissen, als könntest du meine Gedanken lesen.

Ich strecke eine Hand aus, betrachte sie und denke darüber nach, als mir klar wird, dass ich es nicht weiß. Ich weiß verdammt noch mal nicht, wie alt ich bin, geschweige denn, wann ich geboren bin.

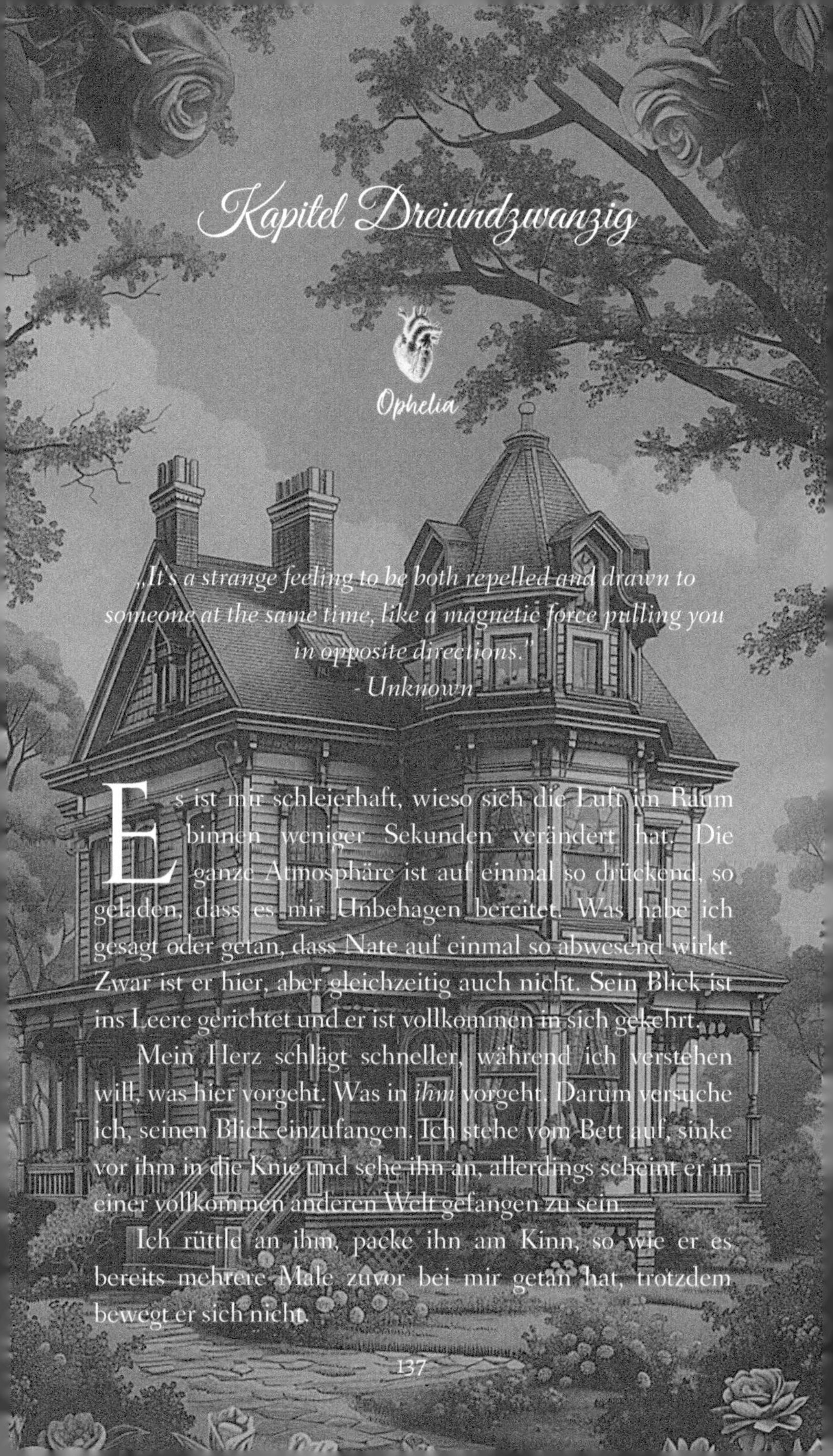

Kapitel Dreiundzwanzig

Ophelia

„It's a strange feeling to be both repelled and drawn to someone at the same time, like a magnetic force pulling you in opposite directions."
- Unknown

Es ist mir schleierhaft, wieso sich die Luft im Raum binnen weniger Sekunden verändert hat. Die ganze Atmosphäre ist auf einmal so drückend, so geladen, dass es mir Unbehagen bereitet. Was habe ich gesagt oder getan, dass Nate auf einmal so abwesend wirkt. Zwar ist er hier, aber gleichzeitig auch nicht. Sein Blick ist ins Leere gerichtet und er ist vollkommen in sich gekehrt.

Mein Herz schlägt schneller, während ich verstehen will, was hier vorgeht. Was in *ihm* vorgeht. Darum versuche ich, seinen Blick einzufangen. Ich stehe vom Bett auf, sinke vor ihm in die Knie und sehe ihn an, allerdings scheint er in einer vollkommen anderen Welt gefangen zu sein.

Ich rüttle an ihm, packe ihn am Kinn, so wie er es bereits mehrere Male zuvor bei mir getan hat, trotzdem bewegt er sich nicht.

Als ich auf einmal einen starken Sog spüre, der an mir zieht und reißt, versuche ich, mich dagegen zu wehren und mich an Nate festzuklammern. Es gelingt mir nicht. Ich komme einfach nicht gegen diese Kraft an und schließlich verstehe ich, was es bedeutet, als ich in meinem Bett aufwache. Vorbei ist der Traum und mit ihm ist auch Nate wieder verschwunden.

Immer noch leicht desorientiert und verwirrt blicke ich mich im Raum um. Viel hat sich nicht verändert, da wir uns im Traum ebenfalls hier aufgehalten haben. Einzig die Lichterverhältnisse sind anders, da die Sonne mein Schlafzimmer in ein angenehmes Licht hüllt. Es müsste früh am Morgen sein.

Ich strecke mich, setze mich auf und verfluche Was-auch-immer dafür, mich diesem Traum entrissen zu haben. Ich war noch lange nicht fertig, wollte mehr über den attraktiven, mörderischen Geist erfahren, auch wenn ich ihm im Gegensatz Rede und Antwort stehen musste.

Und obwohl ich ihn und all das, was zwischen uns ist, nicht zu nah an mich heranlassen möchte, so muss ich mir wohl oder übel eingestehen, dass es mir Sorgen bereitet, ihn in diesem seltsamen Zustand allein gelassen zu haben. Mir kommt die Frage auf, was plötzlich mit ihm los war und was der Auslöser dafür war, dass er auf einmal so apathisch war.

Es muss doch einen Weg geben, zu ihm durchzudringen, und zwar nicht erst dann, wenn ich mich am Abend ins Bett lege, um endlich einzuschlafen. Es lässt mir keine Ruhe und er geht mir schon seit geraumer Zeit nicht mehr aus dem Kopf, also werde ich dafür sorgen, dass wir uns so schnell wie möglich wiedersehen können.

Zuerst werde ich mich aber wieder an meine Recherchen setzen. Auch wenn Nate in den vergangenen siebzehn Jahren die Bibliothek weitestgehend durchforstet hat, gibt es schließlich noch das Internet. Keine Ahnung, ob er darauf überhaupt zugreifen kann, also wäre es möglich, ihm damit einen Schritt voraus zu sein und so mehr über den Fluch herausfinden zu können. Oder zumindest darüber, wer uns behilflich sein kann. Das wäre ein Anfang.

Nate versprach mir Ruhe vor meinem Vater. Natürlich habe ich nach wie vor Angst, gewähre ihm diesen Vertrauensvorschuss aber. Wieder. Dabei versuche ich, nicht allzu viel über ihn nachzudenken – oder über die Überraschung, die Nate mir für morgen angekündigt hat –, um mich auf die wichtigen Dinge konzentrieren zu können.

~

Am Nachmittag bin ich mit meiner Recherche schon einen Schritt weiter. Ich habe mir mehrere Adressen herausgeschrieben, alle liegen im Zentrum von New Orleans. Bei den meisten handelt es sich um Anlaufstellen, insbesondere für Voodoo. Dort dreht sich alles um die einstige Religion, aber auch um die damit verbundene schwarze Magie, die immer mal wieder von den Anhängern praktiziert wird. Wie ich außerdem herausgefunden habe, geht es schon seit vielen Jahrzehnten nicht mehr rein um den Glauben und wie überall sonst gibt es auch hier schwarze Schafe.

Es war schwer, Läden zu finden, bei denen es sich nicht nur um die typischen Touristenfallen handelt. Läden, die nicht damit werben, Voodoo-Püppchen zu verkaufen, mit denen man es dem Ex oder der ehemals besten Freundin heimzahlen kann. Ich musste tiefer graben, viel tiefer, bis ich schließlich fündig wurde. Und meine Suche hat mich nun geschlagene fünf Stunden gekostet.

Mein Plan für morgen steht fest. Adresse für Adresse von meiner Liste abklappern, während ich mich heute darauf konzentrieren will, eine Verbindung zu Nate herzustellen.

Am einfachsten erscheint es mir, mich mit so vielen Tabletten vollzupumpen, bis ich einschlafe, das würde allerdings voraussetzen, mit meinen eigenen Träumen konfrontiert zu werden. Außerdem weiß ich nicht, wie ich ihn danach erreichen soll, wo er es doch bisher immer war, der die Verbindung zu mir hergestellt hat.

Eine Alternative wäre ein Ouija-Brett. Bei dieser Option graut es mir aber davor, irgendwas anzulocken, was noch gefährlicher als er sein könnte. Denn mittlerweile glaube ich sehr wohl an Geister und im schlimmsten Fall könnte es darauf hinauslaufen, dass ich diesen Geist nicht mehr losbekäme. Was bleibt mir also noch übrig?

»Nate, bist du da? Ich muss dringend mit dir reden. Sag mir bitte, wie ich das anstellen soll.« Eine Antwort bleibt mir verwehrt, stattdessen führe ich hier nur Selbstgespräche.

Plötzlich schießt mir ein wahnsinnig bescheuerter Gedanke durch den Kopf. Was wäre, wenn ich Colin dazu bekäme, mein Haus wieder zu betreten? Würde es Nate vielleicht so sauer machen, dass er darauf reagieren würde? Aber andererseits würde ich Colin damit vielleicht in Gefahr bringen. Was aber, wenn ich so tue, als ob? Wenn ich mich für ein Date fertigmache, das nicht stattfinden wird? Wenn ich ein Telefonat führen würde, das nicht existiert? Vielleicht könnte ich so seine Aufmerksamkeit wecken.

Mein Entschluss steht fest und auch wenn es idiotisch sein mag, mir sind gerade viele Mittel recht, Hauptsache, ich kann mich mit ihm unterhalten. Ich *muss* einfach wissen, was vorhin mit ihm los war.

Auf einmal denke ich gar nicht mehr daran, dass er mir vor wenigen Stunden gebeichtet hat, ein Serienmörder zu sein, der Spaß am Töten hat. Natürlich widert es mich immer noch an, doch in diesem Augenblick überwiegt die Sorge und verdrängt jeden bösen Gedanken.

~

Ich besitze mittlerweile auch ein Ankleidezimmer, das sich unmittelbar neben meinem Schlafzimmer befindet. Ich betrete es und schaue mich um. Auch hier haben die Inneneinrichter gute Arbeit geleistet. Ich bin immer wieder überwältigt über die Schönheit und Eleganz dieses Raumes. Die Wände sind mit opulenten Tapeten in einem floralen Muster verziert, die das Sonnenlicht sanft reflektieren. Kristallleuchter hängen von der Decke und werfen funkelnde Lichtmuster auf den polierten Holzboden.

Vor mir erstreckt sich ein Schminktisch mit kunstvoll geschnitzten Schubladen und goldenen Verzierungen um den Spiegel herum. Darauf stehen meine Parfümflaschen aus Kristall, die ebenso einzelne Sonnenstrahlen glitzernd reflektieren. Der Duft von Vanille und Papaya liegt in der Luft, vermischt mit einem Hauch von Kokosnuss.

Ich trete weiter in den Raum hinein, bis ich vor den offenen Schränken stehe, in denen man hauptsächlich seidige Stoffe in schlichten Farben vorfindet, die fein säuberlich sortiert an Kleiderbügeln hängen. Ich mag es schlicht bei der Kleiderwahl.

Ein großer Spiegel an der Wand, ebenso umrahmt von goldenen Schnörkeln, reflektiert mein Bild. Ich sehe müde aus, also wird es Zeit, dass ich daran etwas ändere. Also lasse ich mich in den beigen Lederstuhl fallen, der vor meinem Schminktisch Platz findet, und genieße für einen kurzen Augenblick die Ruhe, die mich einhüllt wie in eine warme Decke, bevor ich mich daranmache, mich zu schminken.

Heute will ich alles geben, um so atemberaubend wie möglich auszusehen, weshalb ich mir Smokey Eyes zaubere und roten Lippenstift auflege. Im Anschluss daran frisiere ich meine Haare mit dem Lockenstab, sodass mir sanfte Wellen über die Schultern fallen.

Bisher gibt es keine Anzeichen für Nates Präsenz, aber ich bin ja auch noch nicht fertig. Als nächstes stehe ich auf, laufe zum Schrank und nehme mir ein rotes, enganliegendes Kleid daraus hervor. Ein kurzes. Bisher habe ich es noch nie getragen, sogar das Preisschild hängt noch daran, also reiße ich es ab und ziehe das Kleid an, komplettiere das Outfit mit goldenen Heels und kurz darauf bin ich fertig.

Ich betrachte mein Spiegelbild und stelle fest, dass nichts mehr übrig ist von der müden Ophelia, die ich noch vor wenigen Minuten war. Ich sehe sexy aus, ein bisschen wie eine Femme Fatale, und ich mag es. Nein, ich *liebe* es. Vor allem hoffe ich aber darauf, dass diese ganze Farce ihren Zweck erfüllt.

Als ich mich zurück in die Küche begebe, kommt mir eine spontane Idee. Um dem ganzen noch eins obendrauf zu setzen, werde ich einen Uber-Fahrer herbestellen. Dann macht es zumindest den Anschein, als würde mich ein sexy Kerl mit schicker Karre abholen.

Da sich Nate bisher immer noch nicht gezeigt hat, gehe ich nicht davon aus, dass er mich gerade beobachtet. Deshalb nutze ich es schnell aus, um über die Uber-App auf meinem Smartphone einen Fahrer zu bestellen. Nach nicht einmal einer Minute habe ich auch das erledigt. In zehn weiteren Minuten wird ein Fahrer bei mir sein.

»Hi, Babe«, beginne ich schließlich, wobei ich meine Stimme so verrucht wie möglich klingen lasse. Ich telefoniere nicht wirklich, doch es soll so rüberkommen. »Ich bin fertig.« Pause. »Okay, also in zehn Minuten?« Pause. »Alles klar. Übrigens … ich trage keine Unterwäsche. Ich freue mich auf dich, bis gleich.« Ende.

Vielleicht mag es kindisch sein, doch wie viele Optionen habe ich, um einen Geist zu erreichen, der nicht erreicht werden möchte? Ich bin sie alle nacheinander durchgegangen, Schritt für Schritt, habe mir so viele Gedanken darüber gemacht, wie ich es handhaben könnte, und diese Möglichkeit, so lächerlich sie auch sein mag, erschien mir schließlich als die sinnvollste.

~

Als mein Handy nach insgesamt dreizehn Minuten klingelt, stelle ich mit Erleichterung fest, dass es sich bei dem Fahrer tatsächlich um einen Kerl in meinem Alter zu handeln scheint. Zumindest der Stimme nach zu urteilen.

Damit das Ganze weiterhin so realistisch wie möglich bleibt, schnappe ich mir eine kleine Handtasche, die mit meinem Outfit harmoniert, werfe meine Wertgegenstände hinein und verlasse das Haus.

Langsam werde ich nervös, denn selbst nachdem ich vor dem Auto anhalte, lässt sich Nate nicht blicken. Natürlich könnte ich auf den Plan B zurückgreifen, aber das möchte ich nur ungern, denn dieser besteht darin, mir so viele Schlaftabletten einzuflößen, dass ich einschlafe, und dann stehe ich vor dem eben genannten Problem, dass ich trotzdem nicht weiß, wie ich an ihn herankomme.

Was mache ich hier eigentlich?, frage ich mich in dem Moment, in dem ich die Tür des schwarzen *Mercedes AMG GT* öffne und einem freundlich lächelnden jungen Mann mit blondem Haar ins Gesicht blicke.

»Guten Tag. Ich werde hier vorn einsteigen«, erkläre ich ihm, woraufhin er nickt und ich genau das tue, was ich gerade angekündigt habe.

»Sie wollen also ins French Quarter?«, hakt er nach, denn das hatte ich tatsächlich als Ankunftsziel angegeben. Zu diesem Zeitpunkt wusste ich allerdings noch nicht, dass ich wirklich ins Auto einsteigen und mich irgendwohin fahren lassen würde.

»Zum French Market bitte.« Wenn ich schon einmal hier bin, kann ich es auch ausnutzen, um meinen Kopf freizubekommen und eine weitere Sehenswürdigkeit von meiner Liste abzuhaken, während ich intensiv an Plan B feile.

»Für einen einfachen Besuch des French Market haben Sie sich aber ordentlich rausgeputzt.«

Genervt betrachte ich das Profil des jungen Fahrers. Ich glaube, er ist sogar etwas jünger als ich, wenn ich schätzen müsste. Seine Gesichtslinien sind weich, er hat keinen Bart und auch keinen Bartschatten, der darauf schließt, dass ihm je auch nur ein einziges Haar im Gesicht gesprossen ist. »Ich habe Sie nicht um Ihre Meinung zu meinem Aussehen gebeten«, entgegne ich, woraufhin er abwehrend die Hände hebt.

»Tut mir leid, Miss. Zum French Market also.« Mit diesen Worten startet er den Motor und wir verbringen die Fahrt in unangenehmer Stille.

»Können Sie mich in einer Stunde wieder hier abholen und zurück nach Hause fahren?«

Arthur nickt. Seinen Namen kenne ich nicht etwa deshalb, weil wir uns während der restlichen Fahrt angeregt unterhielten, sondern weil mir die App dies angezeigt hat.

Ich drehe mich um und stelle fest, dass er mich unmittelbar vor dem weitläufigen Markt herausgelassen hat. Ich lasse den Blick über die vielen Stände und die

Menschenmenge schweifen. Die Sonne scheint warm auf mich herab, während ich mich allmählich in Bewegung setze.

Eine sanfte Brise streicht mir über die Haut, die eine Vielfalt an Gerüchen mit sich trägt. Zum einen rieche ich frisch gebackene Beignets und zum anderen die würzige Cajun-Küche, vermischt mit dem süßen Aroma von Pralinen und dem intensiven Duft von frischen Gewürzen.

Die bunten Stände sind voller Kunsthandwerk, Schmuck, Kleidung und Souvenirs, darunter natürlich auch wieder die allseits beliebten Voodoo-Püppchen und von überall höre ich das Lachen der Menschen, die Rufe der Verkäufer und die Klänge der Straßenmusikanten, die den Markt mit Leben füllen.

Ich spüre die Energie und den pulsierenden Herzschlag des French Market und fühle mich augenblicklich wohl hier. Vor allem mag ich, dass die Vielfalt der Kulturen und Einflüsse überall spürbar ist. Es ist ein Ort voller Leben und Geschichte, der mich lebendig fühlen lässt und mir nur einmal mehr verdeutlicht, dass ich in meiner Vergangenheit die richtigen Entscheidungen getroffen habe.

Ich entdecke ein kleines, gemütlich aussehendes Café und beschließe, mich dort niederzulassen. Ich bestelle mir einen frischen Eistee und als der Kellner mir diesen bringt, lehne ich mich entspannt zurück, um das Treiben der Leute zu beobachten. Dabei denke ich darüber nach, wie ich nachher am sinnvollsten vorgehen sollte, wenn ich mich mittels Schlaftabletten in meine eigenen Albträume begebe, doch ich komme nicht wirklich zu einem zufriedenstellenden Entschluss.

Ich fühle mich enttäuscht und irgendwie auch frustriert. Ich hatte all meine Hoffnung in diesen Plan gesteckt und in die Tatsache, dass er aufgeht, doch letzten Endes stehe ich vor exakt demselben Ausgangspunkt wie bereits wenige Stunden zuvor, einzig mit dem Unterschied, dass ich dabei jetzt heiß aussehe.

Gefühle von Ratlosigkeit und Leere machen sich in mir breit, mein Herz pumpt schneller vor Aufregung und Unruhe, während meine Gedanken weiterhin wild umherirren, um nach einer Lösung zu suchen. Plötzlich schleichen sich Zweifel in meinen Geist, nisten sich ein und lassen mich an mir selbst zweifeln. Und obwohl all diese negativen Emotionen versuchen, mich runterzuziehen, setze ich alles daran, einen klaren Kopf zu bewahren, um mich hochzukämpfen, so wie ich es mein Leben lang bereits tue. Und plötzlich steht mein Entschluss fest.

Kapitel Vierundzwanzig

Nate

„I stand at the edge of my sanity, peering into the abyss of my own thoughts, unsure of what lies beneath."
- Unknown

FUUUUUUUUUUUUUUUCK!

Irgendwas stimmt nicht. Irgendwas stimmt ganz und gar nicht.

Nachdem ich stundenlang versucht habe, mich an meinen Geburtstag oder daran, wie ich hierhergekommen bin, zu erinnern und zu keinem Ergebnis gekommen bin, wurde ich plötzlich mit meinen Taten konfrontiert. Am helllichten Tag.

Ich musste dabei zusehen, wie ich die Fotze einer Hure von der Klit bis zur Rosette aufgeschnitten habe, bloß um ihr dann einen verfickten Baseballschläger bis zum Anschlag in das blutende Loch zu stopfen. Immer und immer wieder habe ich das Teil in ihr versenkt und dabei gelacht wie ein beschissener Irrer.

Auch diese Tat war eine meiner schlimmsten und

trotzdem bereue ich sie nicht. Warum nicht? Weil diese Frau Kinder nicht bloß prostituiert hat, sie hat sie auch selbst angefasst. Also hatte sie nichts anderes verdient, als jenen Schmerz, den sie so vielen Kindern angetan hatte, am eigenen Leib und in physischer Form zu erfahren.

Und kurz nachdem ich mir vorhin dabei zusehen durfte, wie ich sie letzten Endes filetiert habe, bis sie dabei verreckt ist, musste ich mir eine weitere Tat ansehen. Und dann eine weitere und noch eine ... Und plötzlich habe ich gesehen, wie du in ein Auto eingestiegen und weggefahren bist. Ich konnte gerade noch so deinen heißen Arsch in diesem knappen roten Etwas sehen und wie dich der Kerl angelächelt hat, bevor er das Auto startete und ihr davongefahren seid.

FUCK.

Sag mir, Ophelia, was ist das bloß für ein beschissener Tag? Dabei fing es doch so nett an. Ja, ich habe es richtig genossen, unser kleines Spielchen. So lange, bis ich es nicht mehr tat.

Vom einen auf den anderen Moment habe ich mich wie eine leere Hülle gefühlt. Als sei ich einzig dazu bestimmt, Menschen zu foltern und zu töten. Wieso kann ich mich nicht an meine Vergangenheit erinnern, sondern bloß an all die vielen Morde, die auf mein Konto gehen?

Wieso werde ich mit jenen Morden schon am Tag konfrontiert, wo es seit jeher immer erst ab Mitternacht losging? Etwas geschieht und es gefällt mir nicht. Es geschieht, seitdem du dieses Anwesen bezogen hast. Erst war es ein schleichender Prozess, doch jetzt fühlt es sich eher so an, als hättest du eine Lawine in Gang gesetzt, die mich allmählich zu verschlucken droht. Dabei werde ich dich ungewollt mit mir in den Abgrund reißen.

Es ist, als hättest du nicht nur mich in deinen Bann gezogen, sondern auch den Fluch. Liegt es daran, dass du in der Lage dazu sein könntest, den Fluch zu brechen? Ist das hier so eine beschissene Kuss-der-wahren-Liebe-Situation? Ich schnaube.

Aber was mich am wenigsten loslässt, ist die Tatsache, dass du mit einem Fremden weggefahren bist und nun bereits seit einer Stunde verschwunden bist. Seit einer Stunde, in der hier endlich wieder Ruhe eingekehrt ist und ich nicht länger von irgendwelchen Geistern oder Morden geplagt werde. Doch weißt du, was mir aufgefallen ist? Das Ganze hatte nicht ausschließlich einen negativen Effekt, als ich vor lauter Frust und Wut ein Messer in deinen Küchenschrank gerammt habe – sorry dafür übrigens.

Meine Kräfte sind heute schon am Tag stark, als hätte irgendeine höhere Gewalt die Zeit vorgestellt. Also darfst du, meine süße Ophelia, dreimal raten, was dir blühen wird, sobald du dieses Anwesen wieder betrittst. Denn scheinbar hast du *gar nichts* gelernt und ich kann bloß hoffen, dass du zumindest genug Gehirnzellen besitzt, um diesen Kerl nicht mit auf dein Grundstück einzuladen. Baby, nimms mir nicht übel, okay? Ich weiß, wie wahnsinnig schlau du eigentlich bist, doch manchmal zweifle ich eben an deinem gesunden Menschenverstand.

~

Ich hätte nicht erwartet, dich so schnell wiederzusehen, doch als sich nach nicht einmal einer weiteren Stunde die Haustür öffnet und du sogar allein kommst, bin ich fast schon ein bisschen stolz. Zumindest bin ich etwas beruhigter und die Strafe für dich wird nicht ganz so gravierend ausfallen. Ohnehin werde ich dich erst morgen bestrafen – an Halloween. Das hat seine Gründe, von denen du noch früh genug erfahren wirst.

»Wo warst du?«

Ich sehe, wie du zusammenzuckst und dich suchend umschaust. Du hast mich gehört? Damit habe ich nicht gerechnet. Ich habe schon so oft versucht, mit dir zu reden, doch bisher hatte ich nie Erfolg damit gehabt. Dass es diesmal funktioniert, erstaunt selbst mich.

»I– Ich wa– Auf einem Date?« Deine Stimme klingt so piepsig wie die einer kleinen verschreckten Maus. Gut so. »Wo bist du?«

»Komm zum Spiegel«, antworte ich und höre den Groll in meiner eigenen Stimme. Ich hoffe, dass mein Plan aufgeht, ansonsten müssen wir wohl oder übel bis Mitternacht warten.

Ohne dich mir zu widersetzen, machst du, wonach ich verlangt habe. Dabei bemerke ich, dass du erleichtert wirkst. Wieso?

Ich nehme mir nicht bloß die Zeit, dich dabei zu beobachten, wie du zum Spiegel in deinem wunderschön eingerichteten Wohnzimmer läufst, sondern auch, um erstmals die Einrichtung und die Atmosphäre dieses Raumes auf mich wirken zu lassen.

Die hohen Decken und die Verzierungen an den Wänden erinnern an vergangene Zeiten. Sie waren schon hier, seitdem ich hier bin. Dagegen verleihen die modernen Möbel und die frischen Farben dem Wohnzimmer eine gemütliche Atmosphäre. Das liegt aber auch an der Deko, allem voran den warmweißen Lampen, die genauso positioniert wurden, dass sie alles in ein angenehmes Licht tauchen.

Die großen Fenster dagegen lassen das Licht der Nachmittagssonne hereinströmen. Ihre Strahlen reflektieren sich im dunklen Dielenboden, bis zu der Stelle, an der sie von einem hellen, flauschigen Teppich unterbrochen werden.

Doch das Schönste in diesem Raum bist du und du

wirst es immer sein. Du bringst jene Orte zum Strahlen, die du betrittst, egal wie hässlich sie sein mögen. Meine Aufmerksamkeit gilt nahezu jede Sekunde des Tages bloß dir und selbst dann, wenn ich sie nicht direkt an dich richte, spukst du zumindest in meinem Kopf herum.

Ich betrachte dich, wie du mittlerweile vor dem großen, antiken Spiegel stehst, der sich unmittelbar neben deinem Sofa befindet. Dein Spiegelbild reflektiert die Schönheit des Zimmers und ebenso deine eigene Neugierde. Und während ich dich betrachte, fahre ich dir mit meinen Fingern über die Arme. Ich weiß, dass du es nicht spüren kannst, zumindest nicht direkt. Trotzdem breitet sich eine Gänsehaut auf deinem Körper aus, weil du weißt, dass ich hinter dir stehe.

»Eine Frage, eine Antwort«, murmelst du leise einen Vorschlag und blickst mir auf einmal geradewegs in die Augen. Du siehst mich, also ist mein Plan aufgegangen.

»Zuerst will ich wissen, wo du warst.«

»Das ist eine Frage und die kann ich dir ebenso stellen. Die *möchte* ich dir stellen.«

Mir fällt auf, dass du traurig wirkst, als du diese Worte aussprichst, und ich frage mich, warum. Doch stattdessen nicke ich und lasse dir den Vortritt, indem ich deine Frage beantworte: »Heute war ein anstrengender Tag. Es ist viel geschehen, mit dem ich mich gezwungenermaßen auseinandersetzen musste.«

»Das ist nicht das, was ich wissen wollte.« Du seufzt, drehst dich um und erinnerst dich – deinem Gesichtsausdruck nach zu urteilen – daran, dass du mich so nicht sehen kannst. Also drehst du dich ein weiteres Mal herum und betrachtest mich über den Spiegel. »Ich möchte ehrlich zu dir sein, dieses Spielchen nervt mich. Ich habe tausende Fragen und wenn deine Antworten darauf so kryptisch ausfallen, bringen sie mich keinen Schritt weiter.«

»Weiter in welche Richtung?«, will ich wissen.

»Zu dir oder fort von dir, das habe ich noch nicht entschieden, da ich dich nicht kenne und dich auch nicht einschätzen kann, verstehst du das?«

»Es gibt kein fort von mir, hast du das immer noch nicht verstanden, Baby?«

»Nenn mich nicht so, sonst –«

»Sonst was?«, unterbreche ich dich. Du kannst so verflucht froh darüber sein, dass ich dich in diesem Moment nicht anfassen kann. Die einzige Sache, die mir weiterhin verwehrt bleibt, obwohl alles andere im Ungleichgewicht zu sein scheint. Der ganze Fluch bröckelt, doch berühren kann ich dich immer noch nicht. Wenn ich es könnte, hättest du längst wieder meine Hand um deine Kehle und vielleicht auch meinen Schwanz in deinem Mund, um dir das freche Mundwerk zu stopfen.

»Ich bin nicht dein Besitz, Nate.« Mit deinem Blick versuchst du, die Ernsthaftigkeit deiner Worte zu untermalen, doch Spoileralarm: Er kommt nicht bei mir an, weil ich gedanklich daran hänge, wie du soeben meinen Namen ausgesprochen hast. Ich spüre wieder die altbekannte Erregung in mir aufkeimen. »Ich kann dich nicht einschätzen und solange ich kein Vertrauen in dich habe, geschweige denn die Sicherheit, dass du mich nicht auch tötest, wird das alles hier so nicht funktionieren. Vor allem nicht dieses bescheuerte Spiel.«

»Wo warst du vorhin?«, will ich immer noch wissen.

»Ich habe mir den French Market angesehen.«

»Wer war der Kerl im Auto?«

»Mein Uber-Fahrer.«

»Wieso siehst du *so* aus, um den Markt zu besuchen?« So verdammt sexy in diesem knappen roten Kleid, mit den dunklen Locken, die dir sanft über die Schultern fallen und den hohen Schuhen, mit denen du mich ermorden könntest und ich es dennoch heiß finden würde.

Plötzlich fällt mir auf, dass du ein wenig rot um die Wangen geworden bist, und ich frage mich, welchen Punkt ich nun mit meiner Frage getroffen habe, denn so viel steht fest, ich habe einen Punkt getroffen.

Kapitel Fünfundzwanzig

Ophelia

„You can't always get what you want, but if you try sometimes, you might find, you get what you need."
- The Rolling Stones

Was soll ich ihm nun antworten? Ich habe keine Ahnung, denn die Wahrheit erscheint mir viel zu lächerlich, um sie auszusprechen. Doch eine Lüge würde er womöglich durchschauen.

»Ich habe mich für ein Date fertig gemacht … mit dir.«

»Ein Date mit mir?« Ich sehe wie er den Kopf leicht schief legt und es gefällt mir nicht. Es gefällt mir auch nicht, wie seine Augen in genau diesem Moment dunkler werden. Nun sieht er aus wie ein Raubtier und als sei ich seine Beute. Das Gute an der Sache ist aber, dass er scheinbar nichts anrichten kann. Noch nicht, denn es ist noch nicht Mitternacht.

Allerdings ist mir nicht entgangen, dass in meiner Küche ein Messer auf dem Boden liegt, das ich im

Vorbeigehen sehen konnte, und mir ist auch nicht entgangen, dass ich so leichtfertig mit ihm reden kann, als stünde er tatsächlich in genau diesem Moment hinter mir. In Fleisch und Blut, meine ich.

»Ja«, antworte ich eine gefühlte Ewigkeit später.

»Habe ich dir nicht gesagt, dass ich ehrliche Antworten will, Baby?« Ich kann die Erregung in seinen Augen erkennen, aber auch den Zorn, für den meine Lüge verantwortlich ist.

»Das ist eine ehrliche Antwort, wenngleich sie nicht der ganzen Wahrheit entspricht. Aber alles andere ist irrelevant und Fakt ist, dass ich wegen dir so aussehe.«

Du knurrst und dieser Ton sorgt dafür, dass mir ein Stechen auf direktem Weg zwischen die Schenkel schießt. Ich presse die Beine zusammen, um es zu verdrängen, doch du bemerkst auch das. »Du behältst dieses Outfit an bis Mitternacht, hast du mich verstanden?« Verwirrt betrachte ich ihn und trotzdem nicke ich. »Ich habe eine Überraschung für dich. Sei pünktlich in deinem Schlafzimmer. Doch vorerst muss ich wieder los, ich habe noch etwas zu erledigen.«

Kaum, dass er den Satz ausgesprochen hat, verschwindet er. Augenblicklich macht sich ein Gefühl der Leere in mir breit, als würde ein Teil von mir fehlen. Es ist bizarr und ich kann es nicht ausstehen. Ich kann all das nicht ausstehen, was ich in Nates Gegenwart ständig fühle. Es ist eine Mischung aus Anziehung, Erregung, Abscheu, Interesse, Neugierde, Ekel …

~

Es sind nur noch wenige Minuten bis Mitternacht. Ich bin nicht den Rest des Tages in dem engen Kleid herumgelaufen, da ich mich stattdessen im Vorgarten nützlich und überall Halloween-Deko angebracht habe. Das Anwesen strahlt nun eine gruselige Atmosphäre aus und ergänzt sich mit dem wahren Grusel, der ihm innewohnt.

Den Garten habe ich mit diversen Lichtern ausgestattet, die dafür sorgen, dass es einladender aussieht und die Leute eventuell vergessen könnten, welche Gräueltaten sich hier jahrelang abgespielt haben. Selbst am Eisenzaun, durch den man mein Anwesen betritt, habe ich süße bunte Lichterketten aufgehängt. An ihnen baumeln kleine Geister und Kürbisse. In der Wiese stehen Grabsteine verteilt, die im Licht kleiner Solarlaternen gespenstisch schimmern. Ein künstlicher Nebel wabert über den Rasen und verleiht dem Ganzen eine unheimliche Note.

Aus Lautsprechern, die versteckt in Kürbissen angebracht wurden, ertönt ein gruseliges Lachen und vor der Eingangstür, die man über eine kleine Veranda betreten muss, stehen lebensgroße Skelette, die mit ihren knochigen Händen nach den Besuchern zu greifen scheinen. Die Fenster sind mit Spinnweben verziert und schwarze Fledermäuse baumeln von den Vorhängen herab.

Stolz betrachte ich mein Werk und hoffe darauf, ein paar Besucher anlocken zu können, die über die Vorgeschichte der Villa hinwegsehen können. Ich möchte ihre Reaktionen und die leuchtenden Kinderaugen sehen, wenn sie das schaurig-schöne Anwesen betreten, um mich nach Süßigkeiten zu fragen, die ich in einer großen Schale in meiner Lobby für sie bereitgestellt habe.

Ich habe mir große Mühe gegeben und die ganze Deko hat mich ein kleines Vermögen gekostet. Doch da ich Halloween so sehr liebe, war es mir das wert. Vor allem hoffe ich aber inständig darauf, dass die Leute erkennen, dass sie keine Angst mehr haben müssen. Nicht, solange ich hier lebe, denn dafür werde ich sorgen.

Nachdem ich fertig war, war ich duschen und schließlich habe ich mich erst wieder in Schale geworfen. Und nun sitze ich aufgeregt auf meinem Bett und frage mich, womit Nate mich wohl überraschen könnte. Ich habe die Schlaftabletten und ein Glas Wasser auf dem Nachttisch bereitgestellt, falls er mich treffen möchte.

»Ich bin hier«, murmle ich in die Stille hinein, in der Hoffnung, dass er dann eher auftauchen wird. Allerdings scheint es nicht zu funktionieren und ich muss die nächsten vier Minuten in diesem nervösen Zustand verbringen.

Als ich am Nachmittag bei meinem falschen Telefonat sagte, dass ich keine Unterwäsche trage, war das nicht gelogen und ich habe auch nach dem Duschen weiterhin darauf verzichtet. Auch wenn es im Traum ohnehin irrelevant ist, was ich trage, vermittelt es mir in diesem Augenblick ein starkes Gefühl von Selbstbewusstsein. Einen Push.

Die Sekunden vergehen wie Minuten und mein Herz schlägt immer wilder gegen meinen Brustkorb. Ich spüre meinen rasenden Puls bis in meinen Hals, weil ich weiß, dass irgendwas passieren wird. Irgendetwas Großes. Wird er mich bestrafen für diese Aktion heute? Er scheint mir nicht wie einer, der leere Drohungen macht. Wird er mich foltern und quälen? Mir wehtun? Ich habe keine Ahnung, was er vorhat, und trotzdem verspüre ich keine Angst, sondern reine Vorfreude.

Kapitel Sechsundzwanzig

Nate

„This is Halloween."
- Nate

Du bist so schön ahnungslos und ich kann es kaum erwarten, dir deine Überraschung zu präsentieren. Ich bin so gespannt auf deine Reaktion.

Als ich deine Schlafzimmertür öffne, muss ich mich zusammenreißen, nicht bis über beide Ohren zu grinsen. Es wäre an dieser Stelle einfach nicht angebracht. Du springst von deinem Bett auf, kaum, dass ich den Raum betrete, dein Gesichtsausdruck so herrlich schockiert, dass sich Schadenfreude in mir ausbreitet.

»Nate?«, krächzt du und taumelst rückwärts. Deine ganze Körperhaltung strahlt Anspannung und Abwehr aus.

»Überraschung, Baby.«

Du taumelst so lange, bis du auf einen Widerstand in Form eines Nachttisches stößt. Die kleine Lampe, die darauf steht, wackelt gefährlich, fällt jedoch nicht um. »Wie ist das möglich? Bin ich eingeschlafen? Bin ich tot? Was ist hier los?«

»Weder noch«, beginne ich und mache ein paar Schritte auf dich zu, während ich dich ein weiteres Mal an diesem Tag mustere und erneut feststelle, wie heiß du bist. Und du riechst genauso, wie ich mir den Geruch einer Göttin vorstelle – betörend, nach Vanille und Jasmin, nach Eleganz und Sinnlichkeit. Der Duft ist einnehmend und scheint, dich zu umhüllen wie ein Schleier, der deine Ausstrahlung verstärkt und jene Sinnlichkeit unterstreicht. »Es gibt diesen einen Tag im Jahr, an dem ich menschlich bin, an dem ich lebe. In Fleisch und Blut. Der einzige Tag im Jahr, an dem ich nicht an dieses Anwesen gefesselt bin und tun und lassen kann, was ich will. Und dieser Tag ist heute.«

Deine Augen weiten sich immer mehr und bringen so das saftige Grün deiner Iriden zum Strahlen, das mich in diesem Moment an eine wunderschöne Sommerwiese erinnert. Plötzlich löst sich deine Starre und du bist nun diejenige, die einen Schritt auf mich zumacht. Ich gewähre es dir, mich zu berühren. Du legst eine Hand auf meine Brust und die andere an meine Wange. »Du bist echt«, hauchst du und nun kann ich ein Grinsen nicht länger zurückhalten.

»Ist die Überraschung gelungen?«, will ich wissen.

»Und wie. Wieso hast du mir das nicht gesagt?«

»Dann wäre es keine Überraschung gewesen.«

Dein Daumen streicht sanft über meinen Wangenknochen und ich muss gestehen, dass sich in meinem ganzen Leben keine einzige Berührung je schöner angefühlt hat. »Wie lange hält das an?«, fragst du.

»Bis zur nächsten Mitternacht.«

Du nickst und schließlich sinken deine Hände hinab, was mich dazu veranlasst, dich bei der Taille zu packen und so nah an mich heranzuziehen, dass sich unsere

Körpermitten berühren und kein Blatt Papier mehr zwischen uns passen würde.

»Lass mich nicht los«, fordere ich, als du im selben Moment deine Arme um meinen Nacken wirfst.

»Wie ist das möglich?«, fragst du und blickst durch deine dichten, langen Wimpern von unten zu mir herauf. Sie umrahmen deine Augen wie ein sanfter Vorhang und fangen meinen Blick ein.

»Du bist so wunderschön«, antworte ich, wobei ich dir eine verirrte Strähne sanft hinter das Ohr streiche, ehe ich den Kopf schüttle. »Ich weiß nicht, wie das möglich ist. Ich weiß es wirklich nicht. Es gibt so viel, was ich nicht weiß, doch jetzt gerade will ich nicht darüber nachdenken. Ich will die nächsten Stunden mit dir genießen. Keine Fragen, keine Antworten. Wir haben noch genug Zeit, um gemeinsam herauszufinden, wie all das hier möglich ist, doch diese Nacht gehört nur uns beiden.«

Du machst mich zu einem anderen Mann, zu einem besseren Mann, Ophelia. Und ich glaube, dass du dir dessen nicht einmal bewusst bist. Du bist dir so vielen Dingen nicht bewusst.

»Okay«, antwortest du, deine Stimme so sanft, dass es mir eine Gänsehaut bereitet.

»Dennoch«, beginne ich und löse mich ein wenig von dir, um dich betrachten zu können, »ändert es nichts daran, dass ich dich bestrafen werde.«

»Wieso?«

»Stell dich nicht dumm, du weißt ganz genau, wieso.«

Schon wieder errötest du und ich kann mir keinen Reim darauf bilden, wieso. Ich kann bloß spekulieren und gehe davon aus, dass dich die Aussicht auf eine Bestrafung anmacht. Zumindest widersetzt du dich mir nicht.

»Ich will, dass du ab jetzt genau das tust, was ich dir sage, hast du mich verstanden?«

Du nickst.

»Sag es. Sag, dass du mich verstanden hast.«

»Ich habe verstanden.«

»Braves Mädchen. Also, schieb dein Kleid nach oben und dann setz dich auf die Bettkante.« Der Widerstand ist dir förmlich ins Gesicht geschrieben, als du mich ungläubig betrachtest und dich nicht rührst. »Du allein bestimmst, wie schlimm die Bestrafung wird. Solltest du dich mir also widersetzen ...«

Schließlich gewinnt deine Neugierde die Oberhand und du machst, was ich sage, wobei ich scharf einatme, als ich feststelle, dass du keinen Slip trägst. Damit habe ich tatsächlich nicht gerechnet und es gefällt nicht nur mir, sondern auch meinem Schwanz, der sich in diesem Moment bemerkbar macht.

Um ehrlich zu sein, habe ich mir noch keine Gedanken darüber gemacht, wie deine Bestrafung ausfallen soll. Doch was ich weiß, ist, dass ich dich dazu bringen werde, jeden Kerl zu vergessen, mit dem du je Sex hattest. Wenn du an Sex denkst, sollst du an mich denken, du sollst mich vor Augen haben, daran erinnert werden, wie sich meine Berührungen anfühlen und wie sich ein Orgasmus anfühlt, den ich dir beschert habe.

»Öffne deine Schenkel, Baby«, fordere ich und ohne auch nur eine einzige Sekunde zu zögern, tust du genau das. *Braves Mädchen.*

KAPITEL 27

Ophelia

„I knew he was trouble, but I couldn't resist
the allure of his chaos."
- *Ophelia*

Mein Körper gehorcht mir nicht länger. Von dem Moment an, in dem Nate diesen Raum betreten hat, in seiner menschlichen Gestalt, war ich ihm verfallen. Und egal wie sehr sich mein Kopf dagegen sträubt, mein Körper macht das genaue Gegenteil davon.

Ihn zu berühren ist so anders, als es in den Träumen war. In meinen Träumen entsprach alles, was ich fühlte, bloß meiner eigenen Vorstellungskraft und meinem Wunschdenken, doch das hier ist die Realität. Ich konnte seine Brustmuskeln förmlich unter meiner Berührung pulsieren spüren. Ich konnte die Stärke und Entschlossenheit spüren, die unter seiner Oberfläche schlummern. Mit der Hand, die auf seiner Wange ruhte, konnte ich die Wärme seiner Haut und die Sanftheit seines

Gesichts fühlen. Im Kontrast dazu standen die kratzigen Bartstoppeln.

Ich habe mich in jenem Moment so sehr mit ihm verbunden gefühlt, als wären unsere Körper und Seelen genau dazu bestimmt – miteinander zu sein. Die Intensität seiner Muskeln und die Zärtlichkeit seiner Haut erzeugen eine Mischung aus starkem Verlangen und Zuneigung in mir, die mich überwältigt und mich näher zu ihm zieht, als ich es mir wünsche.

Nun liege ich auf der Bettkannte, die Beine für ihn gespreizt, während mein Herz wie wild in meiner Brust hämmert, und warte voller Vorfreude auf die bittersüße Bestrafung, die er sich für mich ausgedacht hat. Ich gebe jegliche Kontrolle an ihn ab, gewähre sie ihm.

Ich blicke zu Nate hinauf, geradewegs in seine wunderschönen Augen. Er mustert mich mit einer solchen Intensität, dass mir plötzlich wahnsinnig heiß wird. Die Erregung steht ihm ins Gesicht geschrieben, in seine verdunkelten Gesichtszüge, die keine Zweifel offenlassen. Er will mich und ich will ihn. Ja, verdammt, ich glaube sogar, dass ich noch nie irgendwen so sehr gewollt habe.

»Berühre dich«, fordert er und im selben Atemzug öffnet er seinen Gürtel und knöpft seine Jeans auf.

Verwirrt betrachte ich ihn und schüttle den Kopf. Ich will mich nicht selbst berühren, ich will, dass *er* mich berührt. Insbesondere jetzt, wo es uns endlich möglich ist. »Nein«, antworte ich entschieden und plötzlich geht alles so schnell, dass ich nicht wirklich dazu in der Lage bin, zu reagieren.

Seine Hand schnellt an meine Kehle, wie bereits zuvor in meinem Traum, als ich ihm nicht gehorcht habe. Er drückt so fest, dass er mir die Luft zum Atmen raubt und ich zu röcheln beginne. »Es wäre besser, wenn du dich mir nicht widersetzen würdest.« Seine Hand drückt noch fester zu und ich spüre, wie so viel Druck in meinen Kopf steigt, dass es sich anfühlt, als würde er platzen.

Ich nicke, also lässt er los und wenige Sekunden später, lege ich eine Hand an meine Mitte, die bereits triefend nass ist. Ich will mir nicht eingestehen, dass es mich anmacht, wenn er mich so behandelt, doch ignorieren kann ich es auch nicht gänzlich.

»So ist es brav, Baby. Und jetzt massier dich.«

Mein Verstand und mein Körper kämpfen gegeneinander an, denn eigentlich will ich ihm diesen Triumph nicht gewähren, doch ich will auch mehr.

Als Nate im nächsten Moment seinen Schwanz auspackt, weiten sich meine Augen. Es ist nicht das erste Mal, dass ich ihn sehe, und dennoch ist es anders. Diesmal gibt es keinen Colin, der zwischen uns steht, diesmal gibt es nur Nate und mich.

Ich betrachte ihn, genieße den Anblick seiner Länge, seiner Breite und seiner Härte, mit dem Wissen, dass er ganz allein wegen mir so hart ist.

Wie von selbst beginnen meine Finger, in kreisenden Bewegungen über meine Mitte zu reiben, während sich Nates Finger um seinen eigenen Schaft legen.

»Ich will, dass du genauso weitermachst, bis du kommst. Komm für mich, Baby!«

Ich nicke, auch wenn ich mir wünsche, dass er mich berühren und nehmen würde. Nichts sehnlicher wünsche ich mir in diesem Augenblick, doch so wie es aussieht, liegt meine Bestrafung darin, dass mir das verwehrt bleiben soll.

Alles hieran erinnert mich an jene Nacht, in der ich ihn zum ersten Mal bewusst wahrgenommen habe, bloß dass wir nun allein sind. Es ist intimer und ich weiß, dass er jede meiner Berührungen in sich aufsaugt, so wie es umgekehrt ebenso der Fall ist.

Er behält mich ohne Unterlass im Auge, während er

seinen eigenen Schwanz massiert. Die Sehnsucht nach seinen Berührungen und danach, ihn berühren zu dürfen, wird von Sekunde zu Sekunde stärker, bis ich nicht mehr anders kann, als ihn anzubetteln.

»Bitte, Nate, berühre mich«, keuche ich und unterdrücke ein Stöhnen.

Die schmatzenden Geräusche meiner nassen Pussy sorgen allerdings dafür, dass er es nicht länger unterdrücken kann und für den Bruchteil einiger Sekunden den Kopf in den Nacken wirft, um ein kehliges Stöhnen herauszulassen. Ich frage mich, wieso er sich selbst so sehr damit quält, wo er es doch so einfach haben könnte, aber vielleicht steckt in ihm ja nicht bloß ein Sadist, sondern auch ein Masochist.

»Fuck, Baby, du bist so heiß. Und du bist so nass für mich«, keucht er schließlich.

»Nimm mich, bitte.«

Er schüttelt den Kopf und ... grinst. Ich habe noch nie im Leben ein so fieses Grinsen gesehen, das mich zugleich so sehr angemacht hat. Seine Augen leuchten nur so vor Schadenfreude. Er ist sich seines Sieges bewusst und das wiederum löst irgendetwas Unerklärliches in mir aus, das schließlich dafür sorgt, dass sich mein Körper aufbäumt und ich kurz davorstehe, abzuheben.

»Fick mich«, flehe ich erneut und bemerke, dass seine eigenen Bewegungen immer schneller und unkoordinierter werden, weil er selbst kurz davor ist.

Er hält inne und ein kleiner Funke Hoffnung überwältigt mich, bis er sagt: »Leg eine Pause ein und sieh zu!«

Ich schüttle den Kopf erneut. »Du kannst mich mal«, fauche ich.

Ich möchte aufstehen und dieses Spielchen beenden, weil ich genau weiß, was er vorhat, und mich nicht von ihm in einer solchen Art und Weise erniedrigen lassen will, als er im nächsten Moment auch schon auf mir sitzt.

Ich winde mich unter ihm wie ein Fisch an Land – erfolglos. Er hat den Gürtel vom Boden aufgesammelt, hält ihn in derselben Hand, mit der er meine beiden Handgelenke packt und zusammenhält.

»Wag es ja nicht!«, warne ich ihn, woraufhin er bloß erneut grinst.

»Sonst was? Du bist süß, wenn du schmollst, hat dir das schon mal jemand gesagt?«, haucht er an mein Ohr.

Plötzlich spüre ich, wie sein Finger auf Wanderschaft geht, wie er zwischen meine Schenkel gleitet und schließlich in mich eindringt. Mein Körper bäumt sich erneut auf, was gar nicht so leicht ist mit dem drückenden Gewicht seines Körpers auf mir. Doch so schnell, wie er in mir war, so schnell hat er sich mir auch wieder entzogen und ich muss dabei zusehen, wie er sich jenen Finger in den Mund steckt und genüsslich die Augen schließt, als er von mir kostet. »Mhhhh, so lecker.«

Ich seufze genervt, während er nicht länger fackelt und meine Handgelenke letztendlich mithilfe des Gürtels an den Bettpfosten fesselt.

Das Leder schneidet mir in die Haut, als ich versuche, meine Hände zu befreien, doch das interessiert Nate nicht. Stattdessen stellt er sich wieder genau vor mich, den Schwanz in seiner Faust haltend, während er fortfährt, sich auf meinen wehrlosen Anblick einen runterzuholen.

Und plötzlich halte ich still, denn in diesem Moment steigt meine Erregung so stark an, dass ich glaube, beim bloßen Anblick von ihm kommen zu können.

Ich keuche und als Antwort bekomme ich ein Knurren. Ich seufze und als Antwort bekomme ich ein Stöhnen. Ich spüre, wie meine eigene Körperflüssigkeit aus mir heraustropft, so nass bin ich. Nate bemerkt es, woraufhin sich seine Augen vor Lust noch weiter verdunkeln.

»O Baby, sieh, was du mit mir anstellst.« Kaum, dass die

Worte seinen Mund verlassen haben, beginnt sein Schwanz zu pulsieren. Kurz darauf knurrt Nate so laut, dass ich mir sicher bin, die Wände des Schlafzimmers beben gespürt zu haben. Und schließlich ergießt er sich direkt über mir, direkt auf meine Mitte, während sich sein ganzer Körper anspannt und er bis zum letzten Tropfen alles aus sich herauspresst.

Ich beobachte das ganze Szenario, während ich am Rande der Verzweiflung stehe. Ich bin so stark erregt, dass ich mein eigenes Stöhnen nicht länger unterdrücken kann. Wie eine Irre versuche ich, meine Hände zu befreien, reiße so wild am Gürtel, dass er mir immer tiefer in mein Fleisch schneidet.

»Gottverdammt, fick mich endlich!«, schreie ich, doch da ist es bereits zu spät.

Nates Atem geht schnell und stoßweise. Er blickt auf mich herab, bewundert sein Kunstwerk und ich erkenne den Stolz, der ihm ins Gesicht geschrieben steht.

»Fick dich, Nate.«

Er ist immer noch hart, als er sich neben mir aufs Bett fallen lässt und mich von der Seite betrachtet. »Ich habe dich gewarnt. Leg dich nicht mit mir an, wenn du die Konsequenzen nicht erträgst. Das war die Konsequenz, die ich daraus zog, dass du mich mit einem falschen Date verarschen wolltest.«

»Woher –«

»Woher ich das weiß? Ich bin nicht dumm, Ophelia, und ich bekomme mehr mit, als du glaubst.«

Nun betrachte ich auch ihn. »Wie lange möchtest du das durchziehen? 24 Stunden sind nichts im Vergleich zu den restlichen 364 Tagen des Jahres.«

»Bereust du, was du getan hast?«

Ich schüttle den Kopf. »Nein. Ich bereue nur, *wie* ich es getan habe.«

»Das reicht mir.«

Mein Blick wandert hinauf zu meinen Händen. Der Gürtel hat mir in die Haut geschnitten und nun, wo die Erregung langsam – sehr langsam – wieder abklingt, wird sie vom Schmerz verdrängt. »Kannst du mich bitte losmachen? Es tut weh.«

»Nein«, antwortet er und steht plötzlich auf. »Du solltest jetzt dringend schlafen. Ich habe eine weitere Überraschung für dich und glaub mir, der Tag wird für dich sehr nervenaufreibend. Du brauchst einen klaren Kopf. Morgen früh löse ich den Gürtel.«

»Du willst mich doch verarschen, oder?« Wut keimt in mir auf und innerlich verfluche ich diesen Dreckskerl. Die Tatsache, dass er es absolut ernst meint und mich hier einfach liegen lassen möchte, verdeutlicht mir einmal mehr, wie leichtfertig es doch war, mein Vertrauen einfach so zu verschenken, und ich realisiere, weshalb ich es all die Jahre nie fertiggebracht habe, Menschen zu nah an mich heranzulassen. Denn am Ende wird man immer nur verarscht.

Als er nichts mehr sagt und nur seine Hose aufsammelt, ehe er schließlich das Schlafzimmer verlässt, schreie ich ihm hinterher: »Wie soll ich so schlafen? Fick dich doch, du elendiger Bastard. Am besten lässt du mich die nächsten 22 Stunden schlafen, damit ich dich nicht mehr sehen muss.«

Kapitel Achtundzwanzig

Nate

„Everything falls into place when
you're doing what you love."
- Unknown

Ich musste jegliche Selbstbeherrschung wahren, um dich nicht einfach an Ort und Stelle zu ficken, Ophelia. Es ist mir nicht leichtgefallen, dich nicht zu berühren. Ganz im Gegenteil. Ich stand so kurz davor, meine eigenen Prinzipien über Bord zu werfen. Doch du sollst deinen Platz kennen, deinen Platz an meiner Seite. Es ist wichtig, dass du endlich begreifst, dass du einzig und allein mir gehörst und dass es kein Zurück mehr gibt. Du hast keine Wahl. *Begreif. Es.*

Ich hoffe, dass du Schlaf finden kannst, denn für alles, was ich in den nächsten Stunden mit dir vorhabe, solltest du zumindest ein wenig ausgeruht sein. Und während du schläfst, habe ich ein paar Dinge vorzubereiten, selbst wenn ich gerade nichts lieber täte, als neben dir im Bett zu liegen, dich zu berühren und beim Schlafen zu beobachten.

Heute werde ich dir meine Welt zu Füßen legen, sie dir präsentieren, dir eine Seite von dir selbst zeigen, die du bisher noch nicht kanntest. Du wirst in den tiefen Abgrund blicken und dir wird gefallen, was du dort unten siehst, da bin ich mir sicher. Du wirst das Licht in der Dunkelheit finden, das dir fortan den Weg erhellt.

Aber zuerst werden wir uns ins Zentrum von New Orleans begeben und diese Läden von deiner Liste abklappern, denn ich will und kann nicht mehr ohne dich sein. Seit du hier lebst, weiß ich, was echte Qualen sind, denn dich nicht jederzeit berühren oder mich mit dir unterhalten zu können, ist reine Folter. Wir müssen einen Weg finden, diesem Albtraum zu entkommen, und ich weiß, dass du das auch willst, denn das hast du mir klar verdeutlicht, auch wenn dein Interesse daran anderen Ursprungs ist.

Willst du mich immer noch loswerden?

Kapitel Neunundzwanzig

Ophelia

„When anger rises, think of the consequences."
- Konfuzius

Ich bin so wütend. So. Verdammt. Wütend.

Soeben habe ich beschlossen, dass ich Nate erst recht loswerden möchte. Der Schleier der Ignoranz und der Verdrängung, der mich die ganze Zeit über eingehüllt hat, wurde von der Realität verdrängt und ist nun gefallen.

Ich will seinen Geist von diesem Anwesen losbekommen, damit ich endlich durchatmen und ankommen kann. Damit ich mir das Zuhause schaffen kann, das ich verdiene und das ganz allein mir gehört.

Er hat mich einfach gefesselt hier liegen lassen, entblößt, ohne Decke, und nun erwartet er allen Ernstes, dass ich so einschlafen kann? Scheinbar hat er vergessen, wie Schlaf funktioniert, oder es ist ihm einfach scheißegal. Ja, es ist sogar sehr wahrscheinlich, dass es ihm scheißegal ist.

Genervt starre ich die Decke an und denke über alles

nach. Was, wenn ich das Ganze falsch angegangen bin? Die ganze Zeit über habe ich mich nur auf diesen Fluch konzentriert, aber was, wenn ich ihn mittels Exorzismus oder wie auch immer man sonst einen Geist austreibt, loswerden kann? Vielleicht besteht die Möglichkeit, dass mir eine Wahrsagerin oder dergleichen weiterhelfen kann, denn wenn ich im Internet recherchiere, brauche ich der Erfahrung nach mehreren Stunden, um auch nur eine einzige Seite zu finden, die seriös ist und ihr Geld nicht durch Betrug verdient. Doch wo sonst, wenn nicht hier in New Orleans, soll ich fündig werden, wenn es um all den übernatürlichen, spirituellen Kram geht?

Damit ist mein Entschluss gefasst und nun gilt es bloß noch, die Zeit totzuschlagen, bis Nate mich endlich befreit.

~

Es ist früh am Morgen, als sich die Tür zu meinem Schlafzimmer öffnet. Das weiß ich, weil die Sonne noch nicht aufgegangen ist, die Vögel draußen aber bereits zwitschern.

Nate tritt ein, beladen mit einem Tablett, auf dem er eine Tasse Kaffee, ein Glas Saft und einen Turm Pancakes mit Butter und Ahornsirup bereitgestellt hat. Es riecht köstlich und mir läuft das Wasser im Mund zusammen, doch einen Teufel werde ich tun, ihm die Genugtuung zu erweisen, das Frühstück anzurühren.

»Mach mich los«, fordere ich.

»Guten Morgen, Baby. Wie hast du geschlafen?«

Gar nicht, denke ich, spreche es aber nicht aus. Ich befürchte, dass er mich dann nur noch länger gefesselt lassen würde. »Ich habe schon besser geschlafen.« Ich betrachte die Fesseln und meine knallroten Handgelenke. »Offensichtlich«, ergänze ich.

»Ich habe dir Frühstück gemacht. Ich bin etwas eingerostet, darum hoffe ich, dass die Pancakes schmecken. Beim Rest gab es nicht viel falsch zu machen.

»Ich habe keinen Hunger. Mach mich los.«

Nate stellt das Tablett auf dem kleinen Tisch vor dem Sessel ab, ehe er sich mir wieder zuwendet und zu mir kommt. Er setzt sich auf die Bettkante, genau neben mich, und mustert mich. »Du siehst müde aus.«

»So sehe ich morgens immer aus.«

Er schüttelt den Kopf und ich frage mich augenblicklich, worüber er gerade nachdenkt. »Du hast Glück, dass uns die Zeit davonrennt. Nur deshalb sehe ich über diese Lüge hinweg. Du hast überhaupt nicht geschlafen, habe ich recht?« Sein Gesichtsausdruck ist ernst und ich kann absolut nicht einschätzen, wie er gerade drauf ist. Will er mich bestrafen, mir wehtun, mich töten oder mich ficken?

»Mach mich endlich los«, knurre ich, was ihm ein Schmunzeln entlockt.

»So bissig heute Morgen, das gefällt mir.«

Gott, ich würde ihn in diesem Moment am liebsten töten. Es kostet mich so viel Beherrschung, mir nicht anmerken zu lassen, dass ich innerlich koche vor Wut.

Als er sich endlich über mich beugt, um meine Fesseln zu lösen, rieche ich ihn zum ersten Mal. Bisher konnte ich mir seinen Geruch nur vorstellen und letzte Nacht habe ich ihn nicht wahrgenommen, weil mir andere Dinge wichtiger waren. Aber in diesem Augenblick, wo sein Gesicht nur wenige Millimeter von meinem eigenen entfernt ist, nehme ich ihn zum ersten Mal wahr und, fuck, er riecht so gut.

Sein Duft ist eine herbe Mischung aus Zedernholz und Vetiver, die seine maskuline Aura unterstreichen. Doch darunter liegt auch eine süßliche Moschus-Note, die wie ein verführerischer Hauch meine Sinne betört. Er vereint Dominanz und Sinnlichkeit, genau jene Attribute, die Nate auch ausstrahlt. Der Duft weckt die Sehnsucht in mir auf ein Neues, denn es ist, als würde er eine geheime Botschaft ausstrahlen, die nur ich verstehe – eine Einladung in eine Welt voller Leidenschaft und Verlangen.

Ich bin so abgelenkt, dass ich zuerst nicht bemerke, dass ich wieder frei bin. Endlich kann ich meine Handgelenke reiben. Ich hasse Nate so sehr dafür und in diesem Moment möchte ich mich am liebsten selbst dafür ohrfeigen, dass allein sein Geruch ausreicht, um meine Sinne zu benebeln und mich nicht mehr klar denken zu lassen.

»Du hast dreißig Minuten, um dein Frühstück zu essen oder auch nicht, und dich fertig zu machen. Wir klappern die Liste mit den Läden ab, die du dir rausgeschrieben hast.«

»Was? Du kannst dich vom Grundstück entfernen? Ich dachte du –«

»Einmal im Jahr, solange ich menschlich bin«, bestätigt er.

»Und du bist nie auf die Idee gekommen, selbst diese Läden abzuklappern?«

»Für wie dumm hältst du mich, Ophelia?« Sein Gesichtsausdruck verdeutlicht mir, dass er tatsächlich empört ist über meine Frage, doch ich bin der Meinung, dass sie vollkommen gerechtfertigt war. »Natürlich habe ich das versucht. Doch es hat lange gedauert, bis ich überhaupt in der Lage dazu war, die Seiten eines Buches umzublättern, geschweige denn einen Computer zu benutzen, um im Internet zu recherchieren. Und dann musste ich immer auf diesen einen Tag warten. Ich war in so vielen Läden, doch niemand konnte mir weiterhelfen und irgendwann habe ich die Motivation verloren.«

»Was hat sich geändert?«

Er starrt mich an, als hätte ich ihm eine schwere Frage gestellt, auf die es keine Antwort gibt. »Lass uns einfach zusehen, dass wir uns jetzt schnellstmöglich auf den Weg machen«, antwortet er und ignoriert damit meine Frage.

»Hast du kein Vertrauen darin, dass ich es auch allein schaffe?«

»Vertrauen muss man sich verdienen.«

Ich ziehe eine Augenbraue in die Höhe und muss mir ein Schnauben verkneifen. »Wie kannst du erwarten, dass ich dir vertraue, wenn du mir umgekehrt genauso wenig vertraust?«

»Ophelia.« Sein Tonfall klingt wie ein warnendes Knurren, doch es erfüllt keineswegs den Zweck, den er sich damit vermutlich erhofft. Er jagt mir keine Angst ein, denn dafür bin ich immer noch viel zu wütend.

»Meinetwegen«, antworte ich und gebe nur deshalb nach, weil wir dasselbe Ziel verfolgen. Und wahrscheinlich kann etwas Hilfe nicht schaden. Hoffentlich bringt es uns schneller dorthin, wo wir hinwollen, und ich kann mit ihm und dem ganzen Scheiß endlich abschließen.

Aus irgendeinem mir unerklärlichen Grund, konnte ich kurzzeitig darüber hinwegsehen, dass er ein Serienmörder ist. Vielleicht, weil die ganze Zeit über diese Anziehung zwischen uns geherrscht hat. Vielleicht auch, weil ich versuchte, mir einzureden, dass er sowas wie ein *Robin Hood* unter den Mördern ist, der nur diejenigen getötet hat, die es wirklich verdienten. Zumindest lautete so seine Erklärung, doch den Wahrheitsgehalt seiner Aussage konnte ich nach wie vor nicht überprüfen, weil alle Welt über die Geschehnisse zu schweigen scheint.

Heute ist mir allerdings klargeworden, wie blind ich die ganze Zeit über war. Blind vor Verlangen. Und ich glaube, dass mich das zu einer Egoistin gemacht hat. Zu einem schlechten Menschen. Denn wie kann ich es gutheißen, Interesse für einen Killer zu hegen?

Ich werde Nate vernichten.

Kapitel Dreißig

Nate

„I've built castles on shaky ground, only to watch them crumble under the weight of my own choices."
- Unknown

Du bist wütend, Baby, doch das ist gut so. Ich habe dich genau dort, wo ich dich haben möchte. Sei sauer, lass alles raus, denn nach diesem Tag wirst du mir verfallen sein. Jetzt gilt es nur noch, herauszufinden, wie wir endlich richtig zusammen sein können, wie wir den Fluch brechen können.

Es dauert nicht einmal dreißig Minuten, bis du die Treppe hinunterkommst und kurz darauf vor mir in der Lobby stehst. Du hast dich nicht fertig gemacht und gegessen hast du sicherlich auch nicht. Einzig die Klamotten hast du gewechselt und trägst jetzt knappe Shorts und ein enganliegendes Trägertop, das im Bund deiner Hose – wenn man dieses Teil überhaupt als das bezeichnen kann – steckt. Deine Haare hast du zu einem unordentlichen Knoten zusammengebunden, aus dem vereinzelte Strähnen heraushängen. Du hast Augenringe, siehst müde aus, bist blasser als sonst. Du bist wahrlich der schönste Mensch, den ich je gesehen habe.

Ich dagegen trage fast dasselbe wie immer. Jeans, ein Shirt und das wars. Als Geist besteht für mich nicht die Möglichkeit, meine Klamotten zu wechseln, doch an Halloween schon. Also habe ich das schwarze Shirt durch ein dunkelblaues ersetzt. Ich mag es eben schlicht.

»Können wir los?«, fragst du ungeduldig, während du deine rot lackierten Fingernägel betrachtest.

»Nichts lieber als das.«

Du grummelst irgendetwas Unverständliches vor dich hin, während du an mir vorbeistapfst und durch die Haustür hinausgehst.

»Was ist dein Vorschlag, wo wir anfangen und wie wir vorgehen sollen?«, will ich wissen, während wir zum Wagen laufen. Die Liste habe ich verinnerlicht und wenn es nach mir allein ginge, würde ich sie einfach von oben nach unten abklappern.

»Ich finde, dass wir uns trennen sollten. So kommen wir schneller voran. Du könntest die Liste von oben abklappern und ich von unten.«

»Ist okay.«

Plötzlich betrachtest du mich verwirrt. »Echt?«

»Was hast du erwartet?«

»Keine Ahnung. Vielleicht, dass du Widerstand leistest.«

»Warum sollte ich das tun, wenn deine Idee Sinn ergibt?« *Hältst du mich wirklich für ein so abscheuliches Monster, Ophelia? Ein Monster, das dich zu jeder Zeit maßregelt, bestraft und deine Wünsche untergräbt?* Das trifft mich härter, als ich zuzugeben bereit bin. Ja, ich bin ein Monster, doch für dich wünsche ich mir stets das Beste. Ich würde dir niemals etwas antun und es verletzt mich, dass du mir immer noch nicht genug vertraust, um das endlich zu kapieren. Dass du immer noch glaubst, ich könnte dir etwas antun.

Du zuckst nur mit den Schultern, ehe du die Fahrertür öffnest.

Daraufhin schüttle ich den Kopf. »Lass mich fahren.« Du willst bereits nein sagen, das erkenne ich daran, dass du einatmest und sich dein Mund öffnet, deshalb unterbreche ich dich schnell. »Bitte.«

Deine Gesichtszüge werden etwas weicher und schließlich wirfst du mir den Schlüssel zu.

»Ich bin so lange nicht gefahren«, erkläre ich, woraufhin du nickst.

»Fahr uns bitte einfach nicht gegen den nächsten Baum.«

Ich sehe, wie ein Lächeln an deinen Mundwinkeln zupft, doch du hältst es zurück. Immerhin. Vielleicht wird uns der kleine Trip guttun. Und wenn er es nicht tut, dann warte auf die zweite Überraschung, die ich heute für dich bereithalte.

~

Es dauert nicht lange, bis wir das Zentrum erreichen. Dein Weg führt dich zum Haus einer alten Frau, mein Weg führt mich zu einem alten Laden.

Eine Glocke über der Tür signalisiert mein Eintreten. Ich werde augenblicklich umhüllt von einer Mischung aus süßen und würzigen Aromen. Der Geruch von Räucherstäbchen und exotischen Gewürzen liegt schwer in der Luft, im Hintergrund höre ich leise Trommelklänge aus irgendwelchen Lautsprechern. *Wie klischeehaft.*

Im ersten Moment zweifle ich daran, dass es sich hierbei nicht bloß um einen der unzähligen Touristen-Shops handelt, denn alles, was ich hier im Eingangsbereich sehen kann, ist eine Vielzahl bunter Souvenirs, Voodoo-Püppchen und Kunsthandwerke sowie Räucherstäbchen, Salbei und etwaiger anderer esoterischer Kram.

Doch je weiter ich in den Raum hineingehe, desto größer wird das Unbehagen, das sich in mir ausbreitet. Den Höhepunkt erreicht jenes Gefühl, als ich vor einem Perlenvorhang zum Stehen komme, der als Trennung zwischen dem Ramschladen und einem Hinterraum dient. Ein Hinterraum, in dem sich die richtigen Utensilien befinden, die man für Voodoo-Magie benötigt.

»Kann ich Ihnen helfen, Mister?«

Ich habe die Schritte der Frau bereits gehört, als sie sich mir von hinten genähert hat und trotzdem frage ich mich, wo zum Teufel sie herkommt und wo sie war, als ich eben den Laden betreten habe. Ich drehe mich um, mustere sie und stelle fest, dass sie älter ist, als ihre Stimme vermuten lässt. Ihr Haar ist grau, ihr Gesicht ist faltig und in ihren Augen erkenne ich eine Weisheit, die von einer Menge Erfahrung rührt. »Was ist da hinten?«

»Dieser Raum ist nur für unsere Stammkunden, doch Sie kenne ich nicht.«

»Mein Name ist Nathaniel Astor. Nun kennen Sie mich. Wären Sie so freundlich, mir den Hinterraum zu zeigen?«

»Hören Sie, Mister Astor. Ich habe hier eine Vielzahl an beliebten Gegenständen. Lavendel, Salbei, Weihrauch und unseren Verkaufsschlager, die Voodoo-Puppen. Schauen Sie sich gerne um, doch der Raum da hinten ist nichts für Sie.«

»Und das beurteilen Sie wie genau?« So langsam nervt mich diese alte Schachtel.

»Ich kann es sehen.«

»Was sehen Sie sonst noch?«, will ich wissen.

»Dass Sie kein guter Mensch sind.«

Ich grinse. »Na wundervoll, dann bin ich hier ja genau richtig.« Ich mache einen großen Schritt auf die Lady zu. Sofort macht sich Angst in ihrem Ausdruck bemerkbar und sie weicht zurück. Dieses Spielchen geht so lange, bis sie mit ihrem dicken Hintern gegen den Verkaufstresen prallt.

»Was wollen Sie?«

»Kennen Sie einen Fluch, der Geister an ein Anwesen bindet?«

»Mister, das ist schwarze Magie, das übersteigt alles, womit ich zu tun habe. Solche Flüche werden mit Blut beschworen. Mit Blut und Opfergaben. Ich praktiziere keine schwarze Magie.«

»Das beantwortet meine Frage nicht«, stelle ich fest.

»Ich kann Ihnen nicht weiterhelfen, tut mir leid. Doch ich kenne vielleicht jemanden.« Sie dreht sich um, beugt sich über den Tresen und kramt Zettel und Stift heraus. Dann notiert sie mit zitternden Fingern eine Adresse und drückt mir das Blatt Papier in die Hand.

Ich betrachte es, lese es und nicke. »Danke.«

»Ich wünsche Ihnen viel Erfolg, Mister Astor.«

Ich bin mir sicher, dass die alte Dame mehr weiß, als sie zuzugeben bereit ist. Auch habe ich das Gefühl, dass sie mich schnellstmöglich loswerden will. Wahrscheinlich war sie nur deshalb so hilfsbereit. Trotz allem beschließe ich, es erst einmal dabei zu belassen und mich demjenigen zu widmen, dessen Namen sie mir notiert hat. *René Desmarteau.*

Kapitel Einunddreißig

Ophelia

„The more you search for something,
the less likely you are to find it"
- Unknown

Es fühlt sich komisch an, unangekündigt an der Tür eines Fremden zu klingeln.

Laut dem Internet hält dieser Mann Séancen in seinen eigenen vier Wänden ab. Da er sehr gefragt ist, bekommt man nur schwer einen Termin bei ihm, weshalb ich den direkten Weg bevorzugt habe, in der Hoffnung, dass er mich nicht sofort wieder wegschickt.

Wer könnte mehr über Geister wissen als eine Person, die sich tagtäglich damit beschäftigt? Meine Hoffnungen sind groß, dass ich direkt bei der ersten Adresse fündig wurde. Und meine Motivation ist dank Nate ohnehin größer denn je.

Während ich vor der schwarzen Tür dieses imposanten Gebäudes stehe und darauf warte, dass mir jemand öffnet, betrachte ich das Haus. Es erinnert mich an das Weiße Haus, bloß kleiner und nicht weiß, sondern grau.

Als sich plötzlich die Tür öffnet, blicke ich in das zarte, lächelnde Gesicht einer blonden Frau mittleren Alters. Ihre Augen strahlen grau und ihre gesamte Aura strahlt Freundlichkeit aus.

»Guten Tag, haben Sie einen Termin bei Monsieur Étienne?«

»Nein. Ich bin gekommen, weil er mir vielleicht weiterhelfen kann. Ich habe ein sehr wichtiges und dringendes Anliegen und bin auch bereit, ihn für fünf Minuten seiner Zeit zu bezahlen.« Das bin ich wirklich, denn das ist es mir wert.

»Worum geht es denn, wenn ich fragen darf?«

»Ich bin vor einigen Wochen hier nach New Orleans in eine alte Villa gezogen. Wie sich herausstellte, wird mein Anwesen bei Nacht von Geistern heimgesucht. Na ja, eigentlich ist es nur einer, der mir noch den letzten Nerv rauben wird.«

Das Lächeln der Lady verblasst mit jedem weiteren Wort ein bisschen mehr, bis es schließlich vollkommen erlischt. »Sie wohnen in der Mörder-Villa«, stellt sie fest, woraufhin ich nicke und die Hoffnung in mir weiterwächst.

»Wenn sie die Villa im *Riverfront Drive* meinen, dann ja.«

»Fahren Sie bitte fort, Miss«, fordert sie mich auf und ich sehe es als ein gutes Zeichen an, dass sie mich immer noch nicht weggeschickt hat.

»Ich will diesen Geist loswerden, doch es scheint, als sei er durch einen Fluch an dieses Haus gebunden.«

Daraufhin schüttelt die Frau den Kopf. »Der Fluch lastet nicht auf ihm, er lastet auf dem Haus.« Sie tritt zur Seite und signalisiert mir mit einer einladenden Geste, dass ich eintreten kann. »Kommen Sie. Monsieur Étienne wird Sie gleich empfangen. Mein Name ist übrigens Claire, Miss …«

»Kensington. Ophelia Kensington.« Ich trete ein und finde mich in einer hellen, großen Lobby wieder.

»Setzen Sie sich gerne. Darf ich Ihnen ein Glas Wasser anbieten?«

Wahrscheinlich handelt es sich bei Claire um eine Assistentin oder Sekretärin, stelle ich fest. Das schließe ich daraus, dass es hier sogar einen Empfangstresen und einen Wartebereich gibt.

»Nein, danke.« Ich schenke ihr ein freundliches Lächeln und setze mich in einen der zwei grauen Lesersessel, die unmittelbar vor einer großen Fensterfront ihren Platz finden. »Es ist wirklich schön hier. Sehr gemütlich.«

»Monsieur Étienne legt großen Wert darauf, dass sich seine Gäste wohlfühlen«, erklärt sie mir. »Ich bin gleich wieder da, ich werde ihm eben Bescheid geben, dass Sie da sind.«

~

»Setzen Sie sich, Miss Kensington.«

»Vielen Dank, dass Sie sich die Zeit für mich nehmen, Monsieur Étienne.«

Ich sitze vor einem großen Schreibtisch aus dunklem Mahagoni, mir gegenüber auf der anderen Seite des Tisches sitzt ein schwarzer, sehr schick gekleideter älterer Mann mit langen weißen Dreadlocks, die ihm bis zur Brust reichen. Er lächelt freundlich und strahlt damit eine ebenso positive Aura aus wie Claire.

»Ich muss Ihnen gestehen, dass ich auf diesen Tag gewartet habe. Die alte Villa, die Sie bezogen haben, existierte bereits, als ich noch ein kleiner Junge war und darüber hinaus. Sie steckt voller Geschichten. Gute wie auch schlechte.«

»Ich habe versucht, mehr über die Vergangenheit des Anwesens herauszufinden, keine Chance. Und diejenigen, die mehr zu wissen scheinen, schweigen.« Der Mann schenkt mir seine volle Aufmerksamkeit und hin und wieder nickt er. Mit dem Wink seiner Hand bedeutet er mir, fortzufahren. »Kurz nachdem ich einzog, ging es los. Es begann mit Geräuschen, Objekte, die sich einfach so bewegten, und schließlich ist mir ein Geist im Traum begegnet. Zuerst dachte ich, dass ich verrückt werde, denn bisher habe ich nie an das Paranormale geglaubt.«

»Die Menschen neigen dazu, nicht an Dinge zu glauben, die sie nicht verstehen«, antwortet er.

»Jedenfalls lässt er mich seitdem nicht mehr in Ruhe und ich möchte nichts sehnlicher, als einfach meine Ruhe zu haben, verstehen Sie das? Und ich kann dieses Anwesen nicht aufgeben.«

»Wer ist er?«

»Sein Name ist Nate«, antworte ich und streiche mir eine lose Strähne zurück in den Knoten auf meinem Kopf.

Es tut so gut, mich endlich einmal jemandem anvertrauen zu können, der nicht Nate ist und die Situation trotzdem versteht. Jemand, der mich nicht abwimmelt, weil er nicht darüber reden möchte, so wie der Sheriff, der Latzhosenbär oder die Dame, die mir das Anwesen verkauft hat.

»Also ist es der Mörder selbst, der mit Ihnen Kontakt herstellt?«

»Ja.«

»Sie sagten, dass Sie ihm in Ihrem Traum begegnet sind?«

»Ja.«

»Nun, das ist sehr untypisch und deutet auf eine starke Verbindung hin. Einzig die Seelen, die eine starke Verbindung zu jemandem hegen, sind dazu in der Lage, mit denjenigen zu kommunizieren. Sie sind dann stärker, doch die wahre Stärke zeigt sich ab Mitternacht, denn da beginnt die sogenannte Geisterstunde.« Ich beobachte, wie der es sich der ältere Mann in seinem Sessel bequem macht, während er die Hände auf dem Tisch ineinander verschränkt.

»Was meinen Sie damit? Mit der Verbindung?«, will ich wissen.

»Üblicherweise spricht man davon, wenn sich die Seele und der Lebende kennen. Ein Verwandter, ein Freund, ein Partner und so weiter.«

»Aber ich kenne ihn nicht. Ich habe ihn noch nie zuvor gesehen, sein Name kommt mir nicht bekannt vor und ich bin doch erst kürzlich hierhergezogen.«

»Davon bin ich ausgegangen und deshalb finde ich es außerordentlich untypisch. Wissen Sie, der Grund, weshalb mich so viele Menschen für die Séancen bezahlen, ist der, dass das Band zwischen ihnen und den Verstorbenen nicht stark genug ist. Meine Aufgabe ist es, als Medium zwischen den beiden Dimensionen zu fungieren und eine Kommunikation herzustellen.«

»Ich verstehe.« Und obwohl ich es verstehe, bin ich noch ratloser als zuvor. »Kennen Sie einen Fall, in dem es dem Geist möglich war, sich für einen Tag im Jahr zu manifestieren?«

Seine Augen weiten sich. »Ist das heute passiert?« Ich nicke. »Heute ist Halloween. Sie müssen sich das in etwa so vorstellen, dass Halloween eine sehr lange Geisterstunde ist. Man bezeichnet es nicht grundlos als die *Nacht der lebenden Toten*. Am Halloween-Tag – so sagt man – kehren die Toten ins Reich der Lebenden zurück. Bisher habe ich so etwas nie wirklich erlebt, doch es wundert mich nicht. Er muss ein sehr starker Geist sein.«

Dass Nate stark ist, habe ich niemals angezweifelt, um

ehrlich zu sein. Ganz im Gegenteil, ich habe es sogar am eigenen Leib erfahren. Doch je mehr mir der Mann erklärt, desto weniger verstehe ich. Die Zusammenhänge erschließen sich mir zwar, aber es fühlt sich an, als stünde zwischen Nate und mir mehr als die bloße Anziehungskraft aufgrund der Tatsache, dass wir einander heiß finden, und *das* verstehe ich nicht.

»Wissen Sie, was er getan hat? Ich meine ... die Morde.«

»Die Leute glauben, dass sie es mit ihrem Schweigen verhindern können. Dass es keine Vorfälle mehr geben wird, wenn sie es einfach ignorieren und verdrängen. Meiner Meinung nach ist das vollkommen idiotisch. Oder wann haben Sie es schon einmal erlebt, dass sich ein Problem durch Verdrängung lösen ließ?«

Um ehrlich zu sein, habe ich das bis vor Kurzem geglaubt, doch als mein Erzeuger vor zwei Tagen vor meiner Tür stand, wurde ich eines Besseren belehrt. Das sage ich ihm allerdings nicht und zucke stattdessen nur mit den Schultern.

»Nun, Miss Kensington, Nate hat viele Menschen auf dem Gewissen. Sehr viele. Ich gehe davon aus, dass er sich bei der Anzahl seiner Opfer im dreistelligen Bereich befindet. Es begann vor siebzehn Jahren, wobei es Gerüchte darüber gibt, dass die Morde einen Zusammenhang haben mit denen, die sich vor über siebzehn Jahren auf der Strecke zwischen Minnesota und New Orleans zugetragen haben.«

Ich verschlucke mich, als ich das höre. Heftig. Es fühlt sich an, als würde mir ein Kloß im Hals stecken, der mir das Atmen zunehmend erschwert. »Minnesota?«, krächze ich. *Das ist meine verdammte Heimat.*

Der Mann nickt nur, ehe er aufsteht, den Tisch umrundet und zu einem Beistelltisch neben der Tür läuft. Dort schenkt er Wasser aus einer Kristallkaraffe in ein Glas ein, bevor er sich umdreht und es mir reicht.

Ich nehme es an, trinke so gierig, als stünde ich kurz vor einer Dehydration, und mit nur einem einzigen Zug leere ich das Getränk. »Danke«, murmle ich.

»Darf ich fragen, wieso Sie das so schockiert hat, Miss?«

»Ich bin in Minnesota geboren und aufgewachsen. Bis ich hierherzog habe ich dort gelebt.«

»Und Sie sind sich sicher, dass es keine Verbindung zwischen Ihnen und Ihrem *Hausbesetzer* gibt?«

Nein. Ich bin mir in überhaupt gar nichts mehr sicher. Ich kenne Nate nicht, doch was, wenn er mich kennt? Hat er mich verfolgt? Hat er mich angelogen? Nein, das kann nicht sein, wenn es in den letzten Jahren immer wieder Morde gab, die demselben Schema gefolgt sind.

Ich habe so viele Fragen, aber momentan befürchte ich, dass mir nichts anderes übrig bleibt, als ein Gespräch mit Nate zu führen. Ich habe das Gefühl, dass er allein mir die Antworten liefern kann, nach denen es mir nun umso mehr bedarf.

»Wie sind diese Morde abgelaufen? Wenn Sie sagen, dass es einen Zusammenhang geben könnte, dann muss er ein Schema haben, nach dem er vorgeht, nicht wahr?«

»Sie sind wahrlich sehr aufmerksam, Miss.« Er lässt sich wieder in seinen Stuhl fallen, nimmt dieselbe Pose ein wie zuvor und studiert mich noch eingehender. »Sie müssen herausfinden, welche Verbindung Sie zu ihm hegen, denn Fakt ist, dass eine besteht«, beginnt er. »Und sie haben recht. Auffällig war, dass es sich bei allen Opfern um Verbrecher handelte. Manche waren Kleinverbrecher und andere wiederum waren selbst Mörder oder Schlimmeres. Aber das war nicht alles, denn ausschlaggebend war die Brutalität, mit der er vorging. Er hat diese Menschen vor ihrem Tod gefoltert. Manche sind bereits währenddessen gestorben, andere wiederum mussten die Qualen über Tage und Nächte hinweg erdulden, bis er sie schließlich erlöste. Er scheute sich auch nicht davor, sich die skurrilsten Foltermethoden auszudenken und die Leute zu verstümmeln. Man munkelt sogar, dass er in ihrem Blut gebadet und es getrunken hat, doch das halte ich für ein übles Gerücht, das sich die Menschen ausdenken, um ihn noch grausamer zu machen, als er ohnehin schon ist.«

»Haben Sie Beispiele?« Meine Stimme ist so leise, dass ich mir nicht einmal sicher bin, ob er mich überhaupt versteht. Eigentlich will ich nicht mehr wissen, doch ich sehe hier meine einzige Möglichkeit, endlich mehr über Nates Abgründe zu erfahren, also muss ich diese doch nutzen, oder?

»Es fing wohl immer damit an, dass er seine Opfer nach und nach verstümmelt hat. Mal hat er ihnen Haut von gewissen Körperstellen gezogen, mal hat er ihnen die Finger- und Zehennägel ausgerissen, mal hat er ihre Genitalien verstümmelt. Beim Mann schnitt er sie einfach ab, bei einigen Frauen hat er sie zusammengenäht oder dergleichen.«

Mir wird übel bei dem Gedanken daran, dass ich diesen Kerl an mich rangelassen habe. Dass ich mich zu einem solchen Monster hingezogen gefühlt habe.

»Er hat schon Zungen entfernt, Zähne, er hat Brustwarzen entfernt und Augäpfel und das alles, bevor die eigentliche Folter überhaupt erst begann. Die eigentlichen Qualen bestanden darin, die Opfer mit ihren eigenen Taten zu konfrontieren. Vergewaltiger hat er mit Gegenständen misshandelt, er hat Menschen in Säure baden lassen, er hat ihnen einen Käfig voller Ratten auf den Körper gebunden, bis sich diese durch die Eingeweide der Opfer nagten. All das und noch viel mehr.«

Ich spüre, wie die Magensäure in mir aufsteigt und ich kurz davor bin, mich zu übergeben. Ich muss mich stark zusammenreißen, versuche mehrmals, tief ein und auszuatmen.

»Ich denke das reicht«, bemerkt er, woraufhin ich nur zustimmend nicken kann.

»Der Fluch«, stammle ich. »Ich bin hier wegen des Fluches.«

Verwirrt hebt er die Brauen in die Höhe. »Ich verstehe nicht.«

»Er und scheinbar auch andere Geister sind an mein Anwesen gebunden. Wie kann ich sie loswerden?«

»Nun, das weiß ich leider nicht.«

Ich habe immer noch Probleme damit, meinen Atem zu regulieren, aber die Enttäuschung, die sich in mir breitmacht, sorgt zumindest für ein wenig Besserung. »Kennen Sie denn jemanden, der sich damit auskennen könnte?«

»Ich gebe Ihnen die Adresse meines guten Freundes. Sein Name ist René Desmarteau. Wenn Sie sich sofort auf den Weg zu ihm machen, kann ich ihn gleich anrufen und vorwarnen. Er wird Sie aber empfangen, dafür sorge ich.«

»Das ist sehr nett von Ihnen, danke. Was schulde ich Ihnen für die Sitzung?«

»Gar nichts, Miss. Bei Gelegenheit werde ich mir einen Kaffee und eine Führung durch Ihr Haus einfordern.«

Der nette Mann schafft es, mir das aufrichtigste und freundlichste Lächeln zu entlocken seit einer langen Zeit. »Ich danke Ihnen so sehr.«

»Wenn Sie doch noch einmal meine Hilfe brauchen, melden Sie sich gerne. Ich bin immer froh, wenn ich irgendwie helfen kann.«

Ich sage nichts weiter, nehme den Zettel entgegen, auf dem er mir die Adresse notiert hat, und stehe auf. Erst als ich an der Tür ankomme, verabschiede ich mich von ihm und anschließend auch von Claire, bevor ich das graue Haus verlasse.

Vor der Tür atme ich erst einmal tief durch. Ich habe keine Ahnung, wie ich Nate jetzt noch gegenübertreten soll, doch um ihn loszuwerden, lässt es sich wohl kaum vermeiden.

Weiter gehts, denke ich, begebe mich zu meinem Auto und tippe anschließend die Adresse in mein Navi ein.

Kapitel Zweiunddreißig

Nate

„Like dormant volcanoes, suppressed memories can erupt with fiery intensity, leaving us scorched by their flames."
- Unknown

Ich begebe mich auf direktem Weg zu der Adresse, die die alte Frau mir gegeben hat. Zum Glück ist es kein weiter Weg von ihrem Laden bis dorthin und ich kann ihn in zwanzig Minuten zu Fuß erreichen.

Ich stehe mittlerweile vor dem Haus des Mannes, der mir hoffentlich weiterhelfen kann. Es ist ein schlichtes Gebäude, unscheinbar und beschaulich. Ein stinknormales Einfamilienhaus in einer Straße voller Einfamilienhäuser.

Es ist mir scheißegal, ob der Kerl gerade beschäftigt ist, ob er keinen Besuch wünscht oder was auch immer, denn ich habe längst beschlossen, dass ich dafür sorgen werde, dass er mir die Antworten liefert, die ich brauche.

Meine Geduld hat Grenzen und diese ist erreicht, als mir die Tür zwanzig Sekunden nach dem Klingeln immer noch nicht geöffnet wird. Also fange ich an, dagegenzuhämmern, bis ich endlich Schritte vernehme. Kurz darauf blicke ich in das Gesicht eines grauhaarigen, blauäugigen, hageren Mannes, der aussieht, als stünde er kurz davor, ins Gras zu beißen.

»Was wollen Sie?«, fragt er mich. Es gefällt mir, dass er direkt zur Sache kommt und auf das nervige Vorgeplänkel verzichtet.

»Antworten.«

»Wer sind Sie?«

»Nathaniel Astor. Ich –«

»Kommen Sie rein«

Ich trete ein, warte, bis er den Weg vorgibt und schenke seinem Zuhause nicht weiter Beachtung, als er mich in eine Küche führt, in der es nach frisch aufgebrühtem Tee riecht.

»Der Schlächter des Riverfront Drive. Ich habe mich schon gefragt, wann Sie vor meiner Tür stehen würden.«

»Tun Sie mir einen Gefallen und kommen Sie zum Punkt. Den nervigen Small Talk können wir uns sparen. Wie werde ich den Fluch los, der auf mir lastet?«

»O Bürschchen, auf dir lastet kein Fluch. Wie kommst du überhaupt darauf? Es ist das Haus, auf dem ein Schutzzauber liegt.«

»Sie wollen mich doch verarschen. Die alte Schachtel, die mich hergeschickt hat, hat etwas von Opfergaben und schwarzer Magie gefaselt.« Ich weiß nicht, woher meine Aggression so plötzlich rührt, aber ich würde dem alten Sack am liebsten übers Maul fahren.

»Nein, das entspricht der Wahrheit. Um schwarze Magie würde es sich handeln, wenn der Zauber tatsächlich auf dir lasten würde.«

»Und wie kann ich ihn brechen?«

»Mit den Schutzzaubern verhält es sich ähnlich wie mit den Flüchen. Du musst entweder die Person finden, die für den Zauber verantwortlich ist, oder den verzauberten

Gegenstand, der sich irgendwo auf dem Anwesen befinden muss. Diesen musst du zerstören.«

»Und wie stelle ich das an?«

»Die Person zu finden, ist unmöglich, da sie bereits vor über 30 Jahren verstorben ist.«

Das kann doch alles nicht wahr sein. Ich wünschte, das hier wäre ein beschissener Albtraum und nicht die Realität, in der ich mich seit siebzehn Jahren aufhalte. »Was ist mit dem Gegenstand? Wie kann ich ihn finden und zerstören?«

»Nun, bei dem Objekt kann es sich um alles Mögliche handeln. Bevorzugt sind kleine Säckchen, die die Zutaten beinhalten, die es für einen solchen Zauber braucht. Es kann aber auch ein größeres Objekt sein, beispielsweise die Dachziegel oder der Beton, mit dem das Haus erbaut wurde.«

»Wollen Sie mir also sagen, dass es nahezu unmöglich ist, den Gegenstand zu finden? Was, wenn ich das Haus einfach niederbrenne?«

»Das kannst du nicht, da es unter einem Schutzzauber steht.«

Die Situation wird immer auswegloser, weshalb ich frustriert seufze. »Es gibt doch immer ein Schlupfloch, oder nicht?«

»Das gibt es. Bei Verstorbenen jedenfalls.«

»Aber das ist doch gut, dann gibt es also einen Ausweg für mich?«

»Nein.«

Ich bin es so leid, diesem Dreckskerl jede einzelne Antwort aus seiner krummen Nase ziehen zu müssen. Ich mache einen Satz nach vorn und packe ihn beim Kragen seines weißen Polohemdes. Er ist leichter, als ich angenommen hatte, weshalb es kein Problem für mich darstellt, ihn mit einem Ruck gegen die nächstbeste Wand zu befördern.

Es kracht, als er dagegen prallt, und ich befürchte schon, dass er jetzt endgültig tot sein könnte, als er hustet und sich in eine sitzende Position bringt. Dabei lehnt er mit dem Rücken an der Wand. »Das war nicht notwendig«, keucht er.

»Ich habe Ihnen gesagt, dass Sie zum Punkt kommen sollen, und das bedeutet nicht, dass ich Sie ausquetschen muss wie eine Tube Zahncreme.«

Wieder ein Husten, wieder ein Keuchen. »Es gibt kein Schlupfloch für dich, weil du nicht verstorben bist.«

Kurz nachdem ich das Haus verlasse und mir vorkomme, als würde ich jeden Augenblick dem Wahnsinn verfallen, höre ich knirschende Schritte auf Kies, die sich mir nähern. Ich stehe immer noch im kleinen Vorgarten des alten Mannes, die Hände an meinem Kopf und kurz davor, mir aus Frust und Wut alle Haare vom Kopf zu reißen, als mich ein nur allzu bekanntes Paar Augen anstarrt.

»Was machst du denn hier?«, fragst du mich neugierig, wobei dein Mund vor Unglauben leicht offensteht. »Diese Adresse stand doch gar nicht auf der Liste.«

»Komm mit«, sage ich, weil ich gerade keinen Nerv habe, um dir zu erklären, wie ich hier gelandet bin. Ebenso wenig interessiert es mich in diesem Moment, was du hier zu suchen hast.

»Nein, ich möchte noch da rein«, entgegnest du mir stur.

»Komm. Mit«, knurre ich, packe dich am Ellbogen und ziehe dich einfach mit mir.

»Aua, du tust mir weh.« Du versuchst, dich meinem Griff zu entreißen, allerdings ist dieser so fest, dass es dir nicht gelingt – und du morgen wahrscheinlich einen blauen Fleck haben wirst.

»Wir sind fertig. Wir fahren jetzt zurück.«

Ich bin froh, dass du dich für ein genervtes Stöhnen entscheidest, anstatt meine Wut mit deinem Widerwillen noch weiter anzufachen.

Wir laufen zum Auto, steigen ein und ich nehme wieder den Platz auf dem Fahrersitz ein. Ich stecke den Schlüssel ins Schloss, drehe ihn um, als es mich auf einmal überkommt und ich fest auf dein Lenkrad einzuschlagen beginne.

»Nate, beruhig dich.« Deine Hände umfassen meinen Unterarm und halten mich davon ab, dein Auto zu schrotten. Trotzdem bleibe ich aufgeladen und muss es an irgendwas rauslassen, bevor ich es an dir auslasse. Ich will dir nicht wehtun, es sei denn, es dient deinem eigenen Vergnügen. »Bitte erzähl mir, was passiert ist.«

»Nicht jetzt. Lass uns einfach losfahren, okay?«

Du scheinst zu wissen, wann es besser ist, die Klappe zu halten, denn du nickst nur. Daraufhin starte ich den Wagen und wir begeben uns auf eine Fahrt, in der die Stille zwischen uns nicht drückender sein könnte.

Kapitel Dreiunddreißig

Ophelia

„Sometimes the silence is louder than words."
- Ophelia

Mir schießen tausend Fragen durch den Kopf und trotzdem weiß ich, dass jetzt der wohl ungünstigste Zeitpunkt ist, ihm diese zu stellen, denn Nate ist unberechenbar. Also schweigen wir uns die ganze Fahrt über an und selbst als wir schließlich die Villa betreten, spricht niemand ein Wort. Ich kann seinen Zorn förmlich spüren.

»Möchtest du auch einen Kaffee?«, frage ich ihn, in der Hoffnung, die Situation mildern zu können.

»Ja.« Mehr bekomme ich nicht als Antwort, also mache ich mich daran, den Vollautomaten einzuschalten, während er im Wohnzimmer, das gegenüber von der Küche liegt, auf und ab läuft.

»Es gibt keinen Weg, den Fluch zu brechen«, beginnt er dann, wobei mir fast die volle Tasse aus der Hand fällt, die ich ihm gerade bringen wollte.

»Was soll das heißen?« Verwirrt betrachte ich ihn, stelle die Tasse auf dem Tisch ab und bleibe bei ihm.

»Es heißt, dass es keinen Ausweg gibt.«

»Aber wieso? Es muss einen geben, es gibt doch immer einen.«

»Bei dem Zauber handelt es sich wohl gar nicht um einen Fluch, sondern um einen Schutzzauber. Die Frau, die ihn vor über 30 Jahren gesprochen hat, ist tot. Wir können das ganze Haus nach einem Gegenstand absuchen, den wir zerstören müssen, um den Schutz zu brechen, doch dieser kann auch Bestandteil der Villa sein, was bedeuten würde, dass wir sie auseinandernehmen müssten, und das wiederum ist unmöglich, weil es der Zauber verhindern würde.«

Ich bin schockiert und muss mich setzen. Kann dieser Tag eigentlich noch schlimmer werden? »Und wenn wir einfach suchen?«

Mir fällt auf, dass sich Nates Gesichtsausdruck verändert. Zuerst verdunkeln sich seine Züge und er sieht angsteinflößend aus, jedoch hält es bloß wenige Sekunden an, bevor er zu grinsen beginnt. Seine Augen fangen förmlich zu strahlen an, als würde er mit einem Mal unheimlich viel Freude empfinden. In diesem Moment wirkt er wie der Psychopath, der er einst war – oder immer noch ist, ich weiß es nicht. »Lass uns später Pläne schmieden. Ich will wissen, was du herausgefunden hast, und anschließend habe ich noch eine zweite Überraschung für dich.«

Dieser plötzliche Umschwung von stinkwütend auf scheißfreundlich sollte mich wohl besorgen, allerdings überrascht mich nach dem heutigen Gespräch mit Monsieur Étienne nichts mehr. Zumindest nichts, was ihn anbelangt.

»Eigentlich nicht viel. Abgesehen von all dem Scheiß, den du getan hast«, antworte ich wahrheitsgemäß. »Und ich kann es kaum erwarten, dich endgültig loszuwerden, koste es, was es wolle. Glaub mir, ich werde einen Ausweg finden.« Mittlerweile bin ich diejenige, in der Wut aufkeimt. Vorhin war meine erste Reaktion Schock. Dieser wurde abgelöst von Unglauben und Übelkeit. Aber jetzt bin ich einfach nur noch sauer, hauptsächlich über meine eigene Naivität.

Nate hat schon längst damit aufgehört, wie ein aufgeschreckter Hahn durch den Raum zu marschieren. Er steht unmittelbar vor mir und blickt auf mich herab. Dabei betrachtet er mich mit einer solchen Sanftheit, dass es ein ganz neues Gefühl in mir auslöst, das ich nicht kenne. Mein Herz schlägt auf einmal schneller und in meinem Bauch beginnt es, zu kribbeln. Es wäre mir lieber, wenn er mich nicht so ansehen würde, denn ob ich will oder nicht, ich kann nicht leugnen, dass diese komische Anziehung nach wie vor zwischen uns herrscht. Aber ich möchte es nicht. Ich will sie verdrängen, niederstrecken oder wegsperren.

»Phe.« Selbst seine verdammte Stimmlage ist sanft und dann spricht er mich noch mit diesem Kosenamen an, als wüsste er, dass dieser etwas in mir auslöst. Ich hatte nicht viele Jahre gemeinsam mit meiner Großmutter mütterlicherseits, da sie früh verstorben ist, allerdings waren es die schönsten Jahre in meinem Leben. Grandma wusste nicht, was mein Erzeuger mir immerzu angetan hat, denn wenn ich bei ihr zu Besuch war, war die Welt in Ordnung und diese schönen Momente wollte ich bewahren. Ich wollte sie hüten wie einen Schatz, vor allem nachdem sie dann verstarb, als ich gerade einmal sechs Jahre alt war.

Ich bringe es kaum zustande, Nate anzusehen, aus Angst, dass ich schwach werden könnte, so fragil bin ich.

»Du musst verstehen, dass sie es verdient haben und du musst ebenso begreifen, dass du aus dieser Sache nicht mehr rauskommst. «

Erst jetzt hebt sich mein Blick und ich schaue ihn an,

geradewegs hinein in seine Augen. Ich erkenne die Entschlossenheit darin. »Wie meinst du das?«, will ich wissen.

»Du gehörst mir. Ich dachte, du hättest es mittlerweile begriffen.«

Ich schnaube. »Einen Scheiß tu ich. Ich gehöre niemandem. Was denkst du, wer du bist?«

Er beugt sich zu mir herab, keilt mich zwischen seinen Armen ein, mit denen er sich auf der Rückenlehne des Sofas abstützt, und funkelt mich an, also funkle ich zurück. »Vorsicht. Es könnte sein, dass dir die nächste Strafe nicht ganz so gut gefällt.«

»Ich frage dich noch einmal: Was willst du tun? Mich umbringen? Nur zu, dann werde ich dir das Leben in deiner Geisterwelt zur Hölle machen.«

»Auf eine mehr oder weniger kommt es nicht an, es ist ohnehin schon die Hölle.« Eigentlich könnten diese Worte deprimierend klingen, wenn er dabei nicht grinsen würde wie ein verfickter Psychopath. Dabei läuft mir ein eiskalter Schauer den Rücken hinab. Womöglich war es ebenfalls dumm von mir, keine Angst vor ihm zu haben, denn in diesem Augenblick stelle ich eine Entschlossenheit in seinem Ausdruck fest, die mir sagt, dass er mich in der Tat töten würde, wenn er es für notwendig hielt.

Ich frage mich, ob es nicht vielleicht sogar das Dümmste ist, was ich tun kann, ihm den Kampf zu erklären und mich ihm zu widersetzen, denn wenn er wirklich so besessen nach mir ist, wäre mein Tod doch der einfachste Weg für ihn, um mich an ihn zu binden. »Okay«, sage ich schließlich nur, was ihn aus dem Konzept bringt – so glaube ich zumindest, denn er lässt wieder von mir ab. »Nate? Wieso hast du den Drang dazu verspürt, derjenige zu sein, der für Gerechtigkeit sorgt und diese Leute tötet?«

Ich weiß nicht, was er macht, aber als er mir antwortet,

klingt es, als befände er sich in der Küche. »Ich würde behaupten, dass ich mit dem Drang geboren wurde«, antwortet er und kommt kurz darauf wieder zu mir zurück.

»Niemand wird so geboren«, erwidere ich.

»O Baby, glaub mir, ich schon.«

»Wie kannst du so was von dir behaupten?«

»Weil es so ist.«

Irgendwie führt dieses Gespräch in keine Richtung. Jedenfalls keine, die mir zusagt, also versuche ich es anders: »Und du hast dann irgendwann einfach beschlossen, dass du jetzt Leute töten willst?«

»Genau so ist es«, knurrt er. »Was soll die Fragerei?«

»Findest du nicht, dass wir uns kennenlernen sollten, wenn du mich schon als deinen Besitz abstempelst?«

»Ophelia.« Wenn er meinen Namen so ausspricht, mit dieser dunklen Stimme, weiß ich, dass es eine Warnung ist, und trotzdem kann ich nicht verhindern, dass sie mir eine Gänsehaut beschert. Ich habe nie irgendjemanden getötet. Ich habe es mir auch bloß ein einziges Mal im Leben vorgestellt und intensiv darüber nachgedacht, als es darum ging, Charles zu beseitigen. Allerdings lebt er offensichtlich noch, weil ich es niemals zustande bringen würde, ein Lebewesen zu töten. Nicht einmal einer Fliege oder einer beschissenen Bettwanze könnte ich etwas zuleide tun. Aber was sagt es über mich aus, dass ich in Nates Gegenwart nicht die Angst verspüre, die ich verspüren sollte? Oder dass es mich anmacht, wenn er mich warnt? Dass mir die Vorstellung auf eine Bestrafung von ihm Freude bereitet? Macht es mich nicht zu einem ebenso grausamen Menschen?

»Nate«, knurre ich zurück. Ein fataler Fehler, denn schneller als ich reagieren kann, stürzt er sich auf mich und ich spüre einen kühlen Gegenstand an meiner Kehle.

»Vorsicht, Baby.« War es das, was er in der Küche getan

hat? Er hat sich ein Messer geholt und jetzt drückt er mir dessen Klinge gegen meinen Kehlkopf. Ich kann nicht einmal schlucken, weil ich weiß, wie scharf meine Küchenmesser sind und Angst habe, dass es mich wirklich verletzt, wenn ich auch bloß zucke. »Soll ich dir etwas verraten?«, fragt er, aber ich kann weder antworten noch nicken. Ich verharre in der starren Position, die Augen weit aufgerissen und warte darauf, dass er fortfährt. »Das Küchenmesser, so schön unscheinbar, war immer meine liebste Waffe. Jedermann besitzt eines, bewahrt es in den eigenen vier Wänden auf, wo es zu jederzeit griffbereit ist. Idiotisch, findest du nicht? Wenn man bedenkt, wie viele Psychopathen da draußen nur darauf lauern, dir eines in die Brust zu rammen. Das Schlimmste ist aber, dass sich die meisten Irren im eigenen Kreis aufhalten. Verwandtschaft, Freunde, Partner ... Das macht die Messer noch zugänglicher.«

Es ist mir schleierhaft, was er mit diesem Gespräch bezwecken will. Natürlich besitzen die Menschen Messer, denn womit sonst sollten sie ihr Obst und Gemüse schneiden und ihr Essen zubereiten? Einzig sein letzter Satz macht mich stutzig, denn er hat einen Fakt ausgesprochen. Ich bin dem einen Monster entkommen und dafür geradewegs in die Arme eines anderen gerannt. Und beide halten sich auf ihre ganz eigene Art und Weise in meinem engeren Kreis auf. Ein weiterer Beweis dafür, weshalb es sich einfacher leben lässt, wenn man einfach allein bleibt.

Nate bewegt die Klinge langsam und vorsichtig. Er lässt die Spitze meinen Hals hinabgleiten, immer weiter, bis er meinen Brustkorb erreicht, unmittelbar über meinem Herzen.

»Was willst du jetzt tun? Mir die Klinge ins Herz rammen?«, frage ich, wobei mein Ton auch weiterhin nur so vor Sturheit strotzt.

»Ich will dir zeigen, dass wir uns so viel ähnlicher sind, als du denkst.«

Ich schnaube verhöhnend. »Na, jetzt bin ich aber gespannt.« Nie im Leben würde er mich davon überzeugen können.

Kapitel Vierunddreißig

Nate

„In the mirror of honesty, our darkest truths are reflected back to us, revealing the raw beauty of our imperfections."
- Unknown

Deine Entschlossenheit werde ich dir Stück für Stück aus deinem Sturkopf treiben, dem kannst du dir sicher sein. Du magst vielleicht in genau diesem Augenblick fest davon überzeugt sein, dass du mir widerstehen kannst und dass meine schlimmen Taten ausreichen, um das Feuer zwischen uns zu löschen, doch tief in deinem Inneren weißt du, dass du dich bloß selbst belügst. Darum werde ich dir einen kleinen Schubs in die richtige Richtung verpassen. Ich werde dir den Weg durch die Dunkelheit leuchten, so lange, bis wir das Ziel erreichen. Das Ziel, das wir uns teilen.

Vorsichtig lasse ich die Klinge noch tiefer hinabwandern. Du bist angespannt, dein Atem geht schneller. Hast du endlich verstanden, dass du Angst vor mir haben solltest? Wenn du jemals glaubtest, in meiner Gegenwart sicher zu sein, dann war das ein fataler Fehler. Denn vor mir wirst du *niemals* sicher sein.

Meine Augen halten deine fest gefangen und mir entgeht keine Regung. Als ich am Bund deiner Shorts ankomme, erkenne ich die kleine, kaum merkliche Veränderung in deinem Ausdruck und weiß, dass ich auf dem richtigen Weg bin. Du hast Angst, aber du bist auch neugierig. Du willst wissen, wie weit ich gehen würde, du willst deine eigenen Reaktionen erforschen, habe ich recht?

»Hör auf, dir selbst etwas vorzumachen«, sage ich.

Du schüttelst den Kopf immer noch stur und antwortest: »Ich mache mir nichts vor. Du bist einfach nur blind vor Besessenheit.«

Du provozierst mich, so als würdest du dein Unheil heraufbeschwören wollen. Vielleicht tust du das auch. Nichts lieber als das, Baby. Ich hebe die Klinge an und presse sie erneut an deine Kehle, doch diesmal drücke ich noch fester zu. So fest, dass sie in deine zarte Haut schneidet. Du zischst auf und bist zugleich wieder starr wie eine Schaufensterpuppe, während ich dabei zusehe, wie die Wunde allmählich aufklafft und zu bluten beginnt.

Statt dass du panisch darauf reagierst oder zu jammern beginnst, spüre ich, wie du deine Schenkel zusammenpresst und erhalte damit genau die Reaktion, die ich dir entlocken wollte.

»Hör auf«, flüsterst du leise und so zerbrechlich, dass ich mich frage, wie du dich selbst noch ernst nehmen kannst. Ich für meinen Teil kann es jedenfalls nicht.

»Ich habe gerade erst angefangen, Baby.« Erneut lasse ich von deiner Kehle ab und sehe dabei zu, wie hier das Blut von der Wunde hinabtropft. Ich lehne mich nach vorn, ganz dicht an deinen Hals, und grinse, weil ich spüre, wie ich hart werde vor Vorfreude. Vergessen ist der Scheiß, den ich soeben erfahren habe, zumindest für den Moment.

Zuerst streiche ich dir ganz sanft mit dem Zeigefinger über die Kehle. Dein Atem ist weder schnell noch langsam, sondern stockend. Zitternd. Weil es dich genauso sehr erregt wie mich. »Es könnte alles so einfach sein, wenn du dich deinen Dämonen stellen würdest«, hauche ich und betrachte die Gänsehaut, die ich damit auf deiner Haut verursache.

»Es gibt nichts, dem ich mich stellen müsste, abgesehen von meiner Vergangenheit.« Auch deine Stimme ist nun eine Spur sanfter geworden.

»Was macht dich so sicher?«

»Die Tatsache, dass du Spaß am Morden hast.«

Oh, darum geht es hier also, Baby? Du sorgst dich nicht, weil ich gemordet habe, sondern wegen dem, was ich dabei empfunden habe? Wenn es so ist, dann wird das hier ja noch viel einfacher, als ich dachte.

Ohne weiter zu zögern, wandert mein Finger wieder, geradewegs über deine Wunde, von der ich das Blut aufsammle. Du zischst kurz auf, bleibst ansonsten aber still. Mein Blick fängt deinen auf, als ich mir den blutigen Daumen in den Mund stecke. Ich möchte sehen, wie du darauf reagierst, will jede Regung deines Gesichts aufsaugen und verinnerlichen.

Alles an dir schmeckt köstlich, wie ich nun ein weiteres Mal feststellen darf, also seufze ich. Und im nächsten Moment schnellt mein Kopf nach vorn und ich sauge an dem Schnitt wie ein Vampir an seinem Opfer – trinke dein Blut und werde steinhart dabei.

Im ersten Moment versuchst du noch, dich zu wehren, indem du mir deinen Kopf entziehen willst, also halte ich dich fest und schließlich lässt du es ganz und gar über dich ergehen. Dein Körper bäumt sich leicht auf und auf einmal seufzt du, weil du das hier genauso genießt.

Es bereitet mir ein geteiltes Gefühl von Genugtuung,

aber auch Freude darüber, dass es dir gefällt. »Das hier ist erst der Anfang«, murmle ich an deinen Nacken, kurz nachdem ich von dir abgelassen habe.

»Bitte hör auf. Lass mich einfach in Ruhe.« Die Ratlosigkeit steht dir ins Gesicht geschrieben und ich würde beinahe Mitleid mit dir empfinden, wenn ich nicht wüsste, dass das alles hier eine gottverdammte Farce ist, da du dir selbst etwas vormachst. Du versuchst, jemand zu sein, der du schon lange nicht mehr bist. Das kleine Mädchen, das du warst, bevor dein Vater dich angefasst hat. Bevor er erstmals seinen Schwanz in dich gesteckt und dich deiner Jungfräulichkeit beraubt hat. Ist es nicht so, süße Ophelia? Du kannst mir nichts vormachen.

»Lass uns eine Vereinbarung treffen«, beginne ich und stehe auf, hebe das Messer auf und strecke dir meine Hand entgegen. »Wenn du nach diesem Tag, nach diesen 24 Stunden immer noch willst, dass ich dich in Ruhe lasse, dann werde ich es tun.«

Deine Augen werden größer und ich erkenne einen hoffnungsvollen Schimmer darin. »Meinst du das ernst?«, fragst du.

»Ich stehe immer zu meinem Wort.«

Du zögerst noch kurz, dann ergreifst du meine Hand und wir besiegeln die Abmachung, ehe ich dich zu mir heranziehe. So nah, dass du meinen Schwanz spüren kannst, das erkenne ich an deiner Reaktion. Daran, wie du aufschnappst, wie sich deine Pupillen für den Bruchteil einer Sekunde geweitet haben und daran, dass du dich plötzlich stocksteif machst.

»Bist du bereit für die zweite Überraschung?«

»Kommt drauf an, was diese Überraschung ist.«

»Oh, glaub mir, es wird dir gefallen, Baby«, antworte ich, während ich grinse.

»Jetzt bin ich mir erst recht nicht mehr sicher. Du grinst.«

Ich gehe nicht darauf ein, drücke nur kurz deine Hand, ehe ich mich in Bewegung setze. »Komm mit.«

Ich habe dir meinen Rücken zugewandt, weshalb ich dich nicht mehr sehe, aber dem Geräusch deiner Schritte kann ich entnehmen, dass du mir folgst.

Let the show begin.

Kapitel Fünfunddreißig

Ophelia

„This is a deal with the devil."
- Unknown

Eine dunkle Vorahnung macht sich in mir breit und ich weiß, dass das, was auch immer Nate mir zeigen will, nichts Gutes ist.

Mein Bauchgefühl hat mich schon oft vor Dingen gewarnt, lange bevor sie geschehen sind. Zum Beispiel am Tag von Xanders Tod. Als ich am Morgen dieses Tages aufwachte, hatte ich dieses ungute Gefühl, dass irgendwas Schreckliches passieren würde. Ich habe mir so lange die Schuld dafür gegeben, nicht auf dieses Gefühl geachtet zu haben, nicht alle Möglichkeiten in Erwägung gezogen zu haben. Allerdings habe ich auch gelernt, dass man den Sündenbock, wenn man ihn zwanghaft in sich selbst sucht, finden wird. Es wäre egal gewesen, was an jenem Tag geschehen ist, ich hätte mir so oder so Vorwürfe gemacht. Das tue ich bis heute noch.

Nate führt mich aus dem Wohnzimmer hinaus und durch den Flur hindurch. Hinter der Treppe, die nach oben führt, gibt es eine, die wiederum nach unten in den Keller führt und genau diese steuert er gerade an.

Das Gefühl der Unbehaglichkeit wächst immer weiter an, als mir klar wird, dass er mich in den Keller führt. Wann war es jemals eine gute Idee, einem Serienkiller in einen Keller zu folgen? Richtig. Nie. Mache ich es dennoch? Natürlich.

Als Nate vorhin mit der Klinge an meinem Hals rumgefuchtelt hat, war es nicht die Angst, die vorherrschend war, sondern Verlangen. Es hat mich verfickt noch mal angemacht, dass er mir in den Hals geschnitten hat. Also frage ich mich nun einmal mehr, wie irre ich wirklich bin. In seiner Gegenwart erkenne ich mich selbst kaum wieder und das verwirrt mich zunehmend. Denn bis dato dachte ich, ich sei eine einfache Frau mit einer beschissenen Vergangenheit und daraus resultierenden Angststörungen und Traumata. Bei Nate bin ich das komplette Gegenteil, also: Welche Ophelia ist die richtige?

Als Nate plötzlich mitten auf der Treppe innehält, stolpere ich fast in ihn hinein. Er dreht sich zu mir herum, wobei er gespenstischer denn je aussieht, da die schwache Beleuchtung die Hälfte seines Gesichts in Schatten taucht. »Es ist wichtig, dass du mir vertraust.« Ich stocke, weil ich nicht so recht weiß, was ich ihm antworten soll. »Du musst genau das tun, was ich dir sage. Ich verspreche dir, dass dir nichts geschehen wird.«

»Was –«

»Schh, du wirst es gleich sehen«, unterbricht er meine Frage.

Wäre diese Szene aus einem Comic, stünden mir nun lauter Fragezeichen im Gesicht, denn ich habe keine Ahnung, was hier vorgeht. Dann laufen wir weiter.

Wenn man im Keller ankommt und die Treppe umrundet, befindet man sich in einem riesigen Raum, der in diesem Fall voll beladen ist mit Umzugskisten, die ich bisher noch nicht ausgeräumt habe, und sämtlichen Werkzeugen, die man im Alltag so braucht. Wenn man dann weitergeht, gelangt man zu einer Tür, die in einen Heizraum führt und in dem sich Heizkessel befinden. Und hinter diesem Raum wiederum, gibt es einen weiteren, von dem aus man auch in den Garten kommt.

Ich war erst einmal dort und fand ihn irgendwie gruselig, weil die Fenster zugenagelt sind und es dort furchtbar dunkel und erstaunlich leise ist. Aber als Nate mich jetzt genau in diese Richtung führt, befürchte ich, dass ich ihn heute zum zweiten Mal betreten werde.

Obwohl ich bereits das Schlimmste erwarte, habe ich nicht mit dem gerechnet, was sich mir hinter der Tür offenbart, kaum dass wir über deren Schwelle treten. Augenblicklich spüre ich, wie meine Beine zu zittern beginnen, als ich das Bild betrachte, das sich vor mir aufmacht. Dort sitzt er, mein Erzeuger, gefesselt an einen Stuhl, das Gesicht mit verkrusteten Blutresten verklebt. Sein rechtes Auge ist so angeschwollen und blau, dass er es nicht einmal mehr öffnen kann. An seinen Fingern fehlen die Nägel und außerdem ist er nackt.

»Nein.« Ich stolpere einen Schritt zurück, bleibe an einer Fußleiste hängen und falle beinahe um. Zum Glück fängt mich Nate noch rechtzeitig auf. Allerdings wäre mir der Fall in diesem Moment lieber gewesen als seine Berührung, weshalb ich ihn von mir schüttle. »Was hast du getan?«

»Überraschung, Baby.« Sein Blick strotzt nur so vor Stolz, während er zwischen Charles und mir hin und her blickt.

Mir wird übel, denn hier drin stinkt es nach Blut und Urin. Ich versuche, die Übelkeit zu bekämpfen, indem ich mehrmals tief ein und ausatme. Dabei bekomme ich keinen Satz heraus.

»Du hast dir doch sicher immer vorgestellt, wie du ihn für seine Taten büßen lassen würdest, habe ich recht? Ihn zu töten, wäre viel zu einfach«, beginnt Nate.

Mein Erzeuger rührt sich nicht. Entweder schläft er oder ist bewusstlos, denn er atmet noch. Das erkenne ich daran, dass sich sein Brustkorb schwer hebt und senkt.

»Wie –« Ich kann den Satz nicht beenden, da ich spüre, wie die Magensäure in mir emporsteigt. Stattdessen fächle ich mir mit der Hand Luft zu, in der Hoffnung, es dadurch besser zu machen und die Übelkeit loszuwerden. Zwecklos. Es ist zu spät.

Mein Bauch krampft sich zusammen und im nächsten Moment übergebe ich mich, kotze meinen gesamten Mageninhalt unmittelbar vor Nates Füße. Es ist nicht viel, da ich das Frühstück vorhin – als hätte ich geahnt, was auf mich zukommt – nicht angerührt habe.

Nachdem schließlich alles raus ist, sich mein Körper allmählich beruhigt und ich nicht mehr würgen muss, bin ich endlich zu einer Antwort in der Lage: »Wie hast du ihn hergelockt?«

»Ich habe einen Brief in deinem Namen verfasst, mit der Bitte um ein Gespräch.«

Ich nicke. Es klingt plausibel und natürlich nutzt Charles jede Chance, die sich ihm bietet, um mir näherzukommen. »Hat er irgendwas gesagt?«

»Bisher nicht. Er ist seitdem bewusstlos. Es ist nun an dir, was du mit ihm anstellen möchtest.« Ein teuflisches Grinsen liegt auf Nates Lippen und obwohl ich es mir nicht eingestehen will, gefällt es mir. Womöglich ist es der Situation geschuldet, immerhin geht es hier um den Mann, der mich jahrelang missbraucht hat, der meine Mutter und meinen Bruder misshandelt hat, der unsere ganze Familie zerstört hat und für den Tod meines Bruders verantwortlich ist.

»Als kleine Inspiration, habe ich dir einen Wagen mit ein paar Werkzeugen hier hingestellt«, ergänzt er und deutet mit seiner Hand in Richtung jenes Wagens. Das Erste, was ich darauf erkenne, ist eine blutverschmierte Zange. Ich kann mir vorstellen, dass sie für die fehlenden Fingernägel verantwortlich ist.

Ich bin mal wieder an dem Punkt in meinem Leben angelangt, an dem ich nicht mehr weiterweiß. Natürlich habe ich mir jahrelang vorgestellt, wie es wäre, Charles zu töten. Ihn büßen zu lassen für all die Qualen, die wir als zerbrochene Familie jahrelang erdulden mussten. Bisher war es allerdings nie realistisch, denn ich bin lieber vor meiner Vergangenheit davongerannt.

Nun offenbaren sich mir gänzlich neue Möglichkeiten und ich stehe vor der Frage, ob ich es mit mir vereinbaren könnte, eine Mörderin zu sein. Immerhin habe ich Nate die ganze Zeit über genau dafür verurteilt, aber in diesem Augenblick, in dem ich dieses Monster vor mir habe, sehe ich die Dinge aus einer anderen Perspektive und das macht mir Angst.

»Wieso zögerst du?«, fragt Nate, der einen großen Schritt über mein Erbrochenes macht, um sich vor mich zu stellen. Dann greift er nach meinen Händen und betrachtet mich eindringlich. »Was dieser Mann dir jahrelang angetan hat, rechtfertigt jede Folter, die du ihm antun könntest. Mit seinen Taten hat er gute Seelen gebrochen. Dein Bruder ist tot, verdammte Scheiße. Und was glaubst du, wird er mit dir tun, jetzt, wo er dich gefunden hat? Was glaubst du, hätte er getan, hätte ich vorgestern nicht den Alarm betätigt? Dieser Mann kennt keine Reue, keine Schuld.«

Er hat recht. Natürlich hat er das. Aber es geht hier nicht darum, was Charles getan oder nicht getan hat, es geht darum, dass ich nicht so bin. Trotz allem, was er mir angetan hat, sehe ich mich als einen guten Menschen. Wie kann ich aber ein guter Mensch sein, wenn ich Vergeltung übe, indem ich ein Leben auslösche?

»Ein Leben für ein Leben, Ophelia. Wenn du es nicht machst, werde ich es tun, denn ich lasse nicht zu, dass er dich jemals wieder anrührt. Also, sterben wird er ohnehin.«

Im nächsten Moment vernehme ich ein Husten und weiß sofort, dass es nicht von Nate kommt. Charles wacht gerade auf. Blinzelnd öffnet er seine Augen und verzieht das Gesicht. Ob wegen der Helligkeit oder der Schmerzen vermag ich nicht zu sagen, grundsätzlich ist es mir auch egal.

Der Moment, in dem die Realität bei ihm einschlägt wie eine Granate, ist ihm ins Gesicht geschrieben. Zuerst betrachtet er seine gefesselten und geschwollenen Handgelenke, ehe er seine Finger bewegt und ihm auffällt, dass Nägel fehlen. Im nächsten Moment schreit er, was durch das Tuch in seinem Mund gedämpft wird. Und schließlich wandert sein Blick zu uns. Ich erkenne die blanke Panik in seinen Augen, als er versteht, was hier gleich passieren wird und dass sein letztes Stündlein geschlagen hat.

Nate steht nicht länger vor mir, sondern hinter meinem Erzeuger. »Wenn du schreist, werde ich dir das Teil zurück in den Rachen rammen. Ich möchte dir die Chance gewähren, dich deiner Tochter zu erklären«, sagt er und nimmt das Tuch aus dessen Mund.

»Bitte«, fleht er jammernd. »Bitte lasst mich gehen. Ich werde sofort verschwinden und niemandem hiervon erzählen. Ihr werdet mich nie wiedersehen.«

In diesem Moment kann ich nicht anders, als zu schnauben. »Hast du jemals aufgehört, wenn ich dich unter Tränen angebettelt habe?«

Wahrscheinlich wäre es besser gewesen, ihm nicht die Möglichkeit einzuräumen, mit uns reden zu können, denn es gibt nichts, was er sagen könnte, was mich in diesem Augenblick nicht unendlich wütend machen würde. Soeben habe ich meine Wahl getroffen und es hat nicht mehr gebraucht als diese wenigen Worte.

Charles erwidert nichts. Womöglich hat er verstanden, dass er alles nur noch schlimmer machen würde. Ich hingegen, bin noch nicht fertig mit ihm.

»Erzähl mir, *Dad*, hast du deine Taten je bereut?«

Er schluchzt, jammert, schnieft und schafft es kaum, mir in die Augen zu sehen. Wo ist auf einmal sein Mut hin? Sonst war er sich seiner Überlegenheit immer bewusst, aber jetzt, wo er an einen Stuhl gefesselt ist, in der Gegenwart zweier Personen, die offensichtlich keine guten Absichten haben, ist er scheu wie eine kleine Maus.

»Das habe ich jeden Tag«, murmelt er leise.

»Wieso hast du es dann nie beendet? Wieso bist du immer wieder zu mir gekommen? Du wolltest mir eine verdammte Inzest-Geburt unterjubeln.« Die Wut in meinem Inneren keimt immer weiter auf. Das Sprichwort, dass man vor Wut rotsieht, ist für mich nicht länger ein solches, denn es wird gerade zu meiner Realität.

»Es sollte ein Neuanfang werden. Für uns alle. Doch danach lief alles aus dem Ruder.«

Was er sagt, macht überhaupt keinen Sinn. Es ist so fernab jeglicher Vernunft und ich erkenne nun das wahre Monster in diesem Raum. Es ist nicht Nate und er war es niemals. Denn bei dem Gedanken daran, Charles genauso elendig zu quälen, wir er uns all die Jahre gequält hat, kann ich auf einmal nicht mehr anders, als Vorfreude zu empfinden. Es kommt mir vor, als wäre etwas in mir geweckt worden, was dort schon immer tief geschlummert hat. Eine Bestie, die nur darauf aus war, zu töten.

»Wie hätte dieser Neuanfang deiner Meinung nach ausgesehen?«, will ich wissen und auch wenn es masochistisch ist, mir dieses ganze Gelaber anzuhören, erfüllt es einen Zweck. Es soll als Rechtfertigung dienen für das, was ich mit ihm tun werde. Um mir einzureden, dass es okay ist.

»Ich hätte mich von deiner Mutter scheiden lassen, dann hätte sie Xander mitnehmen können und wir beide wären zu einer kleinen, glücklichen Familie geworden, zusammen mit unserem Kind.«

»Wie kannst du von Reue reden und mir im selben Atemzug erzählen, dass du mich als deine Partnerin wolltest? Ich bin deine Tochter, verdammt. Das ist doch krank. Du bist krank.« Meine Stimme ist mittlerweile so laut, sie hallt durch den kleinen Raum.

»Den Sex mit dir bereue ich nicht. Alles andere schon.«

Mein Blick wandert zu Nate. Sein Gesicht hat sich verfinstert und ist so wutverzerrt, wie ich es noch nie zuvor gesehen habe. Seine Hände sind zu Fäusten geballt und die Fingerknöchel treten weiß hervor. Er zittert, während sich sein Brustkorb schneller als sonst hebt und senkt. Er sieht aus wie eine tickende Zeitbombe, deren Timer beinahe komplett runtergelaufen ist.

»Ich war fünf, als du zum ersten Mal zu mir kamst. Ich war ein kleines Kind.«

»Oh ja, das warst du. So verdammt eng.« Plötzlich lacht er und in diesem Augenblick brennen irgendwelche Sicherungen in mir durch.

Ich mache einen großen Schritt auf das Wägelchen zu, schnappe mir eine Heckenschere und umrunde Charles. Als ich an Nate vorbeikomme, streiche ich sanft über seine Hand, wodurch sich seine angespannte Haltung ein wenig lockert.

Erst laufe ich einmal im Kreis, den Griff der Schere gegen mein Kinn klopfend, während ich überlege, was ich jetzt mit ihm anstellen könnte. Dann gehe ich vor Charles in die Hocke, wobei sich seine Augen weiten.

»Hast du sonst noch irgendwelche Kinder angefasst? So wie mich, meine ich.«

Sein Blick gleitet zu dem Werkzeug in meiner Hand hinab, allerdings scheinen bei ihm auch irgendwelche Sicherungen durchgebrannt zu sein. Oder er dreht nun endgültig durch, denn er sieht nicht mehr so angsterfüllt aus wie noch wenige Minuten zuvor. Jetzt sieht er aus wie der kinderfickende Psycho, der er ist. Als sei er stolz auf alles, was er getan hat. Als würde er es jederzeit wieder tun. »Vielleicht ein oder zwei Kinder«, antwortet er selbstgefällig.

»Vielleicht?«

»Vielleicht auch mehr.« Er zuckt mit den Schultern und strahlt eine Gleichgültigkeit aus, die die Galle in mir erneut aufsteigen lässt. Da ich meinen Magen aber eben erst entleert habe, würge ich bloß Luft.

»Wenn das so ist«, beginne ich, nachdem sich mein Zwerchfell beruhigt hat. »Dann werde ich dir heute zeigen, wie es sich für mich und diese *ein oder zwei oder vielleicht auch mehr Kinder* angefühlt hat. Denn alles im Leben dreht sich ums Geben und Nehmen, nicht wahr?«

Kapitel Sechsunddreißig

Nate

„In the tapestry of life, you are the thread
that binds my heart.“
- Unknown

Der Moment, in dem du all deine Zweifel über Bord geworfen hast, war beinahe greifbar. Er hat mir eine Gänsehaut beschert und ich wusste zweifelsohne, dass ich dich mehr denn je will. Für immer. Ich weiß nicht viel über Liebe, im Grunde gar nichts, aber dieses Gefühl, das ich in diesem Augenblick verspüre, kommt dem sehr nahe, was ich für Liebe halte. Außerdem bin ich erfüllt von Stolz.

Langsam gehst du vor dem alten Sack in die Knie, knöpfst seine Hose auf und während er bereits Hoffnung auf einen Blowjob ins Gesicht geschrieben trägt, empfinde ich blanke Vorfreude. Ich glaube, zu wissen, was du vorhast, und es gefällt mir. Nein, das ist untertrieben. Es erregt mich.

»Du solltest dich nun verabschieden, Charles«, sagst du und blickst von unten zu ihm herauf.

»Wovon?«, fragt er, ganz der Idiot, der er offenbar ist.

Du grinst diabolisch und ich erkenne mich selbst darin wieder. Und einmal mehr zeigst du mir eine deiner Facetten, die nicht erotischer sein könnte.

»Von dem hier«, antwortest du und ziehst die Vorhaut dieses ekelhaften Perversen so lang, dass seine Wurst eher einer Spaghetti gleicht.

Das erbärmliche Gejammer, das jetzt aus seinem Mund kommt, gleicht dem einer heulenden Sirene. »Nein, bitte nicht, das kannst du doch nicht tun. Ich bin doch dein Vater.«

Mein Grinsen wird immer breiter. Keine Ahnung, wann ich zuletzt so viel Freude empfunden habe, und das als reiner Beobachter.

Nun setzt du die Heckenschere am Ansatz seines Schwanzes an.

»Tu es«, ermuntere ich dich, während Charles' Körper vor Angst bebt. »Ergötze dich an seinem Blut. Lass ihn die Qualen spüren, die er euch all die Jahre hat spüren lassen.«

Das Zögern, das auf meine Worte folgt, bringt meine Hoffnung für einen Augenblick ins Wanken. Doch dann, mit einem einzigen Ruck, presst du die Schere zusammen und trennst ihm den Schwanz ab.

Blut schießt aus seiner Wunde und quillt über seine Beine. Du stehst auf, wirfst die Wurst auf den Boden und lachst auf. Fuck, Baby, mein Schwanz wird sofort hart.

Charles schreit, heult, bebt weiter und wird ganz blass. Danach dauert es nicht lange, bis er sein Bewusstsein verliert. Zu seinen Füßen sammelt sich das Blut zu einer Lache und insgeheim schwöre ich dir, dich nach diesem Theater in ebenjener Lache zu ficken. Du sollst darin baden und es genießen, bis du aussiehst wie *Carrie* aus dem gleichnamigen Film. Wenn man *Elisabeth Bathory* Glauben schenkt, soll es ohnehin gut für die Haut sein.

»Ich bin so stolz auf dich, Baby«, hauche ich und deine Augen funkeln vor Freude. Aber gerade, als ich ansetzen will, um noch etwas hinzuzufügen, erlangt er sein Bewusstsein schon wieder zurück. Schade.

»Das wirst du bereuen. Ich werde dich umbringen, du kleine Schlampe. Und deine nichtsnutzige Mutter ebenso.«

Seine Worte scheinen dich nicht mehr zu berühren, denn du lächelst nach wie vor. Du bist längst dem Blutrausch verfallen, das kenne ich nur zu gut. Wenn sich ein roter Schleier über die eigene Sicht legt und man einfach nur noch töten will. Wenn man sich am Leid des Opfers ergötzt, während man alles um sich herum ausgeblendet hat. Eine Art illusionierter Zustand, vergleichbar mit einem Drogenrausch. Gerade erlebst du das High, bevor dich das Down auf den Boden der Tatsachen zurückholt. Womöglich wirst du deine Tat später erst einmal bereuen, so erging es mir nach meinem ersten Mord auch. Dann werde ich für dich da sein, dich halten und wiegen, bis du verstehst, dass du alles richtig gemacht hast. Denn *du* bist das wahre Opfer und das werde ich dir nur zu gern immer wieder in Erinnerung rufen.

Gerade will ich dir aufhelfen, da stehst du bereits von selbst auf. Du gehst zurück zu dem Metallwagen und scheinst zu überlegen, was du als Nächstes anstellen könntest. Dein Blick wandert von der kleinen Messersammlung über den Hammer und die Nägel, bis hin zu ... mir.

»Wieso liegt da ein Dildo?«

»Das überlasse ich dir, Baby.«

Ohne zu zögern, hebst du das Sex-Spielzeug auf und schaltest es ein. Der Plastikschwanz beginnt, zu vibrieren und zu wackeln. Deine Augen weiten sich und ich bin mir ziemlich sicher, dass ich da gerade ein leises Seufzen aus deinem Mund hören konnte.

»Erregt dich das?«, will ich wissen. Denn meine eigene

Erektion drückt mir schon wieder seit geraumer Zeit unangenehm gegen die Hose.

»Du lenkst mich ab, Nate.« Auch wenn du es mit deiner Antwort überspielst, ich sehe das Verlangen in der Röte deiner Wangen.

»Verzeihung, fahr fort.«

Du behältst den Dildo in der Hand und gehst damit zurück zu Charles, während meine Gedanken nur noch darum kreisen, wie ich dich neben seiner Leiche ficke und dir das Ding dabei in den Arsch ramme. Vielleicht hattest du recht und ich bin krank, aber was solls? Wenn das die Definition davon ist, krank zu sein, was hat das Leben dann für einen Sinn, wenn man normal ist? Denn so, wie ich lebe, macht es deutlich mehr Spaß. Hoffentlich kommst du nun auch endlich in den Genuss, das zu erkennen.

»Was hast du damit vor?« Endlich ist sein Geheule versiegt. Mehr als ein leises Flüstern bringt er nicht mehr zustande.

»Das habe ich dir doch schon gesagt, hörst du mir etwa nicht zu?«, ist deine Antwort an ihn. Ich wünschte, ich hätte mir eine Tüte Popcorn vorbereitet. »Nate, wie viel Blut kann ein Mensch verlieren, bevor er verblutet?« Du drehst dich nicht zu mir um, als du mir diese Frage stellst.

»Da geht noch ein bisschen was«, antworte ich.

Dein Nicken wird von deiner Antwort begleitet: »Perfekt, denn ich will, dass er so lange wie möglich leidet.«

Schon im nächsten Moment sehe ich dabei zu, wie du ihm den Dildo mit Anhieb gezielt in die offene und nach wie vor blutende Wunde seines Stummels rammst. Bis zu diesem Zeitpunkt war mir nicht klar, dass das anatomisch überhaupt möglich ist, und, um ehrlich zu sein, tut das beim Zusehen schon weh, weshalb ich das Gesicht verziehe. Trotzdem gefällt mir deine Art, Rache zu nehmen. Wer hätte gedacht, dass du so fies sein kannst?

Charles schreit mal wieder auf und mir fällt nichts Besseres ein, als darüber nachzudenken, dass wir wie füreinander geschaffen sind. Und das im wahrsten Sinne des Wortes.

Immer wieder versenkst du das Spielzeug in jener Wunde, während er dich anfleht, das Ganze zu beenden.

»Ich frage dich noch einmal, ob du es jemals beendet hast, wenn ich dich angefleht habe, es zu tun.« Dein Ton, dein Blick, deine ganze Haltung – alles an dir ist irre. Du bist wie besessen davon, dich an deinem Erzeuger zu rächen, und das mit gutem Recht, wenn du mich fragst. Du machst alles richtig. Wenn es nach mir gehen würde, würde der Kerl noch mehr leiden. Für dein erstes Mal ist es aber schon ganz gut.

Mit jedem Mal, in dem du den Plastikpimmel wieder aus der klaffenden Öffnung herausziehst, verliert er mehr Blut. Jedes Mal schießt es wie eine kleine Fontäne aus ihm heraus. Du bist bereits über und über mit seinem Blut besudelt und ich halte es kaum noch aus, so sehr will ich dich einfach nur ficken.

Als würdest du es merken, drehst du dich jetzt zu mir herum, betrachtest mich mit schief gelegtem Kopf und lässt den Dildo fallen.

Charles' Lider werden schwerer. Es kostet ihn alle Mühe, sie geöffnet zu halten. Er wird immer schwächer, aber das scheint dich gerade nicht weiter zu kümmern. Auch nicht das Blutbad, das du angerichtet hast, nein. Du bist vollkommen auf mich fokussiert und ich erkenne den Ausdruck der Lust in deinen Augen. Ich schätze, da haben wir was gemeinsam.

Kapitel Siebenunddreißig

Ophelia

„I'm ready."
- Ophelia

Ich kann nicht aufhören, Nate anzustarren. Es fühlt sich an, als sei er meine Erlösung. So wie ich ihn in diesem Augenblick sehe, habe ich ihn noch nie zuvor gesehen. So wunderschön und auch verletzt. Wieso erkenne ich das erst jetzt?

»Nate«, beginne ich und mache mehrere Schritte auf ihn zu. Ich spüre das Blut unter meinen Schuhen, höre, wie es bei jedem Schritt schmatzt. Als ich vor ihm zum Stehen komme, wandert meine verschmierte Hand an seine Wange. Zum ersten Mal kann ich etwas in seinen Augen erkennen, kann ihn *lesen. Seine eigene Seele ist geprägt von Qual und Leid. Wie blind muss ich gewesen sein, das nicht schon vorher erkannt zu haben?* »Ich will dich. Hier und jetzt«, fordere ich.

»Nichts lieber als das«, antwortet er, greift in meinen Nacken und zieht mich zu sich heran, um sich einen Kuss einzufordern.

Charles kümmert mich nicht länger. Ich hatte meine Rache und habe jede Sekunde davon genossen. Es hat mir Spaß bereitet. Es tat gut, alles rauslassen zu können und zu wissen, dass er nie wieder irgendwem etwas antun wird. Und nun kann er elendig zugrunde gehen, während er dabei zusehen darf, wie seine Tochter von einem anderen Mann genommen wird. Die gerechte Strafe für einen Kinderficker wie ihn.

Dieser Kuss ist anders als der letzte. Gierig und fordernd, aber auch viel leidenschaftlicher. Er ist ebenso besitzergreifend wie Nate selbst. *Der beste Kuss in meinem Leben*, denke ich, als er meine Zunge um einen Tanz mit seiner eigenen auffordert. Erfüllt von Verlangen und Lust, scheint mein Geist nicht länger zu existieren, denn ich gebe mich Nate ganz und gar hin.

Der Geschmack, der sich auf meiner Zunge entfaltet – sein Geschmack – ist der perfekte Mix aus süß und herb.

Ich nehme ihn mit jedem meiner Sinne wahr und blende alles um mich herum aus. Und als Nate seinen Körper gegen meinen presst, spüre ich seine Härte an meinem Bauch.

Dann lässt er von mir ab. »Zieh dich aus«, befiehlt er mir und ausnahmsweise tue ich nichts lieber, als auf seinen Befehl zu hören.

Langsam öffne ich die Shorts, lasse sie über meinen Hintern und meine Beine hinab bis zu meinen Füßen gleiten, bevor ich hinaustrete. Dabei lasse ich Nate nicht aus dem Blick. Als Nächstes gleitet mein Top zu Boden, bis ich nur noch in der schwarzen Spitzenunterwäsche bekleidet vor ihm stehe und eine Gänsehaut spüre, die mich übermannt.

Sein Blick verharrt auf mir. Seinem Ausdruck ist der Gefallen an mir deutlich anzusehen. Dabei recken sich ihm meine Nippel bereits entgegen, als würden sie geradezu darum betteln, endlich von ihm berührt zu werden. So wie ich.

»Das auch«, fordert er schließlich und zeigt auf die zwei Stückchen Stoff, die ich noch trage.

»Was ist mit dir?«, will ich wissen. Das bringt ihn zum Grinsen.

Er sagt nichts und ich nehme es hin, weil ich es nicht drauf ankommen lassen will. Diesmal möchte ich ihn berühren können und von ihm berührt werden. Ich sehne mich danach, brauche es. Mein ganzer Körper schreit nach ihm, brennt für ihn. Zwischen meinen Schenkeln wird es wärmer, das spüre ich. Ich ziehe auch den letzten Rest aus, lasse alle Hüllen fallen und warte begierig auf weitere Anweisungen.

»Geh auf die Knie.«

Mir ist bewusst, dass er kein Nein akzeptieren würde, also mache ich auch das. Und ich mache es gern.

Der Boden unter meinen Knien ist kalt, hart und schmutzig, doch das ist vergessen, als Nate anfängt, sich selbst zu entkleiden, indem er zuerst seine Gürtelschnalle und danach die Jeans öffnet. Ein letzter Knopf wahrt die Distanz zwischen seiner Mitte und meinem Gesicht. Kaum dass er diesen öffnet, springt mir sein Schwanz förmlich entgegen. Gierig lecke ich mir über die Lippen und betrachte ihn. Er ist so groß und breit, weshalb sich erstmals Zweifel in mir bemerkbar machen. Zweifel daran, ob er überhaupt in mich hineinpasst.

»Öffne deinen Mund für mich.«

Ich grinse, denn ich tue nichts lieber als das. Trotzdem lasse ich es mir nicht nehmen, Nate endlich berühren zu können, indem ich meine Hände auf seiner Hüfte zum Ruhen bringe. Danach öffne ich meinen Mund.

Zuerst taste ich mich mit der Zunge voran, nehme seine Spitze auf und liebkose diese. Auch sein Schwanz schmeckt süß und salzig gleichermaßen. Ein Geschmack, den ich mir nur allzu gern voller Genuss auf der Zunge zergehen lasse. Das nimmt Nate als Anlass dafür, seine Hand auf meinen Kopf zu legen und ohne Vorwarnung in meinen Rachen zu stoßen.

Ich keuche, huste, röchle und spüre, wie mir Speichel aus den Mundwinkeln läuft. Dann muss ich würgen und kralle mich mit den Fingernägeln in seine Haut. Tränen schießen mir in die Augen und ich bin fast sicher, dass ich aus dieser Sache mit einem *Joker-Lächeln* rausgehen werde. Denn es fühlt sich an, als würden meine Mundwinkel jeden Moment reißen.

»Gut so, Baby. Ich bin so stolz auf dich.«

Ich kann nicht sagen, ob es diese Worte sind, die mich so sehr anmachen, oder wie er mich einfach nimmt. So oder so spüre ich eine Nässe zwischen meinen Schenkeln, die bereits an meinen Beinen hinabläuft.

Im Kontrast dazu, wie er sich gerade in mich hineingerammt hat, ist er auf einmal ganz sanft, als er sich mir wieder entzieht. Ich nutze die kurze Pause, um zu atmen und mich diesmal besser auf seine gewaltige Größe vorzubereiten. Falls das überhaupt möglich ist.

Es gelingt mir einigermaßen, also kann ich mich schließlich besser darauf konzentrieren, ihn zu beglücken, indem ich an ihm sauge, meine Zunge immer wieder um seine Spitze kreisen lasse und sogar leicht mit den Zähnen an seinem Schaft entlangreibe, als er sich mir wieder entzieht.

Dieses Spiel wiederholt sich einige Male. Die daraus entstehende Geräuschkulisse, eine Mischung aus unserem Stöhnen, dem feuchten Schmatzen und meinem Gurgeln, erregt mich zunehmend.

»Berühre dich. Komm mit mir.« Er streicht über meinen Kopf, über meine Haare, bevor er diese am Knoten, den ich trage, packt und meinen Kopf ruckartig nach hinten zieht. »Und sieh mich dabei an.«

Ich mache genau das, beginne, meine Klit in kreisenden Bewegungen zu stimulieren, während ich Nate immer im Blick behalte.

Bis zu diesem Moment hatte ich Charles' Anwesenheit ausgeblendet, weil er die ganze Zeit über still war. Sicherlich war er wieder weggetreten. Allerdings hustet er jetzt und so wandert meine Aufmerksamkeit wie automatisch zu ihm.

Nates Schwanz steckt immer noch in meinem Mund, meine Finger verharren zwischen meinen Beinen, da sehe ich, wie er mich mit weit aufgerissenen Augen anstarrt und den Kopf schüttelt. Nate bemerkt es auch, denn für wenige Sekunden hält er inne, bevor seine Bewegungen noch schneller und unkontrollierter werden.

Mein Verlangen erreicht seinen Höhepunkt, als ich mir erstmals bewusst mache, was hier eigentlich gerade geschieht. Denn zu sehen, wie das Leben langsam aus Charles' Augen und aus seinem Körper weicht, löst etwas in mir aus und offensichtlich auch in Nate.

Ich schmecke die ersten Tropfen seines Spermas auf meiner Zunge, also schenke ich meine Aufmerksamkeit wieder ihm. Ich weiß, wie er aussieht, wenn er kommt – so wunderschön. Was ich aber nicht weiß, ist, wie er aussieht, wenn ich diejenige bin, die ihm den Orgasmus beschert. Das wird sich gleich ändern.

»Wenn sich dein Mund schon so gut anfühlt, Baby ...«, keucht er und mit diesen Worten werden auch meine eigenen Bewegungen schneller und unrhythmischer. Der Orgasmus ist auch für mich greifbar.

Mit einem Mal werde ich überrumpelt. Mein Körper beginnt, zu beben, meine Knie zittern unter mir. Ich stürze über die Klippe der Lust und Nate reiße ich mit mir. Mein

Schrei wird durch Nates Schwanz erstickt, der im selben Moment heftig zu pumpen beginnt. Und schließlich braucht es nur einen letzten tiefen Stoß, mit dem er sich laut und stöhnend in meinen Rachen ergießt.

Sein warmes Sperma rinnt mir den Hals hinab und es ist so viel, dass ich würgen muss. Zugleich bin ich noch ganz weggetreten durch das Nachbeben meines eigenen Höhepunkts. Mein Atem geht schnell, zu schnell, in Anbetracht der Tatsache, dass sein Schwanz immer noch in meinem Mund verweilt und mir kaum Luft gewährt.

Erst jetzt fällt mir auf, wie fest ich mich in Nates Haut gekrallt habe. Meine Fingernägel haben blutige, halbmondförmige Abdrücke hinterlassen.

Mir wird schnell klar, dass ich noch mehr will. Ich will alles, was er zu geben bereit ist.

Als er sich aus mir zurückzieht, fühle ich mich leer. Zum Glück gewährt mir der attraktive Serienmörder kaum eine Minute Pause.

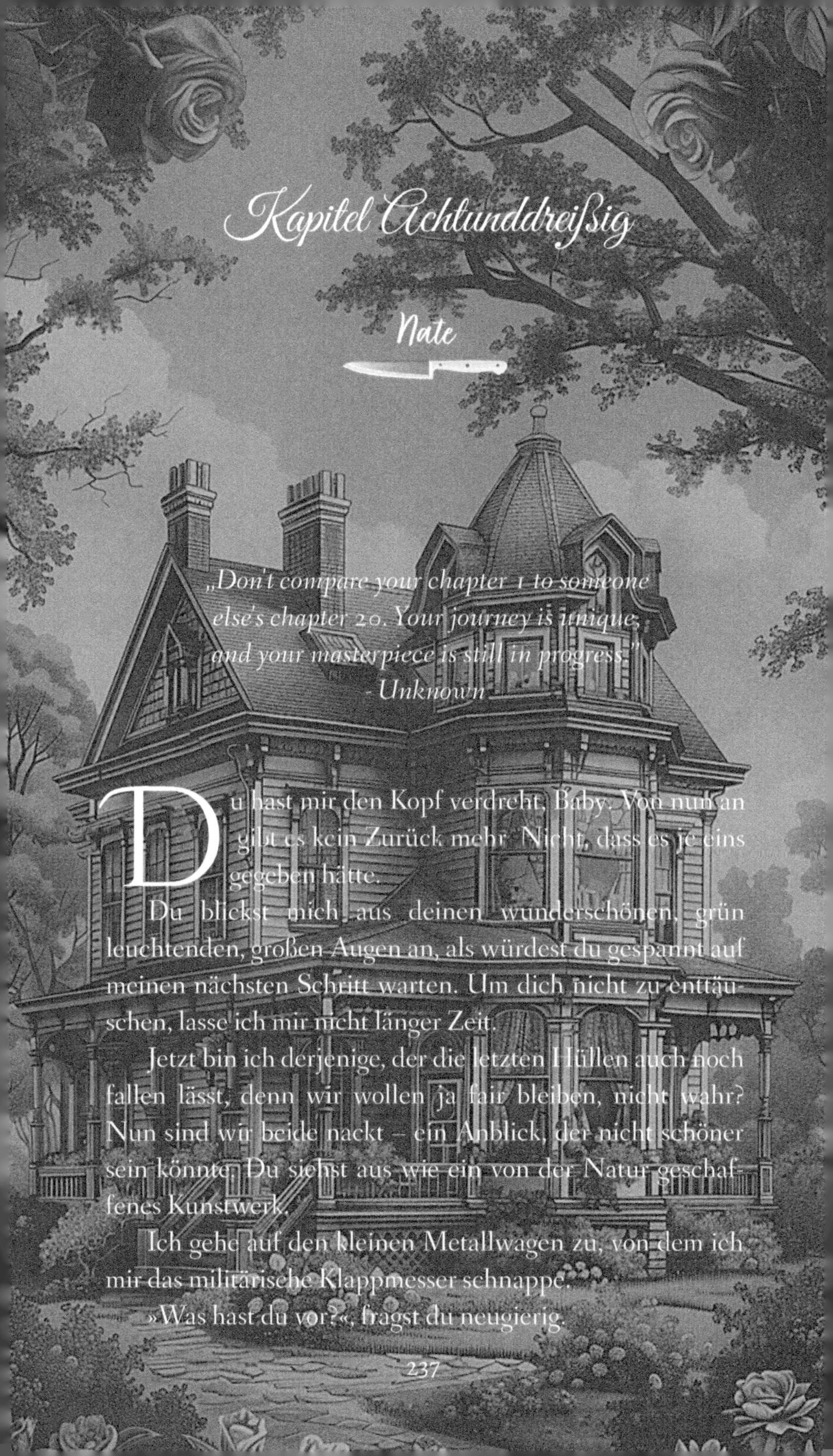

Kapitel Achtunddreißig

Nate

„Don't compare your chapter 1 to someone else's chapter 20. Your journey is unique, and your masterpiece is still in progress."
- Unknown

Du hast mir den Kopf verdreht, Baby. Von nun an gibt es kein Zurück mehr. Nicht, dass es je eins gegeben hätte.

Du blickst mich aus deinen wunderschönen, grün leuchtenden, großen Augen an, als würdest du gespannt auf meinen nächsten Schritt warten. Um dich nicht zu enttäuschen, lasse ich mir nicht länger Zeit.

Jetzt bin ich derjenige, der die letzten Hüllen auch noch fallen lässt, denn wir wollen ja fair bleiben, nicht wahr? Nun sind wir beide nackt – ein Anblick, der nicht schöner sein könnte. Du siehst aus wie ein von der Natur geschaffenes Kunstwerk.

Ich gehe auf den kleinen Metallwagen zu, von dem ich mir das militärische Klappmesser schnappe.

»Was hast du vor?«, fragst du neugierig.

»Lass dich überraschen, Baby.«

»Ganz schön viele Überraschungen für einen halben Tag.«

Habe ich eigentlich schon mal erwähnt, wie sehr ich dein freches Mundwerk mag? »Habe ich dich denn bisher enttäuscht?«

Als du den Kopf schüttelst, sorgst du unweigerlich dafür, mir ein halbes Lächeln hervorzulocken.

Dann komme ich erneut auf dich zu, lege die Hand, in der ich das Messer halte, an deine Wange, während ich die andere nutze, um endlich deinen wohlgeformten Körper zu erkunden. Denn heute haben wir alle Zeit der Welt und diese werde ich verdammt noch mal ausnutzen.

Meine Finger wandern an deinem Schlüsselbein hinab, bis hin zum Ansatz deiner Brustwarzen. So weit waren wir auch schon in deinem Traum, erinnerst du dich? Jedoch ist dieser überhaupt nichts wert, wenn man ihn mit der Realität vergleicht.

Eine Realität, in der ich endlich deine Brust in die Hand nehme und ungeniert in deinen Nippel kneife, ehe ich meinen Kopf nach unten beuge, um dasselbe mit meinen Zähnen zu wiederholen. Dein darauffolgendes Seufzen wird in jenem Moment zur Nummer Eins auf meiner Liste der schönsten Geräusche der Welt, dicht gefolgt vom Brechen von Knochen.

Nachdem ich das Ganze auch mit deiner anderen Brust wiederhole und mir dabei besonders viel Zeit lasse, wandern meine Finger weiter, geradewegs zwischen deine Beine. Du bist so verdammt feucht für mich.

»Nate«, keuchst du meinen Namen. Ich grinse, während meine Finger zuerst durch deine Spalte gleiten und ich sie dann mit einem festen Stoß in dir versenke.

Unseren Zuschauer habe ich keineswegs vergessen. Sein Anblick, wie er langsam dahinscheidet, hat dich genauso sehr angemacht wie mich, nicht wahr? Es hat ein Verlangen in dir entfesselt, von dem du nicht wusstest, dass es existiert, habe ich recht? All das Blut auf dem Boden und das Wissen, dass du für dieses Meisterwerk verantwortlich bist? Ich kenne das alles, weil es mir genauso geht.

Bevor ich mein eigentliches Vorhaben in die Tat umsetze, lasse ich von deiner Pussy ab und schiebe dir meinen nassen Finger in den Mund. »Du schmeckst so gut«, sage ich, woraufhin du gierig an diesem saugst. Einen Ruck später, presse ich dich gegen die nächste Wand. Und diesmal bin ich derjenige, der vor dir in die Knie geht, ehe ich deine Beine hebe und sie über meine Schultern lege.

Mit einem Blick zu dir nach oben, vergewissere ich mich, dass ich dir genau jene Reaktion entlocke, die ich herausgefordert habe, als ich mit dem Messer deiner Pussy gefährlich nah komme. Vor Schreck sind deine Augen leicht geweitet.

»Was hast du vor?«, fragst du erneut.

»Schließ die Augen, Baby. Ich will, dass du dich ganz allein auf das konzentrierst, was du fühlst.«

Du hast mir dein Vertrauen in die Hände gelegt und ich werde mit allen Mitteln dafür sorgen, es niemals zu missbrauchen, das schwöre ich dir. Ich werde es hüten wie einen Schatz und es vor all den schrecklichen Menschen auf dieser Welt schützen, die es wagen sollten, es zu missbrauchen oder zu verletzen.

Du schließt deine Lider, was ich als Anlass dafür nehme, fortzufahren. Also taste ich mich mit meiner Zunge vorsichtig heran, spiele mit deiner Knospe und sauge daran. Ich lecke deine süße Pussy aus und will am liebsten darin ertrinken.

Ich halte das kühle Metall an deinen Eingang. Dein Körper beginnt, leicht zu zittern. Dabei erfüllt es mich nur einmal mehr mit Stolz, zu sehen, wie du dich dennoch nicht rührst, weil du meinen Anweisungen Folge leistest. »Keine Angst«, murmle ich.

Zuerst schüttelst du den Kopf und spannst dich an. Der Sturkopf in dir setzt sich letztlich doch immer wieder durch. Eine deiner Eigenschaften, die ich zugegebenermaßen liebe.

Als du schließlich zur Vernunft kommst, sich deine Haltung lockert, verschwende ich keine Zeit mehr und führe das zugeklappte Messer in dich ein. Das schmatzende Geräusch, als deine Pussy es gänzlich in sich aufnimmt, lässt meinen Schwanz mal wieder zucken. Er ist bereit für dich, Baby. Mehr als bereit.

Dein Blowjob war bereits einzigartig, darum kann ich mir kaum ausmalen, wie gut der Sex erst sein wird. Nichtdestotrotz genieße ich auch den kleinen Messerfick. Spätestens jetzt kannst du nicht mehr abstreiten, dass du genauso tickst wie ich, da ich sehe, wie sehr du das hier genießt.

Erst als ich spüre, wie sich deine enge Pussy um das kühle Metall herum zusammenzieht und wie sie zu kontrahieren beginnt, ziehe ich das Teil aus dir heraus und schüttle den Kopf.

»Du wirst erst wieder kommen, wenn ich meinen Schwanz in dir versenkt habe«, sage ich als Antwort auf dein empört schauendes Gesicht.

Ich lasse von dir ab und halte dich, damit du mit deinen wackeligen Beinen nicht umfällst, wenn ich dich wieder zu Boden lasse.

»Dreh dich um und dann knie dich hin. Mit dem Arsch zu mir und mit dem Gesicht zu ihm«, fordere ich und nicke in Charles' Richtung. Dieser gibt kein Geräusch mehr von sich, beobachtet uns jedoch die ganze Zeit über mit flatternden Lidern. Er hat noch mehr Blut verloren und ist weißer denn je.

Ich grinse und erst jetzt scheinst auch du wieder realisiert zu haben, dass er auch noch hier ist. Du drehst dich zu ihm um, betrachtest ihn und gehst schließlich in die Hocke.

Wenn ich nicht wüsste, dass dich sein Anblick genauso scharf macht wie mich, würde ich dir das hier gar nicht zumuten. Und mir auch nicht. Zu wissen, was er dir angetan hat und ihn jetzt als Wichsvorlage zu nutzen, ist tatsächlich krank, selbst für meine Verhältnisse. Wenn man sich allerdings darüber bewusst ist, dass er dir nie wieder etwas anhaben kann und dass du ihn damit zwingst, dabei zusehen zu müssen, wie jemand anderes nimmt, was er für sich beansprucht hat, ist es gerechtfertigt. Schätze ich.

So gern ich Charles auch weiterhin dreckig in sein pädophiles Gesicht grinsen würde, kann ich mir deine Rückansicht nicht entgehen lassen. Dein wunderschöner, wohlgeformter Pfirsicharsch reckt sich mir entgegen, ebenso deine feucht glänzende, rosa Pussy.

Ich knie mich hinter dich und verpasse dir ohne Vorwarnung einen kräftigen Schlag auf den Hintern, der dich aufschreien lässt. Das klatschende Geräusch hallt im Raum wider und ich sehe dabei zu, wie sich ein roter Handabdruck auf deiner Pobacke ausbreitet. »Ich werde fortan der Einzige sein, für den du kommst. Hast du das verstanden?« Du nickst, aber ich will eine Antwort. »Sag es«, fordere ich.

»Du wirst in Zukunft der Einzige sein, der mich fickt und für den ich komme«, murmelst du. Das reicht mir schon und im nächsten Moment ramme ich dir meinen Schwanz so fest in deine nasse Pussy, dass du erneut schreist und beinahe den Halt verlierst. Zum Glück hatte ich bereits einen Arm um deinen Bauch geschlungen, damit das nicht passiert.

Kapitel Neununddreißig

Ophelia

„I might be possessed by the devil."
- Ophelia

»Du bist so eng«, keucht Nate und ich stöhne. Sein Schwanz füllt mich gänzlich aus und es tat weh, als er ihn gerade in mich hineingerammt hat. Darauf war ich trotz Vorbereitung nicht vorbereitet. Nate verharrt mehrere Sekunden in dieser Position, vermutlich, um mir Zeit zu gewähren, klarzukommen. »Nun sieh dir an, was du gemacht hast«, sagt er und ich weiß sofort, worauf er anspielt.

Mein Blick wandert zu Charles, der kontinuierlich Blut verliert, als Nate sich qualvoll langsam aus mir herauszieht, bloß um sich dann wieder mit einem heftigen Stoß in mir zu versenken. Meine Sicht verschwimmt, als sei ich high vor Lust.

Nate in mir zu spüren, fühlt sich so richtig an. Mich mit ihm zu verbinden, kommt mir vor, als hätte ich einen verlorenen Teil meiner selbst wiedergefunden. Es tut so gut, ihn berühren zu können, ihn zu fühlen und mit all meinen Sinnen wahrzunehmen.

Meine Knie zittern noch von unserem Vorspiel, aber jetzt beginnen auch meine Arme, zu zittern, also zieht Nate meinen Oberkörper zu sich heran und hält mich mit seinem Arm in dieser aufrechten Position, während er mich weiter fickt. Seine Lippen legen sich auf meinen Nacken, wohingegen seine andere Hand meine Brüste massiert. Das Messer ist er wohl irgendwann losgeworden. »Ich werde dafür sorgen, dass du dich über mir ergießt, wenn du kommst«, haucht er an meinen Hals.

Die schmatzenden und klatschenden Geräusche, die unsere Körper dabei erzeugen, bringen mich noch um den Verstand. Und Charles scheinbar auch, denn sein Atem geht immer schneller, während er uns beobachtet.

Das scheint auch Nate aufzufallen, denn der hält inne, hebt seinen Kopf an und lacht. »Gefällt es dir, wie ich deine Tochter ficke? Gefällt es dir, wie ich sie zum Kommen bringe?«

Seine Antwort auf jene Frage besteht aus einem erbärmlichen Wimmern, das ihn zum Husten bringt.

Dann wandert Nates Hand weiter, geradewegs zu meiner Mitte, wo er meine Knospe massiert. Ich stöhne, als er einen Punkt in meinem Inneren erwischt, bei dem mir vor Lust kurz schwarz vor Augen wird.

Mir wird klar, dass ich noch nie im Leben so viel Lust empfunden habe wie mit ihm. Und das liegt nicht nur am Sex allein, sondern an allem drumherum. Dazu zählt auch Charles, der mit einem weiteren Hustenanfall meine Aufmerksamkeit erregt, während Nate mit rhythmischen Stößen immer wieder in mich eindringt und dabei diese eine Stelle so sehr reizt, dass es sich anfühlt, als würde ich jeden Augenblick explodieren.

Nach dem Anfall kehrt Ruhe ein. Ich sehe dabei zu, wie

Charles' Körper erschlafft. Seine Augen sind immer noch auf uns gerichtet, doch sein Blick ist hohl. Er rührt sich nicht mehr und ich weiß, dass er soeben verreckt ist. Dieses Wissen und die Tatsache, dafür verantwortlich zu sein, bringen mich zum Stöhnen.

Mein Blick bleibt weiterhin an ihn geheftet. Niemals hätte ich für möglich gehalten, dass mich der Anblick einer verstümmelten Leiche und des daraus resultierenden Blutbads anmachen könnte, doch das tut es. Ich bin überflutet von so vielen Reizen – einem Schwanz in meiner Pussy, Fingern an meiner Klit, während ich die Leiche meines Erzeugers anstarre und vor Lust tropfe –, dass ich es kaum mehr aushalte.

Dann wird Nate immer schneller, dringt noch tiefer in mich ein und ich weiß, jetzt ist es so weit. Nun werde ich zum zweiten Mal über die Klippe springen.

»Komm noch mal für mich, Baby. Schrei meinen Namen«, fordert er und das mache ich.

Die Kontraktionen nehmen zu. Sein Schwanz stimuliert immer wieder diesen einen Punkt in meinem Inneren. Mein Körper erzittert und als ich plötzlich zu fallen drohe, fängt mich Nate auf. Er pulsiert immer heftiger in mir, wird immer schneller. Unsere Mitten prallen laut klatschend aufeinander, als ich mich in einem heftigen Schwall ergieße. Meine Sicht verschwimmt, ich schreie seinen Namen und es fühlt sich an, als würde ich davonschweben. So was habe ich noch nie empfunden. Vollkommen berauscht, als würde ich explodieren.

Nate entzieht sich mir und ich höre, wie die Flüssigkeit auf den Boden klatscht, ehe er mich umdreht und sich über mich lehnt. Unter mir ist alles nass und kalt, als er wieder in mich eindringt.

Meine Pussy zieht sich immer noch zusammen, ich stöhne weiter und merke, dass sich ein zweiter Orgasmus anbahnt, als Nate laut knurrt. Mit einem letzten tiefen Stoß rammt er sich in mich hinein, pulsiert und ergießt sich in mir.

»Fuck, Baby, sieh dir an, was du mit mir machst«, keucht er, da bäume ich mich auch schon wieder unter ihm auf.

Reglos verharrt er in mir, schaut mich an, während sein Daumen an meine Klit wandert, um das hier zu beenden und mich zu erlösen. Die schmatzenden Geräusche, die er dabei erzeugt, und die Tatsache, dass ich spüren kann, wie sein Saft aus mir herausläuft, geben mir den Rest.

Ich fliege erneut, meine Hände wandern zu seiner Brust, um Halt zu finden, als ich ein weiteres Mal schreiend komme. Mein Hintern wandert in die Höhe, ich zucke und schwebe auf Wolke 7. Das waren die zwei intensivsten Orgasmen, die ich in meinem Leben jemals hatte, und mir wird unweigerlich bewusst, dass ich nie wieder darauf verzichten will.

Nate packt mich am Hintern und zieht mich zu sich herauf, bis ich auf seinem Schoß sitze. Sein Schwanz ist immer noch in mir, doch das ist unwichtig, als er mir die Haare aus dem Gesicht streicht, mir intensiv in die Augen schaut und sagt: »Du bist mein.«

Mein Atem geht immer noch schnell und stoßweise, als ich nicke.

Kapitel Vierzig

Nate

„I am consumed by you."
-Nate

Es dauert in etwa eine Stunde, bis wir das Chaos im Keller beseitigt haben und duschen waren. Nun glänzt der Raum mehr denn je und unsere Körper sind nicht mehr mit Blut und anderen Körperflüssigkeiten übersät.

Um die Leiche kümmere ich mich später, denn zuerst müssen wir ein wichtiges Gespräch führen, um das ich leider nicht länger herumkomme. Du musst wissen, was ich heute erfahren habe.

»Komm her.« Ich lasse mich auf dein Bett fallen und klopfe auf die freie Seite neben mir.

Du siehst müde aus. Kehrst du etwa allmählich in die Realität zurück, in der du deine Tat bald bereuen wirst? Zu mir kommst du dennoch, wobei du immer noch nackt bist. Ich ebenso. Eine Tatsache, die dieses Gespräch noch schwerer machen wird.

»Erinnerst du dich noch daran, wie du mich nach meinem vollen Namen fragtest?«

Dein Blick, deine gehobene Braue, alles an dir strotzt nur so vor Verwirrung. »Ja, wieso?«

»Ich habe dir die Frage nie beantwortet.«

»Jetzt, wo du es sagst.« Du nutzt die Gelegenheit, um es dir neben mir gemütlich zu machen. Den Kopf auf deinen Arm gestützt, legst du dich neben mir hin.

»Mein Name ist Nathaniel Astor.« Ich studiere deine Mimik, jede einzelne Furche deines Gesichts, und warte darauf, dass es klickt und du verstehst, worauf ich hinauswill.

»Der Name passt zu dir«, antwortest du frech. Nicht die Reaktion, auf die ich gehofft habe. Darum entscheide ich mich dazu, erst mal das andere Thema wieder anzuschneiden. »Wie fühlst du dich?«

»Komisch.«

»Das verstehe ich«, entgegne ich.

»Es ist nur so, dass ...« Dein Gewissen scheint in genau dem Moment einzusetzen, als sich auch deine Augen mit Tränen füllen. Ich kenne sie, die Tränen der Verzweiflung, der Scham und der Schuldgefühle.

»Komm her.« Ich ziehe dich zu mir heran, direkt in meine Arme. Danach lässt du alles raus. Du weinst und schluchzt und ich bleibe still, halte dich, streiche dir sanft über den Kopf und warte geduldig. Es ist egal, wie lange das dauern wird, ob nur Minuten oder Stunden, ich werde so lange nicht von deiner Seite weichen, bis du dich wieder beruhigst. »Was du empfindest, ist ganz normal.«

»Ist das so?« Deine Stimme klingt zittrig. »Ich habe jemanden ermordet, Nate. Ich bin eine Mörderin.«

Ja, das bist du. *Meine* Mörderin. Und was dich von mir unterscheidet, ist, dass dich dein schlechtes Gewissen von innen heraus aufzufressen droht, während ich nicht stolzer sein könnte. Das wiederum zeigt klar, dass du noch ein Gewissen besitzt. Ja, du bist eine Mörderin, aber ein Monster bist du noch lange nicht.

»Die ganze Zeit über habe ich dich dafür verurteilt und jetzt? Ich gehöre ins Gefängnis, oder noch besser: in eine Psychiatrie.«

Ich schüttle den Kopf. »Das tust du nicht. Hast du vergessen, was dieser Unmensch dir und deiner Familie all die Jahre angetan hat?«

»Du verstehst das nicht. Wie kannst du auch? Hattest du jemals ein Gewissen?«

Oh, du hast ja keine Ahnung. Wenn du nur wüsstest ... Ich sage nichts, denn egal, was ich nun sagen würde, es würde dir nicht helfen.

»Ich habe kein Recht dazu, Menschen zu töten. Für Leute wie ihn gibt es Richter und Gefängnisse. Aber weißt du, was das Schlimmste ist? Ich war so blind vor Wut, als ich das alles getan habe, dass ich nicht mehr klar denken konnte. Ich habe genossen, was ich ihm angetan habe. Es hat mich erregt.«

»Das hat es«, bestätige ich und verkneife mir ein Grinsen. Tut mir leid, Baby, doch irgendwie ist es auch verdammt lustig.

Mir fällt erst nach einigen Sekunden des Stillschweigens auf, wie sich die Luft in diesem Raum verändert hat. Du ziehst dir die Decke bis über die Brust, so als würdest du dich plötzlich dafür schämen, nackt vor mir zu sitzen. Deine Haltung verändert sich, wirkt angespannter, während du dich aufrecht hinsetzt. Erst als sich deine Augen zu Schlitzen verengen, weiß ich ganz genau, was dir gerade durch den Kopf geht. »Nathaniel Astor«, wiederholst du.

»Ja.«

»Nathaniel.« Es ist, als würdest du versuchen, mich heraufzubeschwören, obwohl ich direkt vor dir sitze. »Nathaniel. Nate.« Ich nicke, als du dir vor lauter Unglauben die Hand auf den geöffneten Mund schlägst. »Das kann – Wie ist –«

»Sprich es aus, Baby.«

»Bist du – Ich meine, ich hatte –«, stotterst du und allmählich verliere ich die Geduld. Ich war noch nie der Geduldigste, musst du wissen.

Dich am Kinn zu packen, scheint eine meiner neuen Lieblingsbeschäftigungen zu werden, denn ich tue es schon wieder. Dann ziehe ich dein Gesicht so nah an mein eigenes heran, dass ich deinen warmen Atem auf meiner Haut spüre. Ein Gefühl, das ich am liebsten für immer festhalten würde, weil ich weiß, dass ich dich nur ein einziges beschissenes Mal im Jahr spüren kann. »Komm. Zum. Punkt.«

Mit einem heftigen Ruck befreist du dich aus meinem Griff und rückst ein Stück nach hinten. Um ehrlich zu sein, habe ich das nicht kommen sehen. »Als Kind hatte ich einen imaginären Freund, der Nathaniel Astor hieß. Er war irgendwann einfach da und hat mich beruhigt, wenn ich mal wieder in der Nacht weinend im Bett lag oder wenn mich mal wieder ein Albtraum geplagt hat. Und dann vor etwa siebzehn Jahren ist er einfach verschwunden. Und mit ihm meine Erinnerung an ihn. Wieso heißt du wie er?«

Obwohl du dir deine Frage schon selbst beantwortet hast, gewähre ich dir alle Zeit, die du brauchst, bis es dir selbst auffällt.

Es dauert nicht allzu lange, bis dir sämtliche Farbe aus dem Gesicht weicht. »Nein«, sagst du. Tja, Baby, genau so habe ich auch reagiert. Und es kommt sogar noch schlimmer. »Du bist es?«, fragst du, woraufhin ich nicke. »Aber wie ist das möglich? Und was machst du hier? Wieso kann ich mich jetzt wieder an dich erinnern?«

»Ich schätze, es ist besser, wenn ich von vorne anfange.«

»O mein Gott, jetzt ergibt alles einen Sinn. Es ergibt so viel Sinn.«

»Was meinst du?«, will ich wissen, weil ich nun derjenige bin, der verwirrt ist. Auch mir fehlen nach wie vor große Teile meiner Erinnerung.

»Als ich dich zum ersten Mal gesehen habe, in der Nacht mit Colin, war mein erster Gedanke, dass du genauso aussiehst, wie ich mir einen Mann vorstelle.«

»Wie dein Traummann also?«, frage ich grinsend.

Nun wirst du rot, was ich als einen kleinen Triumph verbuche. »Können wir bitte bei der Sache bleiben?«, fragst du. Berechtigterweise.

»Das ist nicht das Einzige«, beginne ich und werde wieder ernst. »Ich habe mich die ganze Zeit über gefragt, weshalb ich in deiner Nähe stärker bin, weshalb ich augenblicklich eine Anziehung zu dir gespürt habe und instinktiv wusste, dass du wie ich bist.«

»Aber was bedeutet das?«

»Nun ... Dieser Desmarteau, bei dem wir vorhin waren, hat mir alles erzählt. Es gab ein paar Dinge, die für mich keinen Sinn ergaben. Ich kenne meinen Geburtstag nicht und weiß auch nicht mehr, wie ich hierhergekommen bin. Ich wusste nie, wie es zu meinem Tod kam, bis er mir klargemacht hat, dass ich nicht verstorben bin.«

»Was soll das heißen? Aber du bist doch ein Geist, oder etwa nicht?« Ich erkenne den Anflug von Panik in deinem Ausdruck und ich höre ihn aus deiner zitternden Stimme heraus. Ich mag es nicht, dich so zu sehen. Hat sich all das vorhin nicht realistisch genug für dich angefühlt, Baby? »Also bin ich doch verrückt? Du existierst nur in meinem Kopf, ist es das?«

»Nein«, antworte ich bestimmt. »Wenn ich nicht existieren würde, hätte ich kein Gespräch mit diesem Kerl führen können, denk doch mal nach, Phe.«

»Oh, tut mir leid, dass diese Scheiße hier so dermaßen verquer ist, dass es mir schwerfällt, den Zusammenhang zu begreifen.«

Du bist wütend und das ist gut so. Denn lieber bist du wütend, als dass du in deinem Kummer ertrinkst und in Schuldgefühlen untergehst.

»Hör zu. Dieser alte Voodoo-Mann hat mir das so erklärt. Durch das Leid, das Charles dir zugefügt hat, die Schmerzen und Traumata, die er in deiner Vergangenheit verursacht hat, ist deine Seele im wahrsten Sinne des Wortes zerbrochen.«

Wenn ich bis eben glaubte, dass du nicht noch verwirrter dreinblicken könntest, belehrst du mich jetzt eines Besseren. »Ich verstehe nicht.«

»Dann lass mich ausreden. Deine Seele ist zerbrochen und weil du zu diesem Zeitpunkt so einsam und allein warst, bin ich daraus entstanden. Ich bin ein Splitter deiner Seele und du hast mich manifestiert. Entstanden aus Wut, Schmerz und dem Bedürfnis nach Rache. Deshalb sind wir uns so ähnlich.«

»Moment«, sagst du und stehst auf, wobei du die Decke um deinen Körper wickelst. Du läufst unruhig im Zimmer auf und ab, fuchtelst mit deinem Finger in der Luft rum. »Willst du mir damit sagen, dass ich noch mehr Morde auf dem Gewissen habe, weil ich dich erschaffen und einen Mörder auf die Menschheit losgelassen habe? Und bedeutet das, dass in mir die ganze Zeit über eine Mörderin geschlummert hat? Denn, wenn du ein Teil von mir bist, dann bist du ich. Ist es nicht so?«

»So kann man es auch sehen«, antworte ich.

»O mein Gott.« Dein Blick wird immer panischer,

beinahe wahnsinnig. »Wie ist das alles möglich? Wie bist du hierhergekommen? Wie kannst du einmal im Jahr so ... so ... lebendig sein?«

»Ich weiß, dass du aufgewühlt bist, nach allem, was passiert ist. Aber eins nach dem anderen. Ich weiß nicht, wie ich herkam oder wieso ich überhaupt fort bin. Ich erinnere mich erst jetzt wieder an unsere Zeit damals.«

»Ich auch«, hauchst du und wirst wieder ruhiger. Du kommst wieder zu mir zurück, setzt dich auf die Bettkante, direkt neben mich und legst mir eine Hand auf die Wange. »Du bist mein Nate.«

»Das bin ich, Baby.«

Dein Blick ist herzerwärmend, als du mich so ansiehst. Die ganze Zeit über habe ich mir gewünscht, dass du mich so anschauen und dich mir hingeben würdest, so wie ich es von Anfang an bei dir getan habe. Doch während ich diese besondere Verbindung von vornherein zugelassen habe, hast du dich immerzu dagegen gewehrt. Du konntest einfach nicht über meine Vergangenheit hinwegsehen.

»Und du hast es auch nicht gemerkt?«

Ich schüttle den Kopf. »Nein. Es gab ein paar Zeichen, auf die ich mir keinen Reim bilden konnte. Das hier, als die Erkenntnis mich traf, nachdem der Kerl mir alles erklärte, hat selbst mich erschüttert. Aber nun erinnere ich mich wieder an so vieles und ich verstehe, wieso ich immer diesen Drang zu töten verspürt habe.«

»Du wolltest mich rächen, indem du solche Monster, wie er eines war, getötet hast. Jetzt ergibt es auch einen Sinn, dass du sagtest, du seist von Geburt an ein Monster.«

Ein Monster, das du erschaffen und auf die Menschheit losgelassen hast. Eine Bestie, die deine Gefühle verkörpert. Ausnahmsweise sehe ich davon ab, dich daran zu erinnern. Ich glaube, du hast bereits genug Päckchen, die du mit dir herumschleppst. Lieber nehme ich dir jene Last von den Schultern, so gut ich es eben kann.

»Ich denke, dass es mich hierher verschlagen hat, weil du damals schon von einem Haus in New Orleans geträumt hast. Keine Ahnung. Eigentlich glaube ich nicht an Schicksal, aber das hier sind zu viele Zufälle, darum kann es nur das gewesen sein – Schicksal.«

»Als hätte ich dich dorthin geschickt, wo ich dich brauchte, ohne es überhaupt zu wissen«, antwortest du.

»Tja, leider existiert dieser Zauber aber immer noch. Man sagt, dass jene Seelen, die noch eine Rechnung mit den Lebenden offen haben, am Halloween-Tag zum Leben erwachen. Halloween existiert überall auf der Welt, mit der einzigen Ausnahme, dass man es in vielen Ländern und Kulturen anders feiert, nur diese Sache ist überall gleich. Ich vermute, mir ist es nur deshalb möglich, an diesem Tag überall hinzugehen. Die Gesetze der Natur scheinen mächtiger als dieser Schutzzauber.«

»Aber wenn du doch nie gestorben bist, wie –«

»Weil ich ein Teil einer Seele bin. Geister existieren nicht nur, weil es sich dabei um verstorbene Menschen handelt. Sie sind Seelen.«

»Und wieso spukst nur du in diesem Haus und nicht etwa die, die du ermordet hast?«

»Sie spuken hier auch rum, glaub mir. Ich werde jede Nacht von ihnen konfrontiert. Das ändert jedoch nichts daran, dass sie keine Bindung zu dir haben. Sie haben nichts mit dir zu tun, keine offene Rechnung«, erkläre ich.

»Das ist alles ganz schön viel.«

Ich ziehe dich erneut in meine Arme, sodass du vor mir und zwischen meinen Beinen sitzt. »Das ist es«, bestätige ich, während du deinen Kopf auf meine Schulter bettest.

Für eine ganze Weile blicken wir einander nur an. Ich kann nicht fassen, welche Wendung das Schicksal für uns bereitgehalten hat. Dabei kann ich nur erahnen, wie es dir gehen muss.

»Es gibt keinen Weg«, sage ich dann.

Du drehst dich um, sodass du auf dem Bauch liegst, dein Gesicht direkt vor meinem Schwanz, und blickst zu mir auf. *Unwichtig*, denke ich und drücke kurz darauf deinen Kopf nach unten.

Nach dem zweiten Blowjob des Tages treiben wir es noch drei Mal, einmal im Bett, dann davor und weil du so großen Hunger hattest, dass du unbedingt etwas essen wolltest, habe ich dich gleich noch mal auf dem Küchentresen direkt vor dem Fenster gefickt.

Seitdem sind vier Stunden vergangen. Mittlerweile sitzen wir – wieder angezogen – draußen auf der Terrasse. Du hältst eine Tasse Kaffee in der Hand und blickst in die Ferne, während ich dein Profil betrachte. Ich stelle mir vor, wie es sein könnte, jeden Tag mit dir an meiner Seite hier zu sitzen, endlich frei zu sein, weil du bei mir bist. Weil du mich zu einem freien Mann machst, selbst wenn ich angekettet bin. Weil ich nichts anderes brauche – nur dich.

»Was meintest du damit, dass es keinen Weg gibt?« Deine Stimme durchbricht die angenehme Stille, die zwischen uns herrscht, und zugleich auch meine Gedanken.

»Ich meinte, dass es keinen Weg gibt, den Zauber zu beenden.«

»Was macht dich da so sicher?«, willst du wissen.

»In den letzten Jahren bin ich immer davon ausgegangen, dass ein Fluch auf mir oder der Villa liegt. Ich bin genauso weit gekommen wie du und sogar noch einen Schritt weiter, denn ich habe bereits vor langer Zeit das gesamte Anwesen nach irgendeinem Gegenstand abgesucht. Fündig wurde ich nie. Mir war bis dahin nur nicht klar, dass dieser Gegenstand auch in die Villa eingearbeitet sein könnte.«

»Aber meine Handwerker konnten doch auch Renovierungsarbeiten durchführen.«

»Das stimmt, aber dabei haben sie ja nicht alles renoviert. Vieles musste gar nicht bearbeitet werden. Du besitzt sogar teilweise noch die alten Möbel.«

»Dann lass uns doch einfach weitersuchen«, schlägst du vor.

Ich mag deine Zuversicht. Wirklich. Doch es ist, als würde man eine Nadel im Heuhaufen suchen, einzig mit dem Unterschied, dass man von dieser zumindest weiß, man würde sie eines Tages finden.

»Wenn der Grundstein dieses Hauses mit dem Zauber belegt ist, können wir nichts tun, da der Zauber dafür sorgen würde. Diese Hexe muss nur ein verficktes Loch ins Fundament gehauen haben, um das Teil darin zu lagern und schon könnten wir nichts mehr tun.«

»Wir finden einen anderen Weg«, sagst du, vollkommen verbissen darauf, das auch wirklich so zu meinen.

»Wieso bist du so versessen darauf, Phe?«

»Weil ich dich loswerden will.«

Selten bringt mich etwas dazu, schockiert zu sein, nur du schaffst das. Und dafür reichen deine Worte. Ich muss mich zusammenreißen, meinen neutralen Gesichtsausdruck zu wahren. »Was soll das heißen? Nach allem, was du herausgefunden hast? Wieso?«

»Das habe ich dir bereits gesagt.«

»Ich dachte, es hätte sich etwas geändert?« Mein Tonfall wird immer kühler und Wut macht sich in mir breit. Dein Sturkopf bringt mich im wahrsten Sinne des Wortes noch um den Verstand und das in jeder erdenklichen Hinsicht, positiv wie negativ.

»Nichts hat sich geändert und ich weiß nicht, wie das zwischen uns funktionieren soll. Davon abgesehen, will ich es auch nicht. Ich habe gelernt, allein besser klarzukommen, da ich sonst ohnehin nur enttäuscht werde.«

»Hast du immer noch nicht begriffen, dass du mich nicht loswirst? Du. Bist. Mein.«

»Genau genommen bist du mein, doch das tut nichts zur Sache.« Deine Augen werden schon wieder glasig. Leider bin ich zu wütend, als dass es mich kümmern würde. Auch nicht, als du dann tatsächlich heulst. »Versteh es doch, Nate. Egal wie sehr ich mich zu dir hingezogen fühle, ich kann das einfach nicht. Es ist zu viel für mich. Ich komme mit dieser Art Leben nicht klar. Mit einem Mörder zu sein und selbst ein Leben auf dem Gewissen zu haben …«

»Trotzdem hat es dir gefallen, Ophelia. Gib doch einfach zu, dass es dir gefallen hat. Gesteh es dir endlich ein. Dieser Teil von dir hat schon immer in dir geschlummert. Und nun habe ich dich eben mit ihm vertraut gemacht.«

»Bitte geh jetzt, Nate. Ich brauche erst einmal meine Ruhe. Ich muss nachdenken, muss herausfinden, wie es jetzt weitergehen soll. Wenn ich dir wichtig bin, dann tu mir diesen Gefallen.«

»Du wirst mir nicht entkommen. Niemals. Ich existiere nur deinetwegen. Wir sind füreinander geschaffen, und das nicht auf diese romantisch-kitschige Liebeskomödienart. Wir sind *tatsächlich* füreinander geschaffen. Du kannst mich fortschicken, doch ich werde immer da sein und das weißt du. Du kannst weglaufen, aber selbst dann werde ich immer da sein. Weil ich ein Teil von dir bin.«

»Geh«, flehst du erneut, deine Stimme leise und brüchig.

»Also gut.« Ich stehe auf und auch wenn ich es nicht

möchte und mein Kopf dagegen ankämpft, dich allein zu lassen, so tragen mich meine Füße bereits fort von dir.

Ein fremdes Gefühl baut sich in mir auf. Und gerade, weil ich es nicht kenne, macht es mich sauer. Es macht mich so unsagbar wütend, dass ich Lust habe, irgendwas zu Brei zu schlagen.

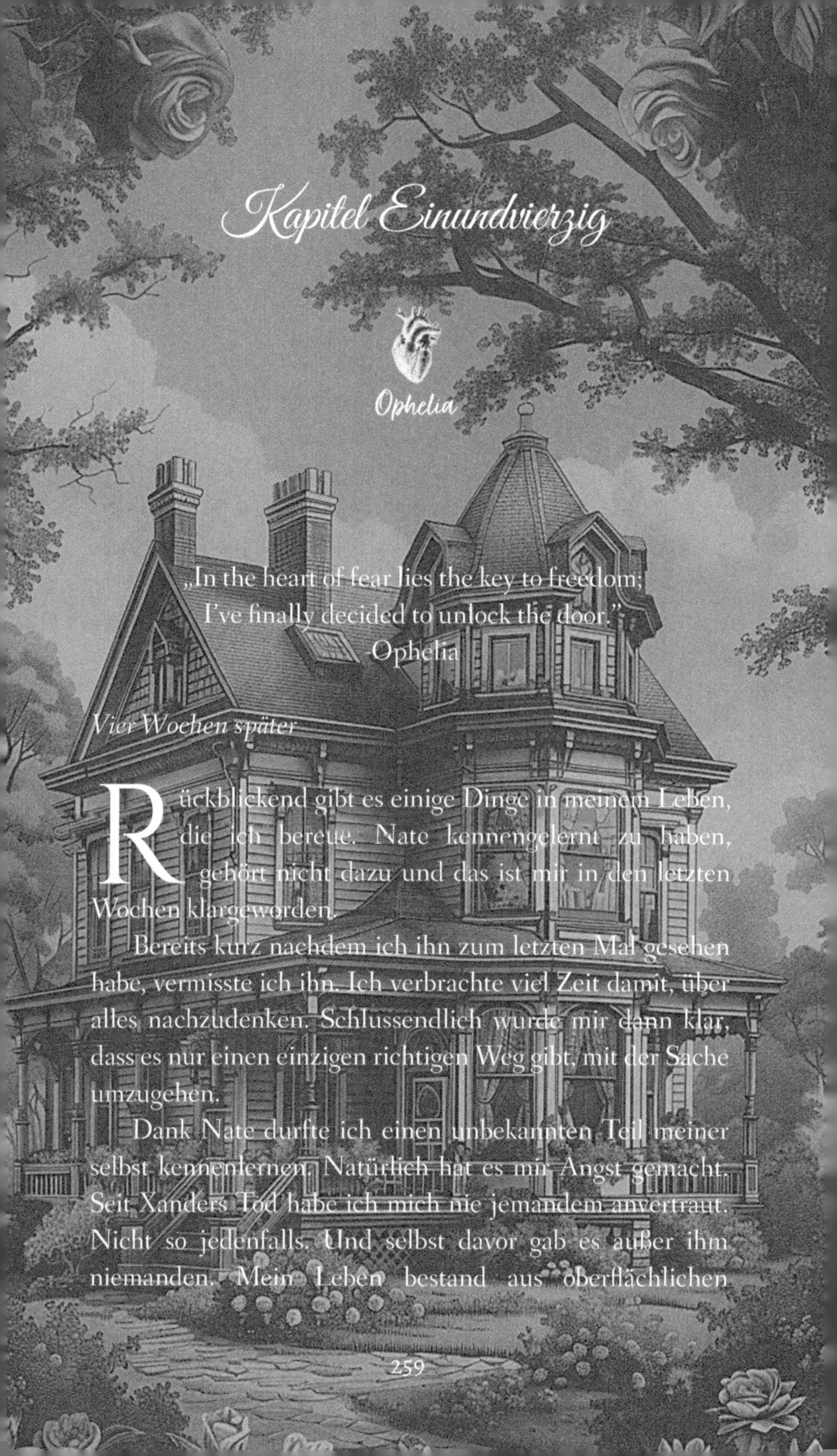

Kapitel Einundvierzig

Ophelia

„In the heart of fear lies the key to freedom;
I've finally decided to unlock the door."
-Ophelia

Vier Wochen später

Rückblickend gibt es einige Dinge in meinem Leben, die ich bereue. Nate kennengelernt zu haben, gehört nicht dazu und das ist mir in den letzten Wochen klargeworden.

Bereits kurz nachdem ich ihn zum letzten Mal gesehen habe, vermisste ich ihn. Ich verbrachte viel Zeit damit, über alles nachzudenken. Schlussendlich wurde mir dann klar, dass es nur einen einzigen richtigen Weg gibt, mit der Sache umzugehen.

Dank Nate durfte ich einen unbekannten Teil meiner selbst kennenlernen. Natürlich hat es mir Angst gemacht. Seit Xanders Tod habe ich mich nie jemandem anvertraut. Nicht so jedenfalls. Und selbst davor gab es außer ihm niemanden. Mein Leben bestand aus oberflächlichen

Bekanntschaften, oberflächlichen Liebschaften und einer einzigen oberflächlichen Freundschaft. Es war kein Leben.

Außerdem hat er mir gezeigt, dass so viel mehr in mir steckt – vor allem Stärke. Damit meine ich nicht das Morden. Ich meine jene Stärke, die ich durch neu gewonnene Ansichtsweisen auf das Leben erfahren durfte.

Ich will nicht behaupten, er habe mich zu einem besseren Menschen gemacht, auch nicht zu einem schlechteren. Er hat mich gelehrt, mit mir selbst und vor allem mit meiner Vergangenheit ins Reine zu kommen.

Letzte Woche konnte ich mich dazu durchringen, meiner Mutter einen Brief zu verfassen. Darin habe ich ihr mitgeteilt, dass ich ihr verzeihe. Trotzdem will ich einen Cut. Ich möchte sie nicht mehr in meinem Leben wissen, denn wäre sie eine anständige Mutter gewesen, hätte sie sich von Charles getrennt, sobald sie erfuhr, was er mit uns anstellte. Aber auch sie war ein Opfer.

Und zu guter Letzt wäre da noch die Tatsache, wie viel sicherer ich mich in Nates Gegenwart fühle. Und geborgener. Es ist nicht einzig und allein die Anziehungskraft, die uns verbindet, weil er meinem Traum eines Mannes entspricht, es ist, weil er mich besser kennt, als ich selbst es tue.

Vielleicht mag es vollkommen bescheuert sein, mich in einen Teil von mir selbst verliebt zu haben – zumindest glaube ich das –, aber ich habe mittlerweile verstanden, dass es meine Realität ist, der ich nicht entkommen kann und es mittlerweile auch nicht mehr möchte.

Ich bin froh, dass er mir die Zeit gegeben hat, mir über all das bewusst zu werden, doch obwohl ich in den vergangenen Tagen mehrere Versuche gewagt habe, mit ihm in Kontakt zu treten, lässt er sich nicht mehr blicken und das bereitet mir Sorgen. Vor allem aber Angst.

In meinem Vorgarten stehend, betrachte ich die hübschen Beete, die ich vor einigen Tagen angelegt habe. Der erste Stein für einen verwunschenen Kräutergarten ist gelegt und Stolz erfüllt mich, als ich das Basilikum zwischen meinen Fingern reibe.

Ich habe mich die ganze Zeit über auf meinem Anwesen verschanzt, habe die Lebensmittel, die ich benötigte, liefern lassen, mich um die Gärten gekümmert und gemalt. Es war das Beste, was ich hätte tun können, um meinen Gedanken freien Lauf zu lassen. Dementsprechend ist heute das erste Mal seit Halloween, dass es mich mal wieder vor die Tür treibt, weil ich zum Baumarkt fahren will.

Ich öffne das Eisentor, das auf die Straße hinausführt, auf der mein Wagen parkt, trete hindurch und ... pralle zurück. »Was zum ... «

Leicht panisch versuche ich es noch mal, noch mal, noch mal, doch jedes Mal, wenn ich über die Schwelle treten will, ist es, als stünde vor mir eine unsichtbare Wand, an der ich abpralle und nach hinten taumle. Beim letzten Versuch lande ich geradewegs mit meinem Hintern im Gras.

Ein erdrückendes Gefühl weicht der dunklen Vorahnung. Es gibt nur einen einzigen logischen Grund, weshalb das hier passiert. Ein Grund, der in diesem Augenblick entscheidend für meine Zukunft ist.

Ich habe es nicht kommen sehen, obwohl es doch ganz klar auf der Hand lag. Die Konsequenz meiner Tat schlägt mir mit einer mit einem Karma-Schriftzug tätowierten Faust geradewegs ins Gesicht. »Fuuuuuuuuuuuuck«, fluche ich laut. »Nein. Nein, nein, nein, nein, nein, nein.«

Irgendwie verselbstständigen sich meine Beine, tragen

mich zur Villa zurück und setzen mich in der Küche ab. Für den Bruchteil einer Sekunde komme ich mir vor, als würde ich diese Szene wie eine Außenstehende betrachten. Natürlich handelt es sich um eine Sitcom, die auf eine Mischung aus Sarkasmus, Ironie und schwarzen Humor setzt.

»Lass dich sofort blicken, du Arschloch, ich brauche dich.« Ob es sinnvoll ist, ihn zu beschwören, indem ich ihn beleidige? Wahrscheinlich nicht. Aber wenn der Fall eingetreten ist, von dem ich fürchte, dass er das eingetreten ist, habe ich nichts mehr zu verlieren.

Nachdem ich wie eine Furie durch jedes Zimmer gerannt bin und Nates Namen gerufen habe, es jedoch immer noch kein einziges Anzeichen seiner Anwesenheit gibt, lasse ich mich frustriert schnaubend aufs Sofa fallen.

Was anfänglich einem manischen Anfall von Ungläubigkeit glich, verwandelt sich jetzt in pure Verzweiflung. Nicht, weil ich hier nie wieder wegkommen werde. Nein.

»Bitte, Nate. Es tut mir leid, okay? Ich habe die letzten Wochen genutzt, um nachzudenken und du hattest recht. Mit allem. Ich muss dich sehen, unbedingt. Ich brauche dich mehr denn je.«

Mittlerweile komme ich mir nicht einmal mehr wie eine Irre vor, während ich dasitze und Selbstgespräche führe. Irgendwie ist es zu meinem Alltag geworden.

Ich sehne mich so sehr nach seiner Stimme, seiner Berührung und danach, dass er einfach nur da ist. Nicht, weil das Schicksal der Meinung war, mir eins auszuwischen, sondern weil ich endlich begriffen habe, was ich will. Ich will *ihn*. Ich will ein Leben mit ihm und ich will ihn als meinen Schatten nicht mehr missen.

Seitdem ich hier bin, habe ich mich erstmals nicht mehr wie die Marionette in meinem eigenen Leben gefühlt.

Niemand, abgesehen von mir selbst, hat die Fäden in der Hand, vor allem nicht Charles. Auch nicht Nate.

Aber was bringt mir diese neue Erkenntnis, wenn ich sie nicht mit ihm teilen kann? Ich habe beinahe jede Möglichkeit genutzt, um ihn erreichen zu können. Selbst diese Sache mit dem vorgetäuschten Date, bloß dass ich diesmal keine Grenzen überschritten habe. Damit habe ich mich ein zweites Mal zum Affen gemacht – ohne Erfolg. Und auch die Schlaftabletten, die ich mir seit Tagen immer wieder einwerfe, erzielen nicht das, was sie sollen. Zwar bin ich eingeschlafen, das wars dann aber auch.

Nicht ein einziges Mal hat er mich im Traum besucht und mir selbst war es unmöglich, ihn zu besuchen. Was bleibt mir also noch?

Es gibt nur eine einzige letzte Möglichkeit und diese ist endgültig. Ich habe mich die ganze Zeit über dagegen gesträubt, denn ich verachte es mit meinem ganzen Sein. Allerdings gibt es mittlerweile mehrere Punkte, die dafürsprechen und diese überwiegen.

Zum Beispiel wäre da diese eine Sache, die mich zur Mörderin macht und dass ich durch diesen beschissenen Schutzzauber mittlerweile selbst an das Anwesen gefesselt bin. Außerdem habe ich alles erreicht, was ich im Leben erreichen wollte – sogar mehr. In Nate habe ich einen Anker gefunden. Eine Familie. Er hat mich gehalten, gewiegt und getröstet, er hat mir Mut gemacht, als ich kurz davorstand, den Boden unter den Füßen zu verlieren. Durch ihn habe ich erfahren, warum ich mich immer so leer gefühlt habe und seitdem er wieder in mein Leben getreten ist – ob aus Zufall, Schicksal oder was auch immer –, fühle ich mich endlich vollkommen.

Ja, ich habe es weit geschafft. Und das ganz allein. Habe mir meinen eigenen Wunsch erfüllt. Aber was ist schon ein erfüllter Wunsch, wenn man niemanden hat, mit dem man die Freude darüber teilen kann?

Ich glaube fest daran – genauso fest, wie ich an ein gutes Ende für mich geglaubt habe –, dass ich einen Ausweg aus diesem Zauber finden kann. Und an diesen Glauben werde ich mich klammern. Meine Hoffnung wird niemals erlöschen und von nun an habe ich jemanden an meiner Seite, der mich auch in den dunkelsten Momenten daran erinnern wird, dass sich der Kampf immer lohnt.

Obwohl ich weiß, wie viele Gründe dagegensprechen, verbanne ich sie in die hinterste Ecke meines Verstandes und denke nicht weiter darüber nach.

~

Ich betrete mein Ankleidezimmer, setze mich an den Schminktisch und betrachte mein Spiegelbild mit einem Lächeln. Das Messer lege ich vorerst vor mir ab.

Dann lege ich Make-up auf, ganz zart und natürlich, und dazu den knallroten Lippenstift, den ich bereits neulich aufgetragen habe.

Meine Haare, die ich bis dahin in einem Pferdeschwanz getragen habe, öffne ich und kämme sie durch, bevor ich zu meinem Kleiderschrank gehe und mir ein elfenbeinfarbenes Samtkleid herausziehe, das mir bis über die Knie geht. Es ist ein Midi-Kleid mit Spaghettiträgern und A-Linien-Silhouette. Es erinnert beinahe an ein 90er –Jahre-Hochzeitskleid, weshalb ich es mir stets für einen besonderen Anlass aufgehoben habe.

Ich entledige mich meiner Unterwäsche, bevor ich hineinschlüpfe, und bei einem erneuten Blick in den Spiegel stelle ich fest, dass ich atemberaubend schön aussehe.

Der Tod meines Erzeugers war meine Wiedergeburt

und ich konnte endlich zu der Person werden, die ich immer sein wollte. In den vergangenen Tagen jedoch habe ich beschlossen, dass ich diese Person nicht ohne denjenigen sein möchte, der mich überhaupt erst dazu ermutigt hat, endlich den letzten Schritt zu wagen. Er hat mich zu einem Abschluss ermutigt, der dringend notwendig war.

Ich bin glücklich und es geht mir besser denn je, als ich mein Ankleidezimmer verlasse, um hinüber ins Badezimmer zu gehen. Dort angekommen, lasse ich lauwarmes Wasser in die Wanne ein. Das Messer, das ich die ganze Zeit über bei mir getragen habe, lege ich auf den Rand, bevor ich in die Wanne schlüpfe.

»Bis gleich«, flüstere ich, lege mich hin und genieße das warme Nass, das mich einhüllt.

Kapitel Zweiundvierzig

Nate

„Your darkness is mine, my darkness is yours,
together we die, together we fly."
- Nate

Endlich habe ich es geschafft. Endlich habe ich eine Möglichkeit gefunden, Seelen zu quälen, anstatt mich von ihnen quälen zu lassen. Wieso ich nicht vorher daran gedacht habe, den Spieß umzudrehen, ist mir schleierhaft. Womöglich, weil ich so sehr in Selbstmitleid versunken bin, dass ich blind war, die Optionen zu erkennen, die mir offenstanden.

Es war so einfach. Ich musste nur die Scheiße an mir abprallen lassen und zurückschleudern.

Das habe ich erst durch dich erkannt, Ophelia. Durch deine Anwesenheit, dank derer ich mich nicht länger allein fühle, konnte ich mein Schicksal akzeptieren. Zugegeben, hätte es diese letzten Wochen nicht gegeben, in denen wir uns beide die Zeit genommen haben, über viele Dinge klarzuwerden, würde ich mich wohl immer noch in Selbstmitleid suhlen.

Die letzten Nächte habe ich damit verbracht, dabei

zuzusehen, wie ich meine Opfer in der Vergangenheit gefoltert habe, und ich konnte es endlich genießen, weil ich dein Gesicht vor Augen hatte. Ich konnte die Erregung sehen, die du empfunden hast, als du selbst zur Täterin wurdest.

Natürlich ist es nicht dasselbe, mir darauf einen runterzuholen, anstatt es direkt mit dir zu treiben, während wir das Schauspiel genießen, doch es ist okay. Und wenn ich damit fertig bin, wenn die Geister zu mir kommen, um mit ihren Vorwürfen um sich zu werfen, kommt der beste Part. Dann drehe ich die ganze Sache um und wende so lange die verbale Folter an, bis sie sich freiwillig wieder verpissen.

Zu existieren, in welcher Form auch immer, ist ein ständiger Prozess des Lernens und der Selbstfindung und ich habe mich gefunden. Durch dich und in dir. In deinen Augen, in deinem Lächeln, ja, selbst in deinem Schmollmund und deinem Augenrollen, wenn du genervt bist. Du machst mich komplett und nur zu wissen, dass du in meiner Nähe bist, reicht aus. Du bringst das Beste in mir zum Vorschein, während ich dich mit deinen dunklen Seiten vertraut mache. Wir sind wie Yin und Yang und ergeben nur zusammen ein Ganzes. Endlich kann deine Seele wieder komplett sein und mit ihr auch meine eigene.

~

Ich habe mich verzogen, um dir die Zeit zu geben, die du brauchst. Ich weiß, dass du zurückkommen wirst, also kann ich auch ausnahmsweise geduldig sein.

Natürlich habe ich dich dennoch im Auge behalten, denn das werde ich immer tun. Ich konnte sehen, wie sich deine Ausstrahlung veränderte. Sie wurde kräftiger und leuchtender wie bei einem Schmetterling, der zum ersten Mal seine Flügel ausbreitet, kurz nachdem er aus dem Kokon geschlüpft ist. Es war alles nur eine Frage der Zeit.

Was ich aber nicht habe vorhergesehen habe, ist das, was du gerade tust.

Ich war mit einer Seele beschäftigt, die es geschafft hat, mich am Tag zu belästigen. Ein Junkie, dem ich verdreckte Nadeln in den ganzen Körper gejagt habe. Als ich es endlich geschafft habe, ihn loszuwerden, habe ich sofort angefangen, dich zu suchen und schließlich werde ich im Bad fündig, wo sich mir ein Bild bietet, das erschreckend und wunderschön gleichermaßen ist.

Du liegst in der Wanne, hältst ein Küchenmesser in der Hand und lächelst. Deine Haare sind nass, du trägst ein helles Kleid, das sich an deinen Körper schmiegt wie eine zweite Haut. Es ist komplett durchnässt, weshalb ich deine Nippel sehen kann und wie sie sich mir entgegenrecken.

Ich erstarre bei diesem Anblick und spüre das altbekannte Zucken in meiner Leistengegend, das sich neuerdings immer bemerkbar macht, wenn ich nur an dich denke.

Aber egal wie schön dieser Anblick auch sein mag, ich kann nicht zulassen, dass du das tust. Du willst dein Leben wegwerfen und all den Fortschritt. Ein schöner Gedanke, wenn da nicht diese klitzekleine Tatsache wäre, dass du Charles gerade erst losgeworden bist und dich wieder mit ihm herumschlagen müsstest, wenn du hier wärst. Du würdest deine Tat immer wieder vor Augen geführt bekommen, würdest dir Nacht für Nacht sein unerträgliches Geschwätz anhören müssen. Es wird dir vorkommen wie deine persönliche Hölle, du würdest weiterhin in Albträumen mit deiner beschissenen Vergangenheit konfrontiert werden, weil jener Albtraum dann immer vor dir stehen wird. Hast du das überhaupt bedacht?

»Hör auf«, fordere ich, aber du zuckst nicht einmal. Wut keimt in mir auf, weil meine Fähigkeiten, mich mit dir zu unterhalten, immer nur dann stark genug sind, wenn sie es wollen und nicht, wenn ich es will oder brauche. »HÖR SOFORT AUF!«

Du setzt die Spitze der Klinge an deiner Pulsader an, wobei dein Lächeln für keine einzige Sekunde versiegt. Es ist das schrecklichste und zugleich schönste Lächeln, das ich je an dir gesehen habe.

Verdammt, Baby, ich will nichts lieber, als dass du für immer bei mir bist, doch ich habe Angst. Ich, Nathaniel Astor, ein Serienkiller, der seine Opfer mit Freude quält, hat Angst. Ich habe Angst davor, dass es dich zugrunde richtet und nichts von dir übrig bleibt als ein Schatten deiner selbst. Was, wenn ich dir in dieser Situation eben nicht den nötigen Halt bieten kann? Wenn du mir deswegen nie wieder dieses wunderschöne Lächeln schenkst?

Ich fokussiere all meine Konzentration auf das Messer, versuche, es dir aus der Hand zu reißen.

Es beginnt, zu vibrieren, und ich atme bereits erleichtert aus, da packst du den Griff nur umso fester und ziehst es so schnell in einer geraden Linie nach unten, bis hin zu deiner Armbeuge, dass es mir unmöglich ist, zu reagieren. Der Schnitt klafft sofort auf und ging so tief, dass dein Arm augenblicklich zu bluten beginnt.

Ich versuche es wieder, lasse das Messer vibrieren und mit einer ruckartigen Bewegung meines Kopfes reiße ich es dir aus der Hand. Es knallt gegen die Fliesen und fällt klappernd zu Boden. Zu spät.

Du wirst immer blasser, deine Lippen nehmen eine bläuliche Farbe an und das Wasser, das zuvor so klar war, dass ich deinen ganzen Körper sehen konnte, färbt sich nun blutrot. »Ich komme«, hauchst du.

Ich schüttle den Kopf, blicke mich im Raum um und sehe dann ein Handtuch. Sofort lasse ich es zu dir herüber schweben und sorge mit meiner reinen Willenskraft dafür, dass es sich fest um deinen Arm presst. »Du darfst nicht sterben, Phe.«

»Ich muss aber. Ich muss bei dir sein.«

»Wir finden einen Weg, Baby.«

Auch das Handtuch ist binnen weniger Sekunden blutgetränkt. Du verblutest und ich kann nichts dagegen tun.

»Das hier ist er«, antwortest du schwach. Deine Lider flattern, als das Leben langsam aus deinem Körper verschwindet.

Ich stehe nur da, reglos, nicht in der Lage dazu, den Scheiß zu verhindern. In meinen Augen brennt etwas und dann …

Dann bist du tot.

Ende

Danksagung

Als ich vor zwei Monaten (für euch drei) eine Playlist mit New Orleans Feelgood Music gehört habe und daraufhin die Schnapsidee hatte, dieses Buch hier zu schreiben, hätte ich NIEMALS damit gerechnet, dass es nicht bei dieser Schnapsidee bleibt.

Zu diesem Zeitpunkt war ich noch beschäftigt mit meinem eigentlichen Projekt, meinem Herzensprojekt, das ursprünglich mein Debüt hätte sein sollen. Na ja, was soll ich sagen? Spontanität ist mein zweiter Vorname. :D

Ja, ihr habt richtig gelesen: Debüt. Das hier ist nun stattdessen mein Debüt. Meine allererste Veröffentlichung und es war ein verdammt wilder Ritt. Zwischen Umzugsstress, Kündigung und Real Life, habe ich es irgendwie geschafft, das hier innerhalb von zwei Monaten aufs Papier zu bringen und auch wenn es vielleicht nicht perfekt ist, bin ich verdammt stolz darauf. Denn wie Nate sagen würde: »Fuck, Baby, du hast ein Buch geschrieben.«

Falls ihr bis hierhin gelesen habt, gilt die erste Danksagung euch Lesern, weil ihr – genauso wie ich – bis zum Ende durchgezogen habt. Ich hoffe, dass euch manche Stellen genauso ergreifen konnten, wie sie das bei mir taten.

Es gab einmal einen Menschen in meinem Leben, der mir sagte, dass ich niemals etwas erreichen würde, und wisst ihr was? Ich danke auch ihm, denn von jenem Moment an war mir klar, dass ich es besser machen will, dass ich etwas erreichen will, um ihm zu zeigen, dass ich es kann. Middlefinger in your face.

Aber vor allem möchte ich denjenigen danken, die mich von Anfang an unterstützt haben, die mich ermutigt haben, die mich niemals ausgelacht haben.

Angefangen bei meinem Mann, der ohnehin ausnahmslos ALLES unterstützt, was ich mache. Er steht immer hinter mir, egal was ich sage oder mache. Er ist mein Nate, bloß ohne die Red Flags, und in den vergangenen Jahren habe ich keine einzige Sekunde unserer Ehe bereut.

Kommen wir zu meiner Freundin und Korrektorin Alina. Dass du mich unterstützt, ich durch deine Erfahrung lernen darf und du dieses Buch aufhübschst, ist eine Sache, wofür ich dir unendlich dankbar bin. Auch du warst von Anfang an into it, fandest die Idee super und hast mich zum Glück von einigen weiteren Schnapsideen abgehalten, die ich in diese Story einbauen wollte. Du hast mir die ganze Zeit über gut zugeredet, wenn ich am Zweifeln war, vor allem bei dem Wettrennen gegen die Zeit.

Ebenso danke ich meinen Freunden und meiner Familie, von denen die meisten wissen, was für eine Art Buch ich hier geschrieben habe, und trotzdem hat mich nie irgendwer ausgelacht oder weniger ernst genommen. Auch ihr habt mich auf dieser Reise immer unterstützt – und das mit Freude.

Aber was wäre ich nur ohne meine Testleser*innen? Ihr habt mir Mut gemacht, habt mir stets eure Meinung ins Gesicht gesagt, habt mir geholfen, wenn ich irgendwo unschlüssig war und mal nicht weiterwusste. Ich wusste immer, woran ich war, was euch gefallen hat und was nicht. Tanja und Betty, ihr seid mir eine ENORME Stütze gewesen, weil ihr beide – wie auch Alina – ein Lektorat abgeliefert habt, obwohl ihr das nicht hättet tun müssen.

Und zu guter Letzt möchte ich auch meinen

Blogger*innen danken. Ich habe einfach das allerbeste Team an Blogger*innen. Bei euch weiß ich, dass ich auf euch zählen kann. Ihr helft mir dabei, den Leser*innen da draußen Nate und Ophelia und die crazy Story zwischen den beiden zu verbreiten. Ihr steht mir mit euren Meinungen zur Seite, ob positiv oder negativ.

DANKE!

Danke an alle, die mir zur Seite stehen, und auch denen, die sich nicht scheuen, mir ihre konstruktive Meinung mitzuteilen, ob positiv oder negativ. Nur durch euch kann ich wachsen und besser machen, was noch ausbaufähig ist.

Das nächste Buch ist schon „in the making". Bleib dran, wenn dir diese Geschichte gefallen hat. 😊

Triggerliste

- Despressionen / Traumata
- Tod und Trauer
- Stalking
- Suizid
- Extreme Gewaltdarstellungen
- Häusliche Gewalt
- Sexuelle Nötigung, sexueller Missbrauch, Vergewaltigung (auch an Kindern)
- Sexismus
- Folter, Verstümmelung
- Blut
- Mord
- Erbrechen
- Figurentod
- Sexualisierte Gewalt
- Knife Play
- Breath Play
- Sex
- nekrophile Neigungen
- Medikamentenkonsum

Printed in France by Amazon
Brétigny-sur-Orge, FR

22556311R00157